19'00
CW01629538

SEMBRA
LLIBRES

Acte de violència
Primera edició: març de 2016

© Dels textos: Hereus de Manuel de Pedrolo, 1961, 2016
© D'aquesta edició: Sembra Llibres, Coop. V., 2016
Apartat de correus 8
46740 Carcaixent (Ribera Alta)
sembra@sembrallibres.com
www.sembrallibres.com

Edició: Joan Carles Girbés i Xavi Sarrià
Disseny de la col·lecció: Setanta | www.setanta.es
Correcció: Fàtima Francés i Roger Sarrià
Maquetació: Josep Andrés

Sembra Llibres forma part de l'Associació d'Editorials Independents:
LLEGIR EN CATALÀ

Aquest llibre s'ha imprès a Romanyà-Valls, S.A.
amb paper ecològic, òfset cru de 80 grams i ha estat compaginat amb cos 10,5 de la tipografia Chronicle.

ISBN: 978-84-16698-00-4
DL: V-244-2016

Manuel de Pedrolo

ACTE DE VIOLÈNCIA

Pròleg de Cesk Freixas

SEMBRA
LLIBRES

TAULA

PRÒLEG
Cesk Freixas

Tenim a les mans una de les novel·les més completes de la literatura catalana. La història d'*Acte de violència* s'escriu a batzegades: va ser creada pel seu autor l'any 1961 amb el títol *Esberlem els murs de vidre*; guanyà el Premi Prudenci Bertrana el 1968 com a *Estat d'excepció*; i, finalment, va ser publicada el 1975 amb el definitiu *Acte de violència*. En aquest vaivé d'esdeveniments per a intentar salvar la censura franquista, hi ha un escriptor extremadament lúcid i compromès amb totes les expressions de la sobirania.

En un país normal, Manuel de Pedrolo seria recordat i llegit com un gran creador d'imaginaris de llibertat. En el nostre, que no és normal, és recordat tan sols per una obra, que, tot sigui dit i amb raó, és la més venuda de la literatura escrita en la nostra llengua. Com explica sovint l'Adelais —la seva filla, i presidenta de la Fundació Pedrolo—, si el Manuel hagués sigut conscient de l'impacte que tindria el *Mecanoscrit del segon origen*, segurament mai no l'hauria escrit. Perquè deia que era una obra poc representativa de la seva feina, i perquè, com sovint passa en la música, es va convertir en el seu *one hit wonder*, que eclipsava la seva extensa bibliografia, com un tap o un raig de llum que enlluerna.

Per això no és casual que brolli l'interès vers un dels escriptors imprescindibles de la literatura catalana del segle XX. Aquesta nova edició que teniu al davant és un acte d'urgència per a recuperar el

Pedrolo que aquest país ha relegat en un segon pla. Reeditar Pedrolo és també un acte de coherència amb el compromís del mateix autor per a reivindicar-se més enllà de la seva obra més venuda. És, en definitiva, un acte de justícia per a un creador que sempre va ser incòmode per al poder. I és així de bonic que, a més, sigui Sembra Llibres, una editorial amb seu al País Valencià, qui hagi pres la iniciativa. Ell, defensor incansable dels Països Catalans, convençut de la construcció nacional des de la lliure adhesió dels territoris històrics que conformen el nostre marc lingüístic i cultural, n'estaria orgullós. No en tinc cap dubte.

Amb *Acte de violència* ens reunim amb el millor Pedrolo. Des de la més absoluta subjectivitat, m'atreviria a dir que, aquesta, és una novel·la necessària per a entendre i evidenciar que la creació cultural ha d'estar connectada amb el seu temps, les seves lluites i la seva gent. El lligam que estableix Manuel de Pedrolo entre el context franquista i el relat de desobediència i alliberament ens acosta a la concepció del llibre com a eina de creació de debat i de transformació social. Conscient que l'ofici d'escriure no pot mostrar-se aliè al patiment i a la injustícia, Pedrolo construeix un univers emocional únic, que ve carregat d'ideologia —explícita en els diàlegs, i implícita en les descripcions—, fent un excel·lent exercici literari quan juga amb els canvis de perspectiva a través dels personatges.

Acte de violència situa el llistó de l'arbitratge de la indiferència al capdamunt. O dit d'una altra manera: és literalment impossible que aquesta novel·la pugui deixar indiferent a ningú. En primer lloc, perquè, malgrat que va ser escrita fa més de mig segle, trobem un Manuel de Pedrolo construint un relat que conserva una vigència extrema. A través de la consigna perenne que es va repetint al llarg de la història, ens convida a qüestionar la nostra posició al final de la línia vertical del poder i, amb el ganxo del dubte, a preguntar-nos què passaria si, de la suma d'individualitats, el resultat fos una aturada, una vaga general com a premissa per a fer caure les estructures que generen opressió i desigualtat. I, en darrer lloc, perquè, malgrat que Pedrolo digués que «en el fons, jo sóc un aspirant a utopies», *Acte de violència* és extremadament terrenal, que se situa en aquest horitzó possible de la llibertat entesa com l'absència de tota precarietat. El segarrenc s'allunya amb una habilitat envejable dels discursos carregats amb la retòrica de l'impossible i la justícia de la ficció. Per això és terrenal, perquè el seu domini de les descripcions és absolut, i la converteix en una obra sincera. D'aquesta sinceritat en neix una de les grans virtuts de l'autor: el retrat fidel de la gestió emocional de les situacions i de la mateixa vida.

Al final, quan el lector tanqui el llibre, tindrà una sensació indestructible de rebel·lia. D'enfrontar-se amb els tirans, encara que tinguin aparença de gegant. Pedrolo té una veu pròpia fàcilment recognoscible, que es basa en aquest exercici imprescindible d'autenticitat i sinceritat que requereix la creació cultural. En una societat com la nostra, la del *fast food*, les noves tecnologies i la lectura dels titulars, que es queda en la superfície de tot i no pregunta res, llegir Manuel de Pedrolo és una acció revolucionària. *Acte de violència* aconsegueix fer forat en la pell gruixuda de la indiferència. Per això és l'autor que cal recuperar. Per això escrivim «gràcies». Celebrem-ho com pertoca, i celebrem-nos d'aquest retrobament. Ell ja ens ho va advertir: «Si el llibre crema, no l'apaguis».

Sant Pere de Riudebitlles, hivern de 2015-2016

PRIMERA JORNADA

1

Avui no han regat els carrers i Dan se'n dol; sempre és agradable de remullar les soles de goma de les sabates i, més que agradable, útil. Un noi li va dir, ja no recorda quan, que l'aigua les endureix. Llàstima que la mare no sigui del mateix parer.

Travessa la calçada, atent als possibles vehicles que poden baixar de la part alta, perquè el carrer és de direcció única. Aquest matí, però, gairebé no circula cap cotxe. Només n'hi ha un, de la policia, aturat a la cantonada de més amunt. Tampoc no es veuen transeünts i les botigues encara no han obert. És massa d'hora.

Canvia la cartera de mà i s'enfila a la vorera de l'altra banda. Un dels policies ha saltat del cotxe i, repenjat contra el motor, encén una cigarreta. Els altres tres no s'han mogut de dins. En passar, els mira d'esquitllentes, una mica poruc, impressionat pels seus corretjams lluents, pels uniformes clars, pels rostres adustos, com tallats a cops de destral.

Després trenca de carrer, es fica una mà a la butxaca de l'abric. Un cop més, ha oblidat els guants. Els dits que subjecten la cartera s'enfredoreixen, se li encarcaren una mica. És un dia llis, sense sol, i de la banda de muntanya bufa un airet humit, amb rellents de pluja.

Descobreix que també aquest carrer sembla abandonat. Què se'n deu haver fet, de totes aquelles persones que acostuma de trobar cada matí? L'home del bigoti de foca, la lletera amb els seus pots, aquells dos xicots que discuteixen incansablement, la rosseta escanyolida que sempre li adreça un petit somrís...

Potser ha sortit més d'hora de casa, potser el despertador s'ha avançat. Però hauria de trobar altra gent, aquest carrer tan solitari no és natural. Mentre un incòmode sentiment de basarda comença a furgar-li el pit, estreny més fort la cartera, com si busqués una companyia tranquil·litzadora.

Però aleshores algú surt de la fosca d'una porta. És una dona, sense abric, només amb un davantal i una gran bufanda lligada al coll. Salta cap a la calçada.

—Senyora! Senyora! Em podria dir quina hora és?

La dona només es mig atura:

—Deu faltar poc per les nou.

I camina cap a l'altre costat, on es fica en una escala estreta i fonda.

Dan torna a canviar-se la cartera de mà, es bufa els dits glaçats i, després, es distreu amb el vapor de la seva respiració càlida que pertorba l'atmosfera hostil de l'hivern.

Pel carrer de Mun davalla, rabent, un tramvia, i la remor familiar retorna el petit Dan al seu món diari. Però només durant un moment; després tot es queda de nou solitari.

Avança per un món buit, per una ciutat morta, de carrers sense regar, de cases altes i closes. Només més amunt, prop ja del col·legi, sorprèn senyals de vida darrere una porta reixada, on algú amb una bata llarga i llistada, de segur el porter, arrenglera amb meticulositat mitja dotzena de llaunes de la brossa.

Després encara assisteix al pas ràpid de dos cotxes, l'un a tocar de l'altre, i, cap al fons del carrer, pot entreveure la silueta furtiva d'un home amb les solapes de l'abric aixeca- des. Però aquestes presències que es perden tot seguit en la distància no poden esvair la impressió de misteri que, cada vegada més persistent, subjuga l'infant. Dos o tres cops es tomba, mira a totes bandes, com si cerqués una sortida. A la fi, impulsivament, arrenca a córrer pendent amunt, travessa el darrer carrer, per on vénen dues dones amb cistelles, i s'atura a frec de col·legi.

No sap veure cap més infant, ni de dins no li arriba la bonior, l'estrangulada gatzara dels companys una mica més matiners, que ordinàriament obren ja les carteres, examinen els llibres i quaderns de classe. Una altra cosa el sorprèn: la porta és tancada.

Pitja el botó del timbre, una mica massa alt sobre el muntant de fusta, i sent el llarg estrèpit de la campaneta que es dispara passadís endins, prop del despatx de la directora. Sona més alt i més dur que de costum, clar com aquell dia que va arribar el primer.

La porta, però, no s'obre. I, quan truca per segona vegada, el timbre dringa sobre un silenci absolut. Les dues dones que venien de lluny passen gairebé pel seu costat, silencioses també, arrupides sota els mantellets, perquè són dues velles, d'aparença modesta.

Les segueix amb l'esguard, però tot seguit es tomba de nou cap a la porta closa, s'inclina i, mig ajupit, espia pel forat del pany. Únicament pot distingir el fons del corredor i la porta, oberta de bat a bat, de la classe dels petits, plena de la claror que penetra per les amples finestres que donen al jardí. No s'hi veu ningú.

—Tampoc no feu col·legi, vosaltres?

Es gira en rodó, sorprès, i fita la noieta aturada darrere seu amb una cartera de roba sota el braç.

—No ho sé... —Mig somriu, es bufa la mà balba.— A tu et conec...

La noieta s'arranja la bufanda entorn del coll.

—També jo a tu.

—Vas al col·legi de més amunt. Molts dies et veig.

Miren cap al carrer, on acaba de desembocar un camió que, sorollosament, prossegueix via enllà. Després, el noi diu:

—No sé pas què deu passar. No és festa, avui.

—No.

Ell toca encara el timbre i esperen tots dos, fins que ella explica:

—Jo me'n torno...

Dan llambrega carrer amunt.

—No es veu ningú...

Dos homes joves, un d'ells sense abric, l'altre amb una gavardina esparracada, cuiten a desmentir-lo. Tots dos caminen de pressa, com si s'escapessin. La noieta torna a dir:

—Jo me'n vaig a casa.

Però ell es queda mirant els dos homes que ara s'han aturat. Un cotxe, sorgit de la cantonada, els barra el pas, una portella s'obre. Dan fa:

—És de la policia.

Sense dir-s'ho, travessen tots dos el carrer, cap a la vorera on els dos homes butxaquegen. El policia, de paisà, els pregunta alguna cosa. Ells només senten la resposta del de la gavardina:

—...a la Constructora Màrcia.

—I quan us hi poseu?

—A les vuit.

El policia es mira el rellotge.

—Són més de les nou.

Després allarga la mà i pren els papers que s'ha tret el xicot.

—És que no hi anem; en venim.

Un altre policia salta del cotxe i tots dos fiten els individus amb una interrogació clavada als ulls. L'home diu:

—No hi havia ningú, a les obres.

El policia dóna un cop d'ull als papers, però l'altre es tomba cap als dos infants que s'han aturat a la vora.

—Què voleu, vosaltres? —Els petits desvien la mirada.— Apa, cap a col·legi.

La noieta diu:

—No en fan.

El policia sembla vacil·lar, però a la fi mana:

—Cap a casa, doncs.

L'altre retorna els papers a l'home, fa:

—Un moment! A quin col·legi aneu?

Dan assenyala amb la mà cap a l'altra banda de carrer, i tots dos policies contemplen l'edifici. El que continua dins el cotxe s'ha abocat també a la finestreta. El que sembla comanar diu a l'altre:

—Pren-ne nota. —Allarga els dits cap als papers del segon xicot.— I vosaltres ja ho heu sentit, cap a casa.

—Sí, senyor.

Dan agafa la mà de la noieta i tots dos s'allunyen sense córrer. Després s'aturen a frec d'un arbre, es tomben. Un dels policies empeny els xicots cap a l'interior del cotxe.

—Què els faran? —Però sense esperar resposta, reflexiona amb veu temorega:— També ens podien haver agafat a nosaltres...

La noieta denega amb el cap.

—No pas a mi. El meu oncle és secretari del cap civil.

Dan obre molt els ulls:

—Quin cap civil?

—El Jutge.

—Per què no els ho has dit?

—No ens han fet res.

Miren el cotxe que acaba d'engegar, la mà que surt per la finestreta i els fa senyals. Dan pregunta:

—Què vol dir?

—Que no ens quedem aquí.

Caminen, agafats de la mà. A l'altre costat de carrer, un home amb una bata color de caca d'oca obre la porta d'un establiment. Més avall també hi ha dues botigues obertes, però les restants encara tenen les portes abaixades. Se sent la remor d'un tramvia que frena, invisible, i una camioneta s'atura arran de vorera.

—Tu creus que tothom s'ha llevat tard, avui?

—L'oncle Sali diu que no volen treballar. Són dolents.

—Per què?

—Volen que el Jutge se'n vagi.

—Els mestres també?

Però la noieta ja no contesta i tots dos miren cap a la botiga de la cantonada, on dos homes joves, vestits amb els uniformes de les brigades de xoc, truquen violentament contra la porta de metall. De la camioneta salten altres individus que s'escampen per la voravia.

El tramvia, que ha deixat la parada del carrer Mun, ara davalla amb prou lentitud perquè es vegi bé l'interior, on només viatgen tres o quatre passatgers. Dan fa:

—No ens aturem...

En haver creuat la calçada, caminen a reculons, vigilant encara els homes que sembla que vulguin esbotzar la porta. De les cases veïnes no ha sortit ningú, i un vell que s'atansava per la vorera es desvia cap a l'altre costat, per on avança fregant les parets fins que un dels policies li dóna l'alto.

—Fa una mica de por...

La noieta li engrapa la mà més fort, però diu:

—Jo no en tinc.

—És clar, a tu no et pot passar res. Tu...

El talla una explosió, dues. Una tercera. Els de la brigada de xoc disparen contra el pany de la porta de ferro. D'altres assalten una porta veïna.

—Correm...!

Dan mira a una i altra banda, i aleshores s'adona que són a tocar de l'església del barri.

—Vine!

—On?

Però ell ja l'arrossega cap als dos graons que pugen fins al breu pòrtic on s'obren dues portes noves, encara sense pintar.

—Si no l'han tancada...

La porta cedeix i penetren en la humida penombra del temple. Només hi ha dos altars il·luminats, de costat. Tres velles, agenollades als bancs, mormolen monòtonament. Un escolanet trasteja per l'altar major, a les fosques.

—Aquí no vindran... Per què devien disparar?

La noieta es treu un mocador de la butxaca de l'abric, se'l posa al cap.

—No ho sé. L'oncle diu que són dolents.

Camina per l'església i ell la segueix cap al darrer banc, on s'asseuen vora d'una columna. Però tot seguit la noieta deixa la cartera de roba i s'agenolla.

—Resem...

Ell continua assegut, amb la cartera penjada als dits, i mira les dues trenes rosses de la noieta que enfonsa el cap entre les mans. Després, ella es tomba una mica:

—No reses, tu?

—No; jo, no.

—Per què?

—Jo trobo que els dolents són els qui disparen.

—Ho diu el teu pare?

—No en tinc. Només mare.

—I ella, ho diu?

El noiet la mira amb un esguard recelós.

—No diu res. Ella només parla dels malalts.

—De quins malalts?

—Dels de l'hospital. És infermera. —S'inclina una mica endavant.— De veritat ets neboda del secretari del Jutge?

—Sí. Per què?

Dan desvia els ulls cap a l'altar de la dreta.

—No, per res... —Només al cap d'uns moments pregunta:— Com te dius?

—Sea Fort. I tu?

—Dan Nadia.

Una veu, darrere d'ells, fa:

—A l'església, no s'hi ve a parlar.

Tots dos miren el sacerdot, dret al costat de la columna.

—Per què no aneu a col·legi?

—No en fan.

El sacerdot amaga una mà dintre la mànega de l'altre braç.

—Si us voleu quedar aquí, comporteu-vos com és degut. Pregueu al Senyor que torni la raó a tots aquests desgraciats...

I s'allunya, silenciós, gairebé solemne. El noiet espera una mica i aleshores declara:

—Doncs jo no reso!

Sea xiuxiueja:

—Perquè també deus ser dolent...

I es tomba de nou de cara a l'altar, ara amb les mans unides al seu davant, sobre el respatller de fusta. Dan deixa la cartera a terra, al seu costat, i mira cap al capellà, el qual puja els amples graons de l'altar i diu alguna cosa a l'escolanet. Després, ell mateix comença a encendre els ciris dels canelobres que hi ha a banda i banda.

El temple, però, continua en una penombra dolça i tranquil·litzadora que es dissipa més amunt, on els vitralls, alts i estrets, filtren una llum rància, vagament irreal.

Dan amaga les mans entre les cuixes, tot inclinat endavant, el cos replegat per tal de defensar-se de la humitat que s'escapa de les pedres de la columna, de les lloses del sòl. Amb l'orella, espia les remors de fora, però aquest és un món a part, on no arriba res. I quan el silenci es trenca, la pertorbació procedeix de dins mateix, d'una de les velles que s'aixeca i fa gemegar el banc on era agenollada. Camina després cap a la sortida amb un fregadís de roba abundant i pesada, i es tomba prop de la pica, on submergeix els dits per persignar-se de cara a l'altar.

Dan recull la cartera dels seus peus, atansa els llavis a l'orella de la noieta:

—Jo me'n vaig...

Sea continua resant, sense contestar. Ell espera una mica i, després, gairebé de puntetes, s'encamina a la porta. Abans d'arribar-hi, sent que la noieta abandona precipitadament el banc i corre darrere seu.

—On vas?

—A casa.

Surten a la llum de fora i Sea es desa el mocador a la butxaca. Des de les escales examinen el carrer, encara buit sota una claror grisa i plana que despersonalitza els edificis. Del jardí de davant, les branques d'un salze s'escapen per la tanca, blanes i humiliades.

—On vius, tu?

—Dues travessies més avall.

Mira cap al carrer de Mun, però la camioneta de la brigada de xoc ja se n'ha anat i l'indret és desert. Retorna l'esguard a Sea.

—I tu?

—A l'altra. Gairebé som veïns.

Ell es col·loca la cartera sota el braç, es bufa els dits. La noieta pregunta:

—No tens guants?

—Sí. Me'ls he deixat.

Tornen a ullar el carrer, per on ara circulen dos transeünts, un home i una dona, en direccions oposades.

—Podem anar plegats...

Ell agafa la cartera, que li rellisca.

—Jo no voldria anar amb una persona dolenta. —I quan ella no replica, afegeix:— Encara que tingués por.

—No en tinc, jo!

—Sí que en tens. En té tothom.

—No ens pot passar res, a nosaltres.

—Com ho saps?

—El pare diu que perquè som petits.

Ell la fulmina amb l'esguard.

—No sóc petit. Tinc deu anys, gairebé onze.

—Jo, nou.

Dan subjecta més fort la cartera, davalla els dos graons. Seguint el fil d'una idea inexpressada, diu:

—I ets una noia. —Pica de peus, indecís, i, quan ella baixa fins al seu costat, murmura:— Faré una correguda.

—Jo també!

Alhora, es posen en moviment, corren l'un al costat de l'altre, sense tocar-se, gairebé ignorant-se. Ella, amb les seves cames llargues, li pren uns pams d'avantatge. Però a la cantonada s'ha d'aturar, perquè puja un cotxe solitari.

—Corro més que tu.

Ell protesta, mentre es canvia la cartera de mà:

—No és veritat!

—He arribat primer...

—Ets una presumida. La meva cartera pesa més.

—Qui ho ha dit? Mira!

Li fa sospesar la seva, però no arriben a cap conclusió, ja que el cotxe s'ha aturat uns metres més amunt i en salten dos homes que es precipiten cap a una escala. Ella insisteix:

—No pesa?

Dan només contesta:

—També són policies...

S'arrauleixen l'un contra l'altre, sense adonar-se'n. Sobre d'ells, es bada un balcó i una dona treu el cap, però tot seguit es retira, precipitada. La noieta diu:

—Anem cap a casa...

Ell assenteix amb el cap, però no es mou.

—Mai no havia vist tants policies com avui.

Sea li busca la mà, la hi prem. Des de l'entrada de la porta de darrere, algú els diu:

—Què feu aquí, vosaltres?

Es tomben cap a la vella, mig amagada, perquè només ha obert una escletxa.

—No ets el fill de la infermera, tu?

—Sí, senyora.

—I ja ho sap la teva mare, que estàs fent voltes pel carrer?

Però ell torna a fitar la casa davant la qual s'ha aturat el cotxe, i la noieta també. Fins la vella, poruga i tot, obre una mica més la porta. Una veu crida, la veu d'un home encara invisible:

—No vull! No vull! No he fet res...

La vella diu precipitadament:

—Entreu, entreu, vosaltres...!

Es refugien contra el portal, encongits però curiosos. La vella els agafa pel braç.

—Quines ganes de prendre mal, aquesta quitxalla!

La veu de l'home invisible continua protestant:

—No hi teniu cap dret. Jo...

Calla gairebé sobtadament, i se sent un cop sord. De la porta de l'entresòl ha sortit una noia, pregunta:

—Què passa, Almira?

—Han vingut a buscar el fuster d'aquí davant.

Tots quatre s'aboquen amb precaució. Per damunt la capota del cotxe poden veure les gorres dels policies que arrosseguen algú. La noia exclama:

—Li han pegat!

Els caps desapareixen, la porteta del cotxe es tanca amb un cop fort i el vehicle engega. Tots surten a la part de fora. La vella es queixa:

—És una vergonya!

—Quin disgust tindrà la seva dona, quan torni!

—Que potser era fora?

—Sí. Tenia la mare malalta... —Assenyala els dos infants:— Qui són, aquests?

—El fill de la infermera i una amigueta seva.

La noia s'hi adreça:

—I us sembla que és un dia de voltar pel carrer, avui?

La vella espia amunt i avall i, en veure el carrer de nou tranquil i solitari, empeny el noiet per l'espatlla.

—Apa, aneu cap a casa.

—Sí, senyora.

Sea encara li prem la mà i tots dos travessen la calçada corrent, però a l'altra banda, en tombar la cantonada, Dan es mig atura.

—Tothom ens diu el mateix! Sembla... —Sacseja una mica la noieta, excitat.— Has vist...?

—Què?

Però ell ja no s'explica, perquè acaba de descobrir una inscripció sobre la paret blanca d'un solar:

ÉS MOLT SENZILL: QUEDEU-VOS TOTS A CASA

—Mira...

Sea es gira, llegeix en veu alta. Ell es pregunta:

—És per això que no es veu ningú pel carrer?

—Ho han escrit ells.

—Qui són ells?

De la botiga de més amunt, oberta, en surt una dona amb la bossa plena, llambrega a totes bandes i després camina fregant la paret.

—Els qui volen que el Jutge se'n vagi.

Ell li clava l'esguard, incomprensiu. La dona de la bossa els passa pel davant amb una mirada inquieta que no sap on aturar-se. Sea afegeix:

—També van repartir uns papers...

Dan fa mitja volta, ràpid:

—Anem-nos-en!

Ella mira per damunt la seva espatlla i veu els tres policies de la brigada de xoc, armats amb fusells metralladors, que desemboquen per la cantonada. Però Dan li estira la mà, se l'enduu al llarg de les façanes.

No s'alenteixen fins que no han tombat cap al carrer de sota. Tots dos respiren una mica feixugament mentre Dan alça un braç i assenyala:

—Jo visc aquí...

Ella només fa:

—Vine fins a casa.

—No et pot passar res, a tu. No ho has dit?

Sea pidola:

—Vine... —I aleshores es treu la cartera de sota el braç, fa córrer la cremallera.— Tinc unes estampes...

—No en vull, d'estampes. Són coses de nena.

Ella deixa caure el braç, desanimada. Després l'esguard se li espavila de nou.

—Et donaré un llibre de contes...

—A veure.

—El tinc a casa. Et donaré el que vulguis.

Unes passes feixugues s'atansen pel carrer de sobre i tots dos, desconfiats, esguarden en aquella direcció. Dan fa:

—Deuen ser els policies. —Li torna a agafar la mà.— Vine, correm.

—M'acompanyes?

—Sí.

Ella repeteix:

—Et donaré el conte que vulguis.

Dan no contesta, la mena cap a la calçada, amb la intenció de travessar-la, i la mà de la noieta l'estira.

—És en aquest costat...

Passen per davant l'estanc obert, però les altres botigues són tancades. A tocar de la lleteria hi ha un tricicle i el conductor, plantat enmig de la vorera, es grata la closca.

—Per aquí...

Tomben i travessen el carrer al llarg del qual, escampats, es poden veure una dotzena de cotxes abandonats a frec de les voreres. Ell pregunta:

—No en teniu, vosaltres?

—De què?

—De cotxe.

—No... Espera!

Li ha caigut la cartera i es desprèn de la seva mà per tal de recollir-la. Després torna a agafar-se-li.

—No sou rics, doncs?

—No; només l'oncle. I abans tampoc no ho era. —Es desvia cap a una porta, alta i estreta, mig ajustada.— Ja hi som.

Penetren en una entrada llarga, al fons de la qual uns rajols blancs i escrostonats inicien l'escala sobtada. Ella diu:

—Puja, et donaré el conte.

Però ell denega amb el cap.

—No, no el vull.

—Per què? No havies dit que sí?

—Em pensava que eres rica, aleshores.

—Però m'has acompanyat. —Abaixa els ulls, confessa:— Saps...? Sí que tenia por, molta por. I una altra cosa... Ja no crec que siguis dolent.

Ell li somriu.

—No. —Impulsivament, allarga la mà, s'envermelleix una mica.— Saps que tens unes trenes molt boniques, tan daurades?

—T'agraden?

Ell només assenteix amb el cap i aleshores, bruscament, sense afegir una sola paraula, fa mitja volta, corre fins a la porta i surt al carrer, adelerat cap al refugi de casa...

2

Amb un cop sec, Tara Flixa tanca la porta del cotxe flamant; cellajunt, observa la garita de vidre on hi hauria d'haver el porter, enfila els tres graons que menen als tallers de la planta baixa, hi dóna un cop d'ull des del llindar. Les màquines i els bancs de treball, abandonats, es perden en la perspectiva de la sala ampla, ofegada sota un silenci sinistre.

Mastega una exclamació i, congestionat, puja les escales al capdamunt de les quals la porta del despatx privat badalla, mig ajustada només. L'empeny, tot descordant-se l'abric. Bran, el seu soci, es tomba de la finestra per on mirava els solars, plens d'herbes, que semblen empresonar la fàbrica.

Ell ni saluda:

—Ho han fet, doncs?

Bran afirma amb els ulls i es mou cap a la taula, ordenada i neta.

—Era d'esperar...

Ell explota:

—Són uns infeliços! Els tractes com a persones, els dónes any rere any un jornal segur, instal·les tot de serveis perquè estiguin contents...

Llança l'abric i el capell sobre una de les butaquetes i, nerviosament, s'arranja els punys de la camisa.

—No ha vingut ningú, doncs?

Bran s'asseu darrere la taula.

—Tres operaris, només.

—Tres! Però què volen, això és el que em pregunto, què volen?

L'altre s'apodera d'un llapis, el col·loca verticalment sobre la taula.

—Ja ho saps. Que en Domina se'n vagi.

Ell camina cap a la finestra i, abans d'arribar-hi, es gira.

—És una ximpleria! Gràcies al Jutge tenim ordre i podem treballar sense por de cap daltabaix... Ha tingut desencerts, també, ja ho sé! Els tributs són massa elevats, la màquina burocràtica ens lliga, sobretot de cara a fora, però a ells tot això no els afecta gens...

—No és a mi, a qui ho has de dir.

Tara s'atura, es passa dos dits pel coll de la camisa. Sospira:

—No sé on arribarem! —I després:— On són, aquests tres?

—A la sala de muntatge.

—D'escrivent, no n'ha vingut cap? I el porter? No l'he vist... —L'altre només branda el cap i Tara es torna a exaltar:— A fe que em sentiran! Tots, tots, em sentiran!

—Desgraciadament, no els podem despatxar. Són noranta-sis homes, tota la fàbrica...

—Reduiré les primes de producció, tornarem a la jornada normal, sense hores extraordinàries...

L'altre el talla, sense perdre la seva placidesa:

—Ja ho vam fer, això. Fa sis mesos.

Tara es torna a passar els dits pel coll, acaba per descordar-se'l.

—Sí, és veritat... Quins brètols! És que sembla que els agradi de crear dificultats. Com si encara no en tingués prou... —Es deixa caure en una butaca, es passa una mà per la cara vermella.— Ja diuen que una desgràcia no ve mai sola!

L'altre alça una mica el cap, atent.

—La Zita?

—No, no té res a veure amb la Zita. —S'aixeca i gairebé rebot cap a la taula.— Aquest imbècil d'en Virtus, l'oncle. Ahir es va tornar a presentar a casa, a demanar caritat! És inconcebible! Obres la porta i te'l trobes allí, mendicant... No sé com són, avui, la gent! Tothom t'ha de fer la punyeta!

L'altre repenja la cadira contra la paret del fons, es treu la cigarrera.

—Calma't, home! Té, fuma...

—Fuma...! No tothom té el teu caràcter. Del nord havies de ser!

Bran tria una cigarreta.

—No podem lluitar contra el corrent...

—Quin corrent? Perquè quatre irresponsables...

—No són quatre, sinó milers, fins i tot milions. No has vist els carrers? Tot, o gairebé tot, tancat i barrat.

—No hi fa res. Tant se val quatre com quatre milions. Són uns irresponsables. Passem per una hora crítica, per un moment de reajustament social i... té! L'únic que saben fer és declarar-se en vaga!

—Ni això.

—És veritat, ni això. Convé fer un escarment... El lloc dels obrers és aquí, darrere el banc, a la màquina... Cal prendre mesures.

Bran encén la cigarreta, s'aixeca de darrere la taula.

—De primer cal pensar en aquests tres que s'han presentat a la feina; no he volgut fer res sense el teu coneixement, però em sembla que més valdria dir-los que se'n tornin a casa.

Ell gairebé salta:

—T'has begut l'enteniment? —Dóna un cop de puny sobre la taula.— Sembla que els vulguis fer el joc! De vegades em pregunto si no t'has passat al seu costat...

L'altre riu, enfila una cama sobre el tauler i es mig asseu.

—No... Sóc, i suposo que sempre seré, un porc capitalista. Però comprenc el seu punt de vista, un punt de vista, no ho oblidem, que no és privatiu dels obrers, perquè hi combrega el noranta-cinc per cent de la població: intel·lectuals, botiguers...

—Però què t'empatolles? Què saps, tu?

—Ho sabem tots. Encarem-nos amb la realitat, Tara. No solament de pa viu l'home... Fins i tot nosaltres volem alguna cosa més. Quantes vegades, tu mateix, no t'has queixat de l'ambient d'asfíxia, de...

—Qui ho ha dit? Quan m'has sentit dir una paraula, una sola paraula, contra en Domina?

L'altre somriu:

—Cada cop que es creava un impost nou.

Tara alça el braç, gairebé triomfal.

—Això és diferent! No...

Però el timbre del telèfon, sobre la taula, el talla. Se n'apodera impacientment, crida:

—Digui!

La veu femenina li arriba clara, com si parlés al seu costat mateix:

—Ets tu, Tara...? Sóc la Zita.

—Sí... Què passa?

—Només volia saber si havies arribat bé.

—És clar. Per què no havia d'arribar-hi?

—Diu que detenen la gent...

—Ningú no m'ha molestat. Per què?

—No ho sé. No t'ha passat res, de debò?

—No, dona. No et preocupis!

—I el cotxe?

—Una mica dur, com era d'esperar.

—Treballeu?

Ell s'escura la gargamella.

—Bé... Falten alguns obrers.

—Diu que gairebé tot s'ha paralitzat. Nic ha tornat de l'Institut.

—Per què?

—No fan classe.

Ell desencadena:

—Què es deuen haver pensat, aquests ganduls? Cobren de l'erari públic, de l'Estat... No tenen dret... Quina colla de malparits!

—Tara!

—Sí, perdona... Ja ens veurem a migdia.

—Sigues puntual. Recorda que l'Ari i la meva germana vénen a dinar.

—No ho he oblidat. Ara tinc una mica de feina...

—Fins després, doncs, Tara.

Penja i acaba de tombar-se cap al seu soci.

—No sé on arribarem. Fins i tot a l'Institut...

L'altre assenteix, tot envoltat de fum.

—És un moviment espontani, general...

—Espontani? No em facis riure! Tu creus que uns quants milers, uns quants milions de persones poden posar-se d'acord d'aquesta manera... espontània? Algú que hi ha darrere! Ja en sentirem parlar.

Totes les coses tenen un motiu i aquí, com a tot arreu, hi ha interessos particulars, inconfessables, que se serveixen d'aquests infeliços per als seus objectius.

L'altre es mig arronsa d'espatlles.

—Ja ho veurem, com dius tu. Mentrestant, què cal fer amb aquests tres desgraciats que han vingut a treballar?

Ell creua l'habitació, agafa l'abric i el barret de sobre la butaca, els penja.

—Que treballin! Per això cobren, oi?

—Bé... Potser seria convenient donar-los una gratificació...

Tara es tomba, l'esguard sorprès.

—Per què? Perquè compleixen amb el seu deure?

L'altre reposa els peus sobre els rajols, parla amb certa severitat:

—Cal que siguem molt prudents... Sempre he estat més realista que tu, Tara, potser perquè sé mirar els problemes des d'una certa distància. No ens enganyem. Aquest moviment d'ara, espontani o no, pot canviar l'estructura del país i ningú no sap si demà... —Fa un moviment amb els braços i tot seguit es gira cap al cendrer, on apaga la punta de la cigarreta.— No sabem qui són aquests homes...

—Qui vols que siguin? No ningú.

—Potser no ningú. És el més probable. Però un gest de bona voluntat no ens pot fer cap mal. El meu criteri és aquest: cridar-los, concedir-los una gratificació per l'interès que han demostrat per l'empresa i, després, enviar-los a casa amb quatre paraules que posin de manifest que no se'ns escapen les raons de l'abstenció dels seus companys i, més que això, que no sabríem blasmar-los tot i el perjudici que ens ocasionen...

—No, no i no! Mai no faré...

—No has de fer res; ho faré jo. —Se li atansa i li posa la mà sobre l'espatlla.— L'obstinació pot ser útil en determinades circumstàncies. Altres cops, convé una mica més de ductilitat. Tu i jo hem tingut sort, perquè ens complementem... La situació és greu, Tara, només et cal reflexionar un moment i ho veuràs... Deixa'm fer.

Tara allibera l'espatlla i camina a poc a poc cap a la finestra. D'esquena, diu:

—Està bé. Potser tens raó...

—Estic segur que sí.

Ell tanca els punys, es torna a girar.

—Però espera que això fracassi, que s'hagin d'empassar aquest cop de cap, i ja veuràs com em sentiran!

Sense replicar, Bran s'acosta al telèfon interior, prem un botó que correspon a la sala de muntatge.

—Només saben reclamar, queixar-se! Que si el sou, que si les hores, que si les condicions de treball... I ara, això! Sembla que els sàpiga greu que la ciutat visqui en pau...

Bran, encara al telèfon, continua esperant en silenci.

—T'envegen els beneficis, tot els fa set, com si tu no haguessis exposat res, com si no haguessis suat cada maleït cèntim que guanyes... Desagraïts!

L'altre separa una mica l'orella de l'aparell.

—No contesta ningú.

Ell el mira.

—Els havies d'haver retingut aquí. Sols, són capaços de qualsevol cosa...

—No ho crec. —Però penja l'auricular i tot seguit camina cap a la porta.— Més valdrà que els vagi a buscar.

Tara obre els braços, exasperat.

—Molèsties, molèsties! Sempre el mateix...

El segueix cap a les escales i tots dos davallen fins al breu vestíbul. En passar, Tara dóna una altra ullada al taller de fabricació.

—Ves si no fa pena...

L'altre assenteix sense paraules, surt al pati, on només hi ha un cotxe, deixat de través. S'atura i l'assenyala:

—No m'havies dit que ja el tenies...

—Me'l van dur ahir a la tarda.

Tots dos el contemplen, emmirallats en la capota verd clar, resplendent sota la llum opaca.

—Es veu que la prima d'urgència va fer prou el seu efecte...

—Carall, l'havia de fer! Són cinquanta mil pessetes, un deu per cent sobre el preu de venda.

—I qui se les queda?

—Jo què sé! El president, el director, un secretari... qualsevol d'aquests mossegues.

L'altre comenta:

—Fa bonic, no pot negar-se, però per mig milió...

—És un caprici, d'acord. Però em sembla que hi tenia dret!

Es desplacen cap a l'esquerra, on Bran empeny la porta, i travessen la vasta nau dividida en dues peces, l'última de les quals és el taller de muntatge. Tara pregunta:

—No m'has dit qui eren aquests tres... Els conec?

—L'Elia Escau, l'encarregat, en Bola i...

Però calla, perquè Tara, que l'ha avançat, es tomba des del llindar:

—No hi ha ningú!

La nau és buida de tota presència humana. Només dotzenes i dotzenes de màquines d'escriure, en diferents etapes de muntatge, s'arrengleren sobre els bancs del operaris, al costat de pileres i més pileres de peces, d'eines envellides per l'ús. Bran diu:

—No ho entenc...

—Doncs ja ho veus. Segur que se n'han anat!

L'altre es mou cap a un dels bancs, allarga la mà, recull un paper i lentament, en veu alta, llegeix:

ÉS MOLT SENZILL: QUEDEU-VOS TOTS A CASA

Tara es corda violentament els botons de l'americana.

—I després parlaràs d'un moviment espontani! Que potser s'han escrit sols, aquests papers?

—No, però això no vol dir que es tracti d'una cosa organitzada.

—Ets un ingenu!

—Al meu veure, algú ha volgut aprofitar les circumstàncies... Els fulls no han sortit fins a última hora, mentre que aquesta mena de consigna, verbal, feia dies que corria.

—I bé, qui l'havia donada?

Bran arronsa les espatlles, torna a deixar el paper ciclostilat. Tara s'aixeca les solapes de l'americana.

—Anem, que aquí fa fred.

L'altre el segueix, butxaquejant.

—No sé pas on se'n poden haver anat...

—A casa, home, a casa!

—Mirem les altres dependències.

—Si això et diverteix!

Però és el primer d'obrir portes, d'escorcollar amb el seu esguard adust els departaments de fosa, de pintura, de fusteria...

—Res... ningú.

Peça rere peça els acull un silenci opressiu, el paisatge corprenedor de les eines abandonades, de les màquines que han perdut llurs servidors. La fàbrica s'ha convertit en un vast cementiri de ferramenta que encara conserva les aparences, però que, secretament, ha estat atesa per la corrupció que amenaça els objectes fora d'ús, negligits o menyspreats.

El gest de Tara cada vegada és més sec, més brusc, més irat, un gest que a despit seu es va encarcarant a mesura que els ulls, ribetejats de vermell, furetegen els grans espais lliurats, únicament, a la llum que travessa els vidres de les amples finestres reixades. Fins que, incapaç de contenir-se ni un minut més, esclafeix encara:

—Cap d'ells no tornarà a posar els peus aquí! Això s'ha acabat! Poden tolerar-se moltes coses, però per aquesta no hi passo. Des de demà, gent nova!

—I on la trobaràs?

—On sigui. Posarem anuncis.

—No acudirà ningú.

—Sempre hi ha esquirols.

—Molt em pensaria que aquesta vegada tot serà diferent.

Ell se li encara, els ulls sortits de la testa:

—Doncs, què hem de fer? Plegar-nos de mans?

—Esperar que les coses se solucionin totes soles.

Ell escup:

—De vegades t'odio, Bran! Aquesta flema...

Sense acabar, es tomba, refà el camí entre les màquines inertes, reduïdes a la impotència, obre la porta exterior amb una batzegada, surt al vestíbul i puja de nou al primer pis.

Furiosament, penetra en el despatx, s'adreça a l'aparell telefònic, se n'apodera. Bran, des de la porta, una cigarreta a la boca, pregunta:

—Què vols fer, ara?

—Sóc partidari de l'acció, jo. La policia...

Bran, impulsivament, salta al seu costat, allarga la mà i talla la comunicació.

—No siguis ximple! Què vols que ens solucioni la policia?

—Per això hi són, oi? Per això els paguem, perquè ens protegeixin. —Li treu la mà de l'aparell.— Surt!

—Són ganes de perdre el temps. —Però enretira la mà.— Prou feina deuen tenir amb altres problemes...

—Només hi ha un problema. —I mentre marca, més calmat, explica:— No t'oblidis, tampoc, que el cap de seguretat és una relació personal meva.

—I què? Què pretens? Que t'enviï una brigada de xoc per engegar les màquines?

Però ell no contesta, s'inclina cap a l'auricular, el subjecta amb l'altra mà.

—Comissaria Central?

—Digui.

—Vull parlar amb el comandant Ezra!

La veu no perd la seva equanimitat. Pregunta:

—El seu nom?

—Flixa, Tara Flixa.

—En aquest moment el senyor comandant...

—Ja ho sé, ja ho sé, té molta feina! Però és un afer urgent... i personal. Sóc amic seu. Faci el favor de passar-li el meu nom.

—En aquest moment el senyor comandant no pot ser molestat. S'ha reunit en conferència i...

—Prengui nota que he telefonat, doncs. Que em truqui tan aviat com pugui! —Penja l'aparell, més irat que mai.— Conferències, conferències! És l'única cosa que saben fer, xerrar... Dóna'm una cigarreta, ara!

L'altre es treu la cigarrera, la hi allarga. Després dóna un cop d'ull al rellotge de polsera.

—Tens la intenció de quedar-te aquí?

—No em diràs que te'n vas!

Bran afirma amb el cap, es desa la cigarrera.

—Sí. I tu també. Vés-te'n a casa, agafa la dona i el noi i sortiu d'excursió... A veure si et calmes una mica i evites aquest atac que sembla que busquis.

—El meu lloc és a la fàbrica. I el teu...

Es tomba cap al telèfon, que ha començat a sonar; l'engrapa.

—Digui! —Escolta un moment.— Sí —diu, i allarga l'auricular al seu soci—. És per a tu.

Bran l'agafa i ell, amb la cigarreta sense encendre, es desplaça cap a l'altre costat. Tamborineja sobre la taula.

—Bran a l'aparell.

Tara espia el seu silenci, però després fa mitja volta i s'allunya cap a la porta que comunica amb les oficines del personal. No s'atura ni quan Bran exclama:

—Hola, Cusa!

Penetra en el despatx on s'encaren, en dues rengleres de tres, les sis taules dels escrivents, plenes de papers deixats sense ordre ni concert, com tenen costum de fer. Allarga la mà cap a la més propera, recull una llista de materials interrompuda a la meitat, però tot seguit la rebutja amb un gest d'enuig.

Travessa fins al relleix que corre al llarg de les dues finestres, toca el bloc on hi ha una indicació indesxifrable i després empeny la porta per sortir de nou al passadís. Des d'allí escolta el silenci de l'edifici, una quietud angoixosa, insana, que puja no solament dels tallers de la planta baixa, sinó que, de tota la ciutat, sembla convergir en les seves orelles.

S'adona que encara duu la cigarreta apagada entre els llavis i, amb un gest brusc, la llença per terra tot exclamant:

—Recony!

Avança de nou cap al despatx de la direcció i, des de la porta, sense tancar, veu que Bran somriu al seu invisible interlocutor. Aleshores, lentament, es va girant d'esquena, diu:

—Sí, sí.

Es fica la mà a la butxaca mentre el de l'altra banda deu seguir parlant; s'allunya una mica l'aparell de la cara.

—Aquest vespre, com de costum. Si és que han obert! —S'inclina una mica més, torna a treure's la mà de la butxaca.— Fins després, doncs. Adéu.

Penja l'auricular al seu suport, agafa la cigarreta de sobre el cendrer, però en adonar-se que s'ha anat consumint sola l'esclafa pensarosament. Quan es tomba cap a Tara, explica:

—Era en Cusa, de les Manufactures Ferris...

—Sí. I què?

—Volia saber quina era la nostra situació.

—I la d'ells, quina és?

—No han pogut engegar, tampoc. Només se'ls han presentat set operaris i un escrivent. A tot arreu deu passar el mateix.

Tara, amb el puny clos, es dóna cops al palmell de l'altra mà.

—I continuarà passant mentre no ens decidim a posar-hi remei. Però si tothom se'n renta les mans, com tu... Quines mesures han pres?

—Cap.

Tara torna a colpejar-se el palmell amb el puny.

—Cap, és clar! —Es mou, inquiet, la cara de nou envermellida per la pressió interior.— Em rebenta, això! Com si no tinguéssim cap responsabilitat envers la societat, envers... nosaltres mateixos. Ni que només fos per instint de conservació...

L'altre arruga el front, acluca una mica els ulls i, encara dret, s'apodera del llapis amb què havia joguinejat de primer.

—Aquest instint de conservació ens ha fet guanyar quinze anys...

Tara se'l mira, recelós.

—Què vols dir, guanyar?

L'altre prossegueix, sempre amb el llapis entre els dits, el cap abocat sobre la taula:

—Ens ha permès de mantenir un estat de coses en manifesta contradicció amb un progrés de caràcter social que...

—No fotis! —Amb el peu esquerre pica contra els rajols, gairebé viciosament.— Mai, entén-ho bé, mai no havia existit una legislació tan progressiva! Durant aquests quinze anys que tu dius, hem fet un salt que ni els més optimistes no s'atrevien a esperar.

Bran riu, branda el cap.

—No, Tara, no! No fem discursos, ara... Per progrés social entenc no tan sols una millora de la condició material dels obrers i de tots plegats, sinó un respecte a la persona que... —Observa el rostre congestionat de Tara, la boca que s'obre, i li posa la mà sobre el braç.— Escolta... Conec tan bé com tu els nostres interessos i, més encara, estic disposat a defensar-los... si això és possible. Però ara parlem entre nosaltres, ens podem permetre el luxe de ser sincers...

Es talla, i tots dos miren cap a la porta.

—Què és això?

Deixa caure la mà i avança, però els passos que pujaven per les escales ja ressonen al passadís i dos individus, joves i engavardinats, es retallen en el buit de la porta.

—El director...?

Tara i Bran diuen alhora:

—Sí.

El més madur dels homes es presenta:

—Tinent Orsia, de les forces de policia... Tenim ordre d'establir una relació de tots els seus obrers que hagin faltat a la feina.

Tara es mira el seu associat, els llavis se li obren en una temptativa de somriure.

—Sí. Entrin, entrin...!

Mentre l'altre policia ajusta la porta al seu darrere, el tinent explica:

—No és una ordre que afecti la seva empresa sola, senyor Flixa; s'han pres mesures relacionades amb totes les indústries que ocupen més d'una cinquantena d'obrers.

Tara accentua una mica el somrís.

—Naturalment... I, si m'ho permet, li diré que ja era hora. —Indica les butaques.— Però seguin, seguin mentre busquem les nòmines...

3

Oti davalla les escales amb tot de petits salts que li fan botar els pits joves i ufanosos, mal empresonats dintre uns sostenidors esquinçats. Les dues galledes, que subjecta amb una sola mà, repiquen l'una contra l'altra amb una remor escandalosa de llauna que trenca el silenci migdial de la casa. Submergida en el soroll, la veu taral·leja una cançó apegalosa.

—Altre cop no teniu aigua?

La portera, que l'ha sentida, és al peu dels graons, prop de l'ascensor.

—Altre cop. —S'atura al seu costat, diu:— Tenen sort que me'ls estimo i són persones com cal, perquè amb això n'hi ha prou per deixar una casa...

—Sí, que hi toqueu cada dos per tres... És la pressió.

Ella deixa les galledes a terra.

—És clar. Però ves a qui se li acudeix de venir a viure tan amunt, i encara al darrer pis! I tampoc no em queixaria si la font fos aquí mateix... —Amb totes dues mans s'agafa la sina esquerra i, una mica inclinada endavant, entra el pit.— Des d'ahir que duc els sostenidors esquinçats.

—Deu tenir molt males mans, el teu xicot...

Ella riu, recull les galledes i camina cap a la porta.

—Sort encara que no fa calor, perquè amb aquesta pujada...

—Fred fa, criatura!

—A l'estiu no sé si ho resistiré.

Deixa que la porta es vagi tancant tota sola al seu darrere, recorre els primers metres pausadament, però tot seguit inicia un trot sostingut pendent avall, cap a la font que hi ha gairebé al peu de la muntanya. El pedruscall se li esmuny sota les sabates planes, l'acompanya rodolant en la seva davallada.

A la torre dels Eixems, la vella Cat pica un matalàs plegat sobre la barana de l'eixida.

—On vas, Oti?

Ella no s'atura, mostra les galledes:

—Ni es pregunta, això!

Riu, i els pits li trontollen com un animal viu i independent, desitjós d'escapar-se.

No alenteix el pas fins a la cantonada del torrent, on comença una renglera seguida de construccions baixes, totes tancades, amb les façanes escrostonades i els ferros de les finestres rovellats. Nat puja amb dues bosses plenes de verdura i ella, des de lluny, li crida:

—Però que has anat a comprar?

L'altra no contesta fins que no arriba al seu costat; aleshores s'aturen totes dues.

—La senyora ho ha volgut de totes passades.

—Li hauria dit que se n'hi anés ella.

Deixa caure les galledes, una de les quals rodola cosa de mig metre, perquè ha caigut de costat. L'amiga fa:

—Llengua!

Reposa les bosses de la compra sobre la vorera esberlada i, amb les mans enguantades, rebutja uns cabells rebels que li queien sobre els ulls.

—Bé vas a buscar aigua, tu...

—Que n'ets, de graciosa! Ja es veu que vosaltres esteu bé de pressió!

I, de sobte, riuen totes dues, fins que Oti replega les mans cap al pit.

—Se m'ha tornat a escapar!

—Què et passa?

Però ella només explica:

—Em fa ràbia tenir-los tan grossos!

—Pitjor és tenir-los massa petits. No duus sostenidors, avui?

—Se m'han trencat... Ja està, ara.

Nat es treu el mocador de la butxaca de l'abric, es moca.

—No sé com pots anar tan fresca.

—I tu, tan abrigada... Per això et refredes tan sovint.

Per primer cop, sembla adonar-se de la galleda ajaguda sobre el seu flanc. Avança un pas i la redreça. Quan torna a incorporar-se, pregunta:

—Diu que no es veu gairebé ningú, pels carrers?

Nat dóna una ullada circular. Però ella protesta:

—Oh, aquí ja se sap! Si sembla que visquem al camp...!

—Es veu molt poca gent, sí.

—El senyor Rom ha telefonat a mig matí per dir que tot semblava un cementiri.

L'altra, que s'ha ben fregat el nas, desa el mocador.

—Hi ha botigues que han obert, però. Té, si he vist en Guill!

Oti recalca les mans contra els malucs.

—Ha anat a treballar, aquest pocavergonya?

—Era darrere el taulell.

Oti sembla escandalitzada:

—I em va dir que no!

—Ja saps que el senyor Llasat no bromeja.

—Li cantaré les quaranta, t'ho asseguro.

Recull les dues galledes amb una sola mà. L'altra afegeix amb aire innocent:

—Després, hi ha la Ter...

Oti es queda un moment molt quieta; aleshores treu la llengua i fa una ganyota.

—Eu! És lletja... i mal feta.

Redreça el bust, projectant endavant les sines poderoses i tendrals. Però l'altra diu:

—Si només comptes amb això!

—I amb moltes altres coses, maca! Els...

La talla un espetec, i totes dues respiren a fons, l'esguard girat cap a la part baixa del torrent, on el carrer va davallant en serpentina entre els edificis penjats.

—Què ha estat, això?

—Sembla com si haguessin disparat...

—Disparat?

L'espetec es repeteix, però ara elles es fixen en el xicot que tomba ràpidament l'angle de la darrera casa i després avança pel carrer desordenat, mirant a banda i banda. Quan passa pel seu costat sorprenen el panteix feixuc, la llambregada plena de desconfiança que els adreça abans de fer-se fonedís pel barranc de la dreta on un caminoi, entre una vegetació malaltissa, voreja el turó.

Nat, en veu baixa, pregunta:

—Vols dir que el persegueixen...?

La resposta, la hi donen cinc homes de la brigada de xoc enfundats en l'uniforme que, les pistoles a la mà, s'enfilen ja pel carrer amb les pesades botes de campanya. Oti, espontàniament, crida:

—Se n'ha anat per allí!

I assenyala, tota excitada, les escales que baixen cap a la part de darrere de les cases. Ells, sense aturar-se ni regraciar-la, obeeixen la seva indicació, es fan fonedissos mentre una sorda remor de ramat en desbandada altera la quietud de l'aire. Nat se la mira encuriosida.

—Per què els has mentit?

—Que potser vols que agafin un dels nostres?

—Dels nostres? I si és un criminal?

—No li has vist la cara?

—No vol dir res.

—Després, avui no tenen temps per als criminals. Quan ha telefonat, el senyor Rom ha dit que sabia que havien molestat molta gent. Només perquè no anaven a treballar. —Fa un gest amb el braç.— Que es fotin, doncs!

L'altra recull les bosses.

—Quan vegin que els has ensarronat, són capaços de venir a buscar-te.

—Que vinguin! —Arronsa les espatlles amb un moviment magnífic.— A mi no me'n fan, de por. —Fa dringar una galleda contra l'altra.— No baixes, fins a la font?

—Què et sembla? —I comença a caminar.— Ja m'has fet gelar prou.

Oti riu, es tomba amb una mitja volta que li fa voleiar les faldilles.

—Digues al senyoret que t'escalfi, dona!

Nat li crida:

—Poca-solta!

—Que potser li diries que no?

Torna a riure, i els seus divuit anys corren pendent avall sense esperar la resposta. No s'atura fins a l'inici del carrer en serpentina, des d'on crida:

—Si vols, després pots baixar i m'ajudaràs a pujar una galleda!

L'altra només branda el cap i la mira desaparèixer rere les torres de la part baixa.

Oti es desvia cap a la dreta, on salta un petit marge, i aleshores, vorejant la part posterior dels edificis, abreuja camí fins al carrer de sota. Tomba de nou a la dreta i surt a la plaça esquifida on hi ha la font. Una dona s'hi ha aturat, hi beu.

—Hola!

La dona alça la cara i, amb el dors de la mà, es frega el filet d'aigua que se li escorre per la barbeta.

—Bon dia. —Després, tot observant la cara de la noia, que col·loca una galleda sota el doll, comenta:— És la primera persona que veig somriure, avui!

Oti obre més l'aixeta i l'aigua espetega contra el fons de zenc.

—Doncs jo trobo que és un dia per estar content...

L'altra l'esguarda amb un xic de desconfiança.

—No ho sé... Segons com es miri. —Ordena el mocador que duu al coll, un extrem del qual s'ha escapat de l'abric.— No heu sentit que disparaven, ara fa un moment?

—Era la policia.

La dona declara:

—El meu marit ho és.

Oti posa cara de circumstàncies, mira cap a l'aigua que va omplint la galleda. La dona precisa:

—De la brigada de xoc. Ja fa tres dies que els van aquarterar tots. Et sembla que de veritat passarà alguna cosa?

—Què sé jo, pobra de mi!

—Estic preocupada. Mai no m'ha agradat que ho sigui.

Obstinadament, Oti continua fitant l'aigua. La dona espera una mica i després diu:

—Me n'hauré d'anar... Tinc una germana a l'hospital.

Oti regula de nou el raig de l'aixeta.

—No la feu esperar, doncs.

—No... L'han haguda d'operar d'un càncer que tenia a la matriu. N'hi ha molts, ara...

Torna a esperar, però Oti s'absté de tot comentari. L'altra fa un pas. Desmaiadament, saluda:

—Bon dia, doncs.

—Bon dia.

Alça l'esguard per seguir-la mentre travessa la placeta. Aleshores es redreça, treu la llengua i mormola:

—Eu...!

Veu que el líquid gairebé sobreïx, tanca l'aixeta, vessa una mica d'aigua i, amb totes dues mans, fa passar la galleda per sobre el reforç de la tassa, la deixa a terra. Sorollosament, col·loca l'altra, torna a engegar l'aigua i, una mà sobre la font, l'altra contra el maluc, observa al seu entorn les cases escampades, on no sembla haver-hi rastre de vida, i els tres bancs de pedra de la plaça, on avui no pren el sol cap vell.

Després aixeca l'esguard cap al cel, on es passegen amples i espesses bandades de núvols, cada cop més negres, acastellats per un vent lleu que bufa de ponent. En alguna banda, sota la cleda viva que circumda la placeta pel costat del declivi, ronca el motor d'un cotxe, falla, s'engega de nou, i després s'allunya amb tot de petits espetecs insegurs.

Oti fica un dit a la galleda, trenca el fràgil remolí d'escuma que l'aigua forma a les vores, però, en adonar-se que el davantal frega la tassa humida, enretira la mà, se subjecta la roba entre les cuixes. Aleshores es mira les cames, nues, una mica envermellides pel fred, n'aixeca una i, reposant el peu sobre el sortint de la font, se l'examina amb uns ulls crítics, s'inclina...

—Ja volia dir!

Esguarda al seu voltant i, en comprovar que no hi ha ningú, es descorda dos botons del vestit, introdueix una mà per l'escot, s'agafa un pit i, amb l'altra mà, puja els sostenidors per tal de veure's l'esquinç. En veu alta, amoïnada, s'explica:

—Ja els puc dir adéu!

Però aleshores es corda precipitadament, perquè, de la banda de l'avinguda tot just projectada i que un dia o altre canalitzarà la circulació per la muntanya, se senten veus cantelludes i la remor de peus que s'arrosseguen per la grava.

Tanca l'aixeta, agafa la galleda i la deixa al costat de l'altra. Vessa després encara un xic d'aigua, ja que li sembla massa plena. Es redreça una mica, es frega les mans al llarg del davantal, torna a inclinar-se.

—Eh, tu!

Els policies han desembocat a la placeta, tots cinc, i avancen cap a la font. Ella, mig tombada, els mira fins que s'aturen al seu davant. El més vell, amb galons de sergent, fa:

—No ets tu qui ens ha dit per on s'havia escapat aquell?

Ella es torna a fregar les mans contra el davantal, al llarg dels malucs.

—No ho sé.

—Com, que no ho saps?

—No sé si eren vostès. —Un dels homes somriu, però ella continua seriosa.— No l'han detingut?

El sergent la fulmina amb l'esguard.

—Per què ens has dit que se n'havia anat per les escales?

Ella li retorna la mirada.

—Per començar, no li he donat cap permís perquè em tutegi...

—Fotuda mocosa!

—Parli bé.

L'home s'irrita, avança un pas.

—Parlo com em dóna la gana!

—Doncs parli sol.

Es tomba cap a les galledes i s'inclina per tal d'agafar-les. L'altre ordena:

—Quieta! —Però Oti completa el seu moviment, fins que una mà li subjecta el braç.— Quieta, dic!

—Tregui'm la mà de sobre!

—No saps que et podria detenir?

—Que no em tutegi, li dic!

—Molt bé. Som-hi, doncs; cap a la comissaria.

—Per què?

—Per haver ajudat la fuga d'un enemic de l'ordre...

Ella el talla:

—Com ho saben, que no se n'ha anat per on he dit? Perquè no l'han pogut atrapar?

El sergent es tomba cap als seus homes.

—Curt, Lari, acompanyeu-la al cotxe.

Però Oti torna a inclinar-se sobre les galledes, les agafa.

—De primer duré l'aigua a casa.

—Faràs el que et diguin!

—M'han dit que dugués l'aigua. Sóc persona manada, jo! I, abans de detenir-me, potser els convindria saber per a qui és, aquesta aigua.

El sergent vacil·la un moment i, amb un esguard apreciatiu, ressegueix ràpidament les torres properes. Després torna a llambregar la noia. Ella ja té una galleda a cada mà.

—On vius?

Ella només assenyala amb el cap, d'una manera vaga.

—Allà.

I comença a caminar, una mica vinclada pel pes de l'aigua que oscil·la dins els recipients. Sense que li calgui girar-se, sent que els homes la segueixen i, després, quan s'inicia el pendent, la veu d'un d'ells que diu:

—Sergent...

Deu haver fet un gest explicatiu, i el suboficial deu haver assentit, perquè aleshores una mà s'allarga cap a una de les galledes, la hi pren.

—Permeti...

És el policia ros que li havia somrigut.

—No es molesti. Hi estic acostumada.

—Però pesa...

Una segona mà ja s'allarga cap a l'altra galleda i un xicot molt alt i caigut d'espatlles diu:

—Jo portaré aquesta.

La noia gairebé riu:

—Molt bé, com vulguin...

El sergent, poc convençut a despit de la seva autorització, es queixa:

—Tot això no és gaire regular...

Però aleshores tots miren cap al capdamunt del pendent, per on baixa un jovenet de setze o disset anys, amb un càntir en una mà i una ampolla a l'altra. La noia crida:

—On vas, Bala?

El xicot ja s'ha aturat, sorprès en veure els policies; després fa mitja volta i arrenca a córrer per on ha vingut. El sergent avança unes passes, ordena:

—Agafeu-me'l!

Dos policies se separen del grup i, mig corrent, escalen la pujada. L'altre interroga:

—Qui és? —Tot seguit s'adreça als dos homes que caminen al costat de la noia.— Deixeu les galledes, vosaltres!

El ros i el llargarut obeeixen; tot el grup s'ha immobilitzat al costat de la riba on un munt de terra limita el breu jardí d'una torre. L'home torna a repetir:

—Qui és?

—Un veí. Un col·legial.

El sergent observa el lent progrés dels seus homes muntanya amunt, es fica dos dits a la boca i xiula. Els altres s'aturen, es tomben.

—Baixeu! —Torna a adreçar-se a la noia, amb l'esguard de biaix.— No ens has dit el nom del teu amo...

Oti mira de guanyar una mica de temps:

—Ningú no me l'ha preguntat. I repeteixo que no vull que em tutegi!

El sergent no li fa cas.

—Com se diu?

—És el senyor Rom.

L'home mira els seus subordinats, repeteix:

—Rom? —Els altres s'arronsen d'espatlles, però ell pregunta:— N'heu sentit parlar mai, vosaltres?

Ningú no té temps de contestar, perquè la noia ha saltat al marge i, abandonant les galledes, corre cap a la menuda fondalada de darrere les torres. El sergent avança, seguit dels seus homes, als quals es reuneixen, per la banda de sobre, els altres dos que havien sortit en persecució de l'adolescent.

—Alto o disparo!

Però Oti no l'obeeix, s'endinsa per entre unes mates que creixen arran del cingle escapçat i, al cap d'uns minuts, quan tots corren per les munteres de grava i de llaunes de conserva rovellades, la veuen reaparèixer al capdamunt, prop de les escales de terra cavades entre dues torres del carrer de dalt. El sergent crida els altres dos policies que avancen pel marge:

—Vosaltres!

I dispara enlaire per tal d'intimidar la fugitiva. Però Oti no es tomba, puja els graons de dos en dos.

—Maleïda xicota!

Tots s'enfilen per l'esllavissada mentre els dos de dalt se separen; un d'ells corre darrere la noia, l'altre travessa muntanya enllà, seguint la desigual alineació posterior dels xalets, tots tancats i muts, i destorbats per les veus dels homes que s'animen a la cacera.

Oti tomba pel torrent de dalt, el segueix arran del vessant pedrós, cercant una altra clivella, però la muntanya no ofereix sortida per aquest costat i ella va corrent camí avall, cap a les escales que sap que hi ha més lluny, passats els xalets. Però aleshores s'atura, es prem un puny contra la boca, fa mitja volta. El policia que s'havia separat dels altres ha sorgit gairebé al seu davant després d'enfilar-se pel pati que queda entre les dues darreres torres.

Els altres ja vénen per la riera, tots quatre desbocats, un d'ells a l'avançada, la pistola a la mà, però sense apuntar. Oti, desesperada, mira cap a la muntanya, es llança contra la paret i prova d'escalar-la amb l'ajuda de mans i peus, s'arrapa a una arrel morta que cedeix perillosament.

L'home que ha arribat al seu darrere l'engrapa pel turmell, l'arrossega, i tots dos cauen entre una inofensiva esllavissada de pedruscall. Ella es regira per terra per tal de fer cara al seu enemic, es debat amb mans i peus.

—Deixa, salvatge!

El xicot, gairebé damunt seu, li prem el ventre amb un genoll, la subjecta pels braços.

—Que em deixis, dic!

Li colpeja el pit amb els punys, però ell va aplanant-se al seu damunt, ara amb un rictus àvid que li desfigura la cara; desplaça les mans cap a les sines... El sergent fa:

—Ja està bé, Malai!

A l'home, sembla que li costi de comprendre que se li adrecen, però després abandona a poc a poc la seva presa, s'incorpora. Llestament, la noia salta de nou, es gira i va per córrer, però les mans l'empresonen per la cama i quan cau, bocaterrosa, Oti es troba rodejada per tots cinc policies. El sergent mana:

—Apa, fera, cap al cotxe!

S'incorpora lentament, mirant-los. Amb un moviment brusc rebutja els cabells caiguts sobre la cara, però un ble rebel li demana l'auxili de les mans. El sergent s'impacienta:

—No perdem més temps!

Ella crida:

—Vagin-se'n! Vagin-se'n!

—Sí, però amb tu, nena.

Li posa una mà damunt, però ella el rebutja, esbossa un moviment de costat i després, amb les ungles, li ataca la cara. Tots els altres es precipiten, un d'ells li torça el braç cap a l'espatlla i el sergent, irat, la colpeja sense mirar on pega.

—Malparida!

Els cops plouen sobre la cara, fins que un dels mateixos homes exclama:

—Sergent...!

L'altre l'empenta amb barroeria. La noia ensopega i el cos vacil·la un instant abans de caure, mig sostingut per les mans que li retorcen el braç. Un os peta.

—Ai!

No plora. Se subjecta el braç amb l'altra mà, tanca la boca amb un gest de tossuderia. El sergent li pega amb el peu.

—Aixeca't!

Oti no es mou, els mira tots cinc.

—M'hi hauran de dur arrossegant.

L'altre es treu la pistola de la funda, l'amartella.

—Et dic que t'aixequis!

Oti continua a terra, però ara la boca ha perdut decisió, els llavis li tremolen una mica. L'home alça la pistola.

—Sergent, deixi que parli amb ella...

El policia ros s'ha avançat lleugerament, però l'altre ni el mira, només diu:

—Fora!

Té el rostre lívid i l'esguard se li extravia. La noia respira feixugament, amb el cor desbocat, però assegura:

—No ho farà...

El sergent, sense moure un sol múscul de la cara, alça una mica més l'arma, apunta entre els dos pits blancs que han acabat per escapar-se dels sostenidors, del vestit esquinçat fins prop de la cintura, i prem el gallet. Un sol ressò, curt i sec, es propaga per la muntanya...

4

Sense abandonar la ploma, Rams Gramú allarga els dits cap al paquet de cigarretes, n'agafa una, però després, amb la vista sempre fita en la pàgina mig escrita que té davant, la deixa sobre les quartilles blanques que s'apilonen a l'esquerra, a tocar de la copa buida. Afegeix uns mots a l'última frase, inacabada, torna a alçar la ploma, suprimeix seguidament una paraula, n'escriu una altra i desplaça l'esguard cap al principi de l'oració. L'altra mà busca la copa, se n'apodera a les palpentes i l'atansa als seus llavis. Només aleshores s'adona que és buida.

—Raura...

La dona, amb el seu diminut davantal negre, alça els ulls de la novel·la que llegia, fita l'escriptor.

—Porta'm una altra copa.

Des de la taula del fons, Guriana comenta:

—No diuen ni una paraula...

Rams Gramú abandona definitivament la ploma, agafa la cigarreta.

—Què et pensaves, doncs?

La dona deixa un llapis sobre el llibre, s'aixeca.

—Mai no han dit res de les coses que ens interessen.

—Es comprèn. Sembla mentida que us vingui de nou, després de quinze anys.

Guriana plega el diari, n'agafa un altre.

—Es veu que costa d'acostumar-s'hi.

Rams Gramú torna a deixar la cigarreta, s'estira mandrosament; després desplaça la cadira cap enrere i es posa dret.

—Amb força sifó, Raura.

L'altra assenteix des del costat de les postades atapeïdes d'ampolles i ell camina cap al racó de l'esquerra, on hi ha una cortina blava. Darrere, s'esguarda fugaçment al mirall del lavabo i, sense aturar-se, empeny la porta de la comuna on diu «Homes».

Tot descordant-se la bragueta, llegeix la frase que algú ha escrit a la rajola blanca: «És molt senzill: quedeu-vos a casa», mou el cap i, mentre orina, butxaqueja a la recerca d'un llapis que duu a l'infern de l'americana.

Es corda novament, amb una sola mà. Després, inclinat sobre la tassa, afegeix un «tots» a la frase, procurant d'imitar la cal·ligrafia del desconegut. Satisfet, es tomba, obre la porta i ara, fora, s'atura uns segons davant l'espill, on contempla el seu rostre angulós, amb un estrany residu d'adolescència que contradiu les primeres arrugues dels seus quaranta-vuit anys. Gairebé es fa l'ullet, però se separa a temps i torna a penetrar a la sala del cafè.

Raura és al costat de la seva taula, dreta, l'ampolla a la mà, però els ulls fits en les quartilles a mig escriure.

—Què xafardeges?

Ella es gira, sense sorpresa.

—Tens lletra de col·legiala.

Guriana, des del seu racó, invisible gairebé darrere els periòdics, deixa escapar una rialleta. Però ell es limita a dir:

—Quin dia trobaràs una frase més original? Aquesta ja l'has repetida massa sovint.

—Però és veritat.

Tapa l'ampolla i camina cap al taulell. Ell diu:

—No t'oblidis del sifó.

—El tens sobre la taula, no ho veus?

—Ah, sí! —I mentre travessa la reduïda estança, on s'apinyen sis taules, pregunta:— Ja has vist que algú s'ha entretingut fent inscripcions al vàter?

—Sí. Al de les dones també ho han escrit.

Guriana abaixa el diari:

—Què diu?

—Pots estalviar-te d'anar-hi; no és cap procacitat, sinó el mot d'ordre d'aquests dies.

Raura deixa l'ampolla sobre el taulell.

—Ja ho van escriure ahir.

—Si els esbirros vénen per aquí, te la carregues.

S'asseu darrere la taula, agafa la cigarreta i l'encén. Deixa escapar una mica de fum i, pensarós, reflexiona:

—Sembla mentida que, després de tants anys, s'hagi trobat la manera de fer cristal·litzar un estat d'opinió per mitjà d'una simple frase... Mitja dotzena de partits subterranis han intentat més d'una vegada galvanitzar la població amb tot d'accions més o menys directes, si més no clarament dirigides, i mai no s'han sortit amb la seva. Ara, en canvi, algú troba un mot d'ordre que ha caigut en gràcia, s'ha repetit de boca en boca, i heus ací el resultat: tothom obeeix.

Guriana, que ha deixat el diari al seu davant, carrega parsimoniosament la pipa.

—Tothom, no. Encara circulen els tramvies, funciona la ràdio, surten aquests papers... No cantis victòria encara, tan aviat.

—No la canto. Ni ignoro que l'aparell de repressió continua en mans d'en Domina. Però constato aquest fet: que per primera vegada pràcticament tota la població s'ha posat d'acord per seguir una línia de conducta determinada. Ara només cal una cosa: que hi perseveri.

Raura, amb les mans a les menudes butxaques del davantal negre, es desplaça cap a la persiana del costat de la porta, tancada. Rams Gramú prossegueix:

—És clar que això no garanteix cap resultat; vull dir cap resultat positiu.

La dona, a tocar de la persiana, es tomba:

—Vols dir que no hi ha ningú preparat per a substituir el Jutge?

—No. Vull dir que, a despit de tot, és possible que ell no es deixi substituir.

Guriana encén la pipa, mira per damunt la flama del llumí.

—Al meu veure, el resultat depèn de l'actitud que adoptaran les forces de seguretat. Si es deixen impressionar per la gairebé unanimitat de la població i agafen por, en Domina haurà de tocar el dos. Si es mantenen fermes, ens rendiran per la fam.

Raura, d'esquena, fa:

—En aquest moment tothom té el rebost ben proveït. Hi ha botigues que han tancat, no perquè els amos simpatitzaven amb aquest moviment, sinó perquè ja no els quedava res.

—Així i tot, una ciutat s'aprovisiona de fora. Si els transportistes no...

La dona el talla amb un gest sobtat i, sense girar-se, diu amb una veu excitada i plena d'urgència:

—S'acaba d'aturar una d'aquestes camionetes de la policia...

—On?

—Aquí davant mateix.

Rams Gramú indica:

—Obre la porta.

Raura es tomba, estranyada:

—Què dius!

—Descorre el pestell. Aquest matí els he vist rebentar més de quatre portes. Si les troben obertes, no passa res.

—Però és que jo vull tenir tancat. No he de ser pas menys que els altres.

—Al capdavall, bé ens has deixat entrar...

Ella es defensa:

—És diferent. Sou més amics que clients. —Torna a mirar cap a fora per entre les escletxes de la persiana; diu:— No ha saltat ningú...

Rams Gramú deixa la cigarreta sobre el cendrer i s'alça.

—No escriurem gaire, aquesta tarda.

Guriana reprèn el diari.

—Jo, gens.

Ell surt al petit passadís que queda entre les taules i els tamborets del taulell, avança fins a la persiana, on la dona continua a l'aguait.

—Deixa'm veure...

Espien tots dos i observen el conductor encara darrere el volant de la camioneta, l'oficial assegut al seu costat, els dits entretinguts en el lleu bigoti negre.

—Sembla que esperin alguna cosa... o algú.

—És un bon lloc on apostar-se. Totes les cantonades ho són. —Torna a redreçar-se.— És admirable que, amb la falta d'habilitat que els caracteritza, hagin durat tants anys. —La dona només el mira.— Fixa-t'hi ara mateix. A què treu cap això de molestar tothom que surt al carrer? Volen que la gent torni a la feina, però al mateix temps, amb els seus procediments, gairebé els veden d'abandonar casa. Aquesta mena de mesures...

Des de la taula, Guriana explica:

—Són mesures molt pròpies de gent desmoralitzada.

—Això, sí.

Raura xiuxiueja:

—Ara baixa el tinent.

Rams Gramú torna a mirar. L'oficial, jove i carregat d'espatlles, s'ha quedat a tocar de la portella oberta, amb una mà a la butxaca. Després, lentament, es va tombant cap al bar.

—Mentre no se li acudeixi de tenir set...

—Quan estan de servei, no beuen. Ara ja no entraran, ja es veu que no venien per tu.

Però el tinent acaba de girar-se, fa un parell de passes cap a l'establiment. Rams Gramú mormola:

—No sé si ens pot veure...

Calla quan el tinent es desvia i va seguint al llarg de la façana, fins que el perden de vista. Raura diu:

—Té tot l'aspecte d'una emboscada, això.

Ell es torna a redreçar.

—Aquest matí, al carrer de Vil, hi havia una parella travessia per altra. En Feli, que per excepció dormia a casa, se les ha vist negres per arribar al garatge. Després, dalt del cotxe, ja ha estat una altra cosa. Als qui van muntats, es veu que no els molesten.

Des del fons, Guriana pregunta:

—No ho sabia, que el teu fill ja tingués cotxe...

—És de la casa, home! Ara, que no m'estranyaria que aviat se'n comprés un, de la manera que li van les coses.

L'altre s'ha envoltat d'un núvol de fum, des de darrere el qual comenta:

—Sempre ha estat un noi espavilat.

—Si et refereixes a això de guanyar diners, sí. No oblidaré mai el que em va dir quan encara era un mocós i el volia fer estudiar: «Mira pare, tu tens dos títols universitaris, ets un novel·lista famós, però només pots anar al sastre cada tres o quatre anys i fas durar les sabates tant com pots. Jo...».

L'altre riu, sorneguer.

—Que et penses que no he llegit *Demà hi serem tots*?

—Em deixes parat, tu!

—Doncs és així.

Raura, que no s'ha mogut de darrere la persiana, fa:

—Ara torna.

Es refereix al tinent, que avança per la vorera, lentament. Rams Gramú espia de nou, el rostre a tocar de la cara de la dona. Comenta:

—Gairebé és geperut... Em pensava que si no eren físicament perfectes no els volien.

Ella no contesta, atenta als moviments de l'home, que ha arribat al costat de la camioneta. Des d'allí mira a totes bandes i, finalment, puja a la cabina i tanca la portella. Després el veuen parlar al xofer, el qual assenteix sense obrir la boca. El vehicle engega, tomba a poc a poc per la cantonada. Ara tots dos poden distingir els sis policies asseguts en dos bancs que corren pels laterals de la camioneta. Rams Gramú diu:

—Fos el que fos, no els ha sortit bé.

La dona es redreça, definitivament.

—La qüestió és que se n'hagin anat. Em fan molt poca gràcia.

—No en fan a ningú.

Tots dos se separen de la persiana i avancen en direcció a les taules; després, ella sembla repensar-se, es desvia cap al final del taulell, on hi ha el telèfon. L'agafa, però torna a penjar abans de marcar el número i, meditabunda, es recolza contra la barra, mira els dos homes. Guriana, de nou amb un diari a la mà, diu:

—Si fem nosa...

Ella ho nega amb un gest i Rams Gramú, que s'asseia, es tomba cap al seu col·lega.

—Què passa?

Raura explica:

—Res. Anava a telefonar a la pensió d'en Job.

—No era de viatge?

—Precisament. Havia d'arribar avui o demà i...

Guriana va deixant els diaris sobre la cadira del costat.

—Ja sou una parella ben curiosa, vosaltres dos. Mai no he vist que un marit i muller que viuen separats es preocupin tant l'un per l'altre.

Ella camina cap a la taula, on l'espera el llibre obert.

—Es pot estar separats sense deixar de ser amics.

Rams Gramú agafa la copa, beu un glop. En deixar-la, fa:

—Estic segur que de tant en tant encara deveu jeure plegats...

La dona, sense replicar, s'envermelleix una mica.

—Veus?

—No he dit res, jo.

—Ni cal.

Ella s'atura, vagament desafiadora.

—Ben mirat, si he de dormir amb algú, més val que ho faci amb ell, oi?

Guriana comenta:

—Jo, més aviat ho trobo immoral.

—Oh, tu! —S'asseu davant el llibre.— Fa molt de temps que m'he adonat que vosaltres, els escriptors, trobeu immoral tot allò que fan els altres. És a dir, mentre no es tracti d'un personatge de novel·la.

Rams Gramú protesta:

—Parla per en Guriana. Sempre ha estat un home convencional. Potser per això ha plegat d'escriure...

—M'han fet plegar, que no és el mateix.

—Ja ho sé, el metge. Per això dic que ets convencional. Ves a qui se li acudeix de preocupar-se de la salut als seixanta-dos... són seixanta-dos, oi?

—Ho saps perfectament. No has perdut mai de vista l'edat de cap col·lega.

Raura riu:

—Ara m'agradeu!

L'altre afegeix:

—És clar que et preocupen més els joves que els vells...

—Em faràs plorar!

—I per...

Miren tots cap a la porta, on algú truca discretament al vidre. Darrere la persiana es distingeix una silueta alta i cepada. Raura s'aguanta la respiració.

—Què faig?

—El més natural és anar a veure qui és.

La dona s'aixeca amb desmenjada lentitud i, sota l'esguard dels dos homes, es mou cap a la porta i entreobre una mica la cortina per tal d'espiar a fora.

—És en Barni! —Obre ràpidament i, sense donar temps al nouvingut de saludar, diu:— Passa, passa!

Torna a tancar, després d'adreçar una mirada temorega a l'exterior. Barni avança.

—Sabia que us trobaria aquí.

—No era difícil; ens hi passem mitja vida.

Barni agafa una cadira, s'hi asseu de cara al respatller, hi repenja els braços.

—Aquest vespre, a les set, es reuneix el Consell d'Escriptors. T'hi voldríem veure, Gramú... —Mira cap a l'altre, i afegeix:— A tu també, Guriana.

Rams Gramú toca distretament el peu de la copa que té davant.

—Us sembla que és el moment més oportú de celebrar reunions?

—És clar que sí! Cal endegar les coses, canalitzar...

Rams Gramú alça una mà.

—Voleu invitar la policia a una intervenció?

—La policia no n'ha de saber res!

—No, és clar! Cada vegada que ens hem reunit, la policia ens esperava a la porta... Per això hem passat tantes temporades a l'ombra.

—Ara tenen altra feina.

—Vols dir que ara, més que mai, tenen aquesta feina: desarticular tot moviment organitzat. —Deixa la copa tranquil·la i uneix les dues mans sobre la taula.— Durant anys, sense que ho semblés, hem anat orientant l'opinió del país. Novel·les, obres de teatre, assaigs, poesia...

tot ens ha servit per a anar desacreditant, soscavant, el govern d'en Domina. Va cometre l'error de menysprear la intel·ligència, potser perquè és un home d'acció i no creu en les idees. I ara en toca les conseqüències. —Alça l'esguard, fita intensament el nouvingut.— Perquè tot el que passa, amic Barni, és obra nostra. Any rere any hem anat exposant els vicis i flaqueses de l'administració del Jutge, sense que ell se n'arribés a adonar. Any rere any hem mostrat als nostres lectors que vivíem sota unes condicions indignes d'homes lliures, que la misèria moral ens rosegava, que el prestigi de la ciutat havia mort a mans d'en Domina. Els hem explicat, tan bé com hem pogut i les circumstàncies ens han permès, que sofríem d'una actitud reaccionària, cega a les exigències del progrés, de l'evolució, si us sembla més bé...

Guriana comenta:

—Sí, molt més bé. El concepte de progrés, sempre l'he trobat equívoc.

Rams Gramú se li tomba:

—No oblidis, però, que tota evolució porta implícita la idea de progrés. És inevitable. L'altre es mou, inquiet.

—Alto! Inevitable, no. Si, com diuen els científics, l'energia es degrada...

Barni s'agita al seu torn.

—No em sembla l'ocasió més indicada de discutir aquest aspecte de... de...

Rams Gramú li estalvia el treball de buscar la paraula escaient quan afirma:

—D'acord. Com deia, doncs, hem anat preparant els ciutadans, els hem mostrat la conveniència d'una possible actitud que a la llarga podia donar els seus fruits...

Raura, fins aleshores dreta al costat de la taula, s'asseu.

—Si us ho agafeu així, la discussió pot durar tota la tarda.

Barni denega amb el cap:

—No, no durarà. —S'adreça de nou a Rams Gramú:— No em dius res de nou. Tots sabem com han anat les coses. Ara es tracta simplement de recollir aquests fruits que acabes d'esmentar.

—I qui els ha de recollir?

—Tots. També nosaltres.

—Nosaltres hem sembrat. Però això no vol dir que hàgim de segar.

Barni rebutja la cadira, s'aixeca.

—Què és, això? Una invitació a quedar-se al marge?

—No. Només vull dir que no cal que ens fem il·lusions. La direcció de les operacions, per dir-ho així, ha passat a d'altres mans.

—Quines, si m'ho pots dir?

—No t'ho puc dir, perquè no ho sé. Però sé, això sí, que el poble no ens reconeix com els seus cabdills naturals.

Barni pica sobre la taula.

—Ningú no ha parlat d'acabdillar res. Hem anat a tocar un aspecte de la qüestió que, ara per ara, no pot ser discutit.

—Què vol discutir, doncs, el Consell d'Escriptors? Has dit que calia canalitzar les coses, si no m'equivoco...

—Exacte.

—Però les coses ja n'estan, de canalitzades. Durant aquests anys no hem fet més que canalitzar-les, com et deia... Conec el Consell d'Escriptors tan bé com tu, Barni, encara que en siguis el secretari. I sé que l'únic que ha aconseguit és procurar de tant en tant a alguns dels seus membres una estada a la casa gran. Tot allò que s'ha fet, s'ha aconseguit al marge del Consell, forçats tots nosaltres per les circumstàncies i per imperatius de la pròpia consciència. Les reunions del Consell més aviat tendeixen a anul·lar-la, aquesta consciència. Sempre han degenerat en una d'aquestes dues coses: en discussions de conceptes abstractes o en mossegades de caràcter personal.

—És per això que t'hi hem vist tan poc?

—Sí.

—I és per això que ara creus inoportuna una altra reunió?

—Per això i, sobretot, per això altre: que si us reuniu donareu a les forces públiques una excel·lent ocasió d'actuar de cara a un objectiu concret, a un moviment, per inofensiu que sigui, organitzat.

Guriana munta una cama sobre l'altra, es treu les ulleres per tal de netejar-se-les.

—Inofensiu, no. No ens contradiguem. Si, segons el teu parer, l'arrel dels esdeveniments actuals cal cercar-la en l'actuació dels intel·lectuals, en les idees que han propugnat durant aquests anys d'una manera més o menys dissimulada, no pot parlar-se d'un moviment inofensiu. Tot al contrari, perquè els intel·lectuals som dels pocs que han menat una ofensiva.

—Una ofensiva únicament de caràcter ideològic. La cosa ens ha estat possible gràcies a la mentalitat netament obtusa dels homes que en Domina ha col·locat als llocs clau.

—No és possible d'afirmar-ho amb aquesta seguretat. Aquests homes no sempre han estat els mateixos, i, d'altra banda, han tingut ocasió de viure en un contacte més estret amb les realitats de la ciutat. Potser han tolerat, o fins i tot encoratjat, aquest treball de sapa que...

—No em diguis que combatien els seus propis interessos!

—Potser, per alguns, eren interessos circumstancials...

Barni s'asseu de nou, però es torna a aixecar a l'acte.

—Ens desviem, encara.

Raura sospira, mig divertida:

—I espera't!

—La qüestió és aquesta, que ara tens por de cridar l'atenció de la policia.

Rams Gramú dóna un cop a les quartilles escrites que té davant.

—No, no i no! No m'has volgut interpretar. —S'inclina amb tot el cos una mica encarcarat.— Escolta... En aquest moment les forces d'ordre públic estan desconcertades, no saben qui combatre. Es tracta d'un moviment general i difús que se'ls escapa. La prova és que es dediquen a molestar una mica tothom, a l'atzar que surtis o no al carrer... Aquest desconcert treballa contra seu i a poc a poc les desarticularà. Però deixa que tinguin alguna cosa concreta i reduïda a la qual agafar-se! Un dirigent, una organització... Tornaran a replegar-se, perquè aleshores sabran ben bé què han de combatre. Ara persegueixen una mena de fantasma i això sempre és desmoralitzador. Però si darrere el fantasma descobreixen un cos sòlid...

Raura, com per ella mateixa, baixet, diu:

—Té raó.

—...I no oblidis que qualsevol cos sòlid els servirà. —La mà, plana, va colpejant rítmicament les quartilles, com per donar més èmfasi a les paraules.— Cal, cal de tota necessitat, que no els donem una ocasió d'actuar contra un grup determinat. Cal que deixem que la ciutat els devori a poc a poc...

Barni, capcot, es passeja amunt i avall, al llarg del taulell.

—I cal que això passi de pressa, abans que la fam no obligui la gent a tornar a la feina. En aquest moment, l'única arma de què disposem, l'única arma eficaç, és aquesta: els carrers buits i la vida paralitzada.

L'altre s'atura al costat de la porta, mira cap als dos homes, cap a la dona, tots tres asseguts, cadascú darrere la seva taula.

—Potser sí.

Guriana alça la mà tancada i en separa un dit, en actitud admonitora.

—Però...! —Tots el miren, i Barni torna a avançar pel local.— A la policia, no li calen provocacions ni excuses, per a actuar. Aquest grup que, segons dius, i em sembla que amb encert, podria aixecar la seva moral, no cal que existeixi, se'l poden inventar.

Rams Gramú allarga la mà cap al paquet de cigarretes.

—No ho crec. De cara al públic, sí; però ja no tenen públic, per així dir-ho. De cara a ells mateixos i perquè tingui un efecte galvanitzador... no, la veritat. Poden convertir qualsevol grup, per innocu que sigui, en una amenaça en potència, però cal que el grup existeixi prèviament. I nosaltres, el Consell d'Escriptors, podríem ser un agrupament tan bo com un altre, més i tot, perquè se'ns odia d'una manera particular.

Barni se li planta davant.

—Què proposes, doncs?

Ell fa un gest displicent, deixa la cigarreta.

—Dissoldre'ns en la boira.

Guriana diu:

—No en fa. En canvi, podria ploure, si el meu reuma no s'equivoca.

Barni passa per alt l'observació, continua adreçant-se a Rams Gramú:

—I res més?

—Et sembla poc?

L'altre el mira, indecís, però després se'n va cap al telèfon. Raura pregunta:

—A qui vols trucar?

—Ja havíem convocat una colla de gent...

Ella només fa remarcar:

—Potser tenen els telèfons controlats... Pot ser perillós.

Barni deixa l'aparell, com si hagués rebut una descàrrega elèctrica a la punta dels dits.

—Sí; no se m'havia acudit. —S'allunya del taulell.— Els hauré d'anar visitant personalment...

—Tens cotxe?

Barni gairebé s'enfada:

—Quan has vist que un poeta tingui cotxe?

Raura comenta:

—A peu, et poden detenir...

—És un risc que cal córrer.

Rams Gramú comença a recollir les quartilles, les plega per tal de fer-ne un petit paquet.

—Espera't, t'acompanyaré. O, més ben dit, si vols ens partirem la feina.

Amb una glopada s'acaba el licor de la copa; l'altre fa:

—Després del que has dit, no em pensava que et volguessis exposar...

—Per què no? No sóc ningú, jo sol.

Guriana es lamenta:

—Si no fos per la meva cama, també us acompanyaria...

—No et preocupis, ja ens en sortirem nosaltres dos sols.

Recull el paquet de cigarretes, els llumins, s'ho desa tot a la butxaca i s'aixeca. Raura branda el cap.

—No sé... Em sembla que són ganes de prendre mal. —Es colpeja les cuixes amb el palmell de la mà.— Més val que telefoneu!

Barni consulta Rams Gramú amb la mirada. Aquest fa:

—No has dit que podien tenir els telèfons controlats?

La dona abandona la cadira.

—No hi fa res. Telefoneu i, després, tancaré.

—I ens quedarem sense un lloc on anar?

Però ella replica:

—Tampoc no el tindreu, si us engarjolen. I, fet i fet, més m'estimo tancar, també. No sé, però encara que sigueu amics, ara em sento una mica com si sabotegés l'esforç de tots plegats...

Barni assenteix:

—Té raó. Vaig a telefonar.

I travessa el local, cap al taulell.

5

Guill apila curosament els paquets de detergent que, de cinc en cinc, treu de la caixa oberta als seus peus. Fora, a la botiga, se sent la veu del senyor Llasat que parla amb una clienta. És la veu untuosa amb què s'adreça a tots els clients, sobretot quan són femelles. Després, la cortina de canya fresseja i la Ter diu:

—Queda alguna llauna de pernil fumat?

Fa un gest indicatiu amb el cap i ella se li atansa, allarga les mans fins al prestatge. Guill, instintivament, defuig el contacte que el gest de la noia estableix entre els dos cossos. Ella mig riu:

—Encara et faig por?

El xicot s'ajup per tal de recollir cinc paquets més.

—No me n'has fet mai.

—Ningú no ho diria. —Ell no replica, s'incorpora amb els cinc paquets.— De vegades, em penso que dec fer fortor...

—No tinc ganes que el teu pare em doni el passaport. —I, amb franquesa, declara:— A ell, sí que li'n tinc, de por.

Ella s'immobilitza amb la llauna de pernil fumat a la mà.

—Vols dir que si no fos per això...

—Tampoc. Ja saps que festejo.

Guill va col·locant els paquets, molt ordenats.

—Però no és seriós.

—Pregunta-li-ho a ella.

—T'ho pregunto a tu.

Ell se li encara:

—Mira, Ter, ets la filla de l'amo, i el teu pare mai...

La veu del senyor Llasat, des de fora, li talla el discurs:

—N'hi ha o no n'hi ha, Ter?

Ella es posa en moviment.

—Sí, sí; ja vinc.

Somriu fugaçment al noi i, després, separa la cortina que remoreja. De cara a la botiga, fa:

—Ha dit una, oi?

Guill continua afilerant paquets de detergent, més lent que abans, el rostre fosc, preocupat. En acabar, rebutja la caixa cap a una banda, n'obre una altra, la darrera, col·loca encara vint paquets, però ja no n'hi caben més.

Des de la cortina, diu:

—En sobren trenta.

El senyor Llasat retorna de la porta, on ha sortit a acomiadar la clienta.

—Apila'ls aquí.

I assenyala la muntera bellament ordenada que, com una piràmide, es dreça prop de la sortida del taulell. Ter decideix:

—T'ajudo.

I el segueix cap a la rebotiga mentre l'home comença a toquejar els sacs d'arròs, de cigrons, de llentilles, enfilats sobre una curta postada, contra la paret del fons, les prestatgeries de la qual són plenes a vessar de llaunes de sardina, de tonyina, de calamars, de cloïssa, de pots d'olives, de bolets confitats, de musclos sense closca...

Dins, la noia s'inclina al costat de Guill:

—Però si ell no s'hi oposés...

Reprèn la conversa iniciada però ell simula que no l'entén:

—Si no s'oposés a què?

—Ja ho saps, no et facis l'orni.

—Com que s'hi ha d'oposar, és inútil parlar-ne.

—Qui sap si jo el podria convèncer...

Ell, sense replicar, es redreça amb els braços plens de paquets, es mou cap a la porta. En sentir la remor de la cortina, el senyor Llasat es gira.

—Deixa'm...

Li va prenent els paquets, els disposa individualment sobre la piràmide, cada cop més afilada.

—Vol dir que no cauran?

—Per què han de caure? Si les coses es fan com cal... A tu potser sí que et caurien, perquè més aviat ets barroer...

Guill fa una cara resignada i Ter, que mentrestant ha sortit amb els seus paquets, mou el cap amb un gest contrariat. Amb la veu una mica dura, pregunta:

—On els voleu, aquests?

—Espera't! Només tinc dues mans.

—Els deixo sobre el taulell?

—He dit que t'esperessis. Quants en duus?

—Tots els que quedaven. Potser valdria més posar-los al costat de les conserves de tomàquet. Ha quedat mig prestatge buit.

L'home es quadra:

—Quantes vegades he de dir que cada cosa al seu lloc? Tu has vist mai que poséssim els detergents al costat de les llaunes de conserva?

—Però es podria fer ara.

—No es podria fer res.

Agafa els dos darrers paquets de mans del xicot. La noia encara diu:

—Si cauen... La pilera és molt alta.

—La qüestió és no callar! No caurà res...

Però en aquell moment la piràmide s'inclina, vacil·la, cedeix per un costat. L'home allarga ràpidament les mans, amb la intenció de contenir-la, però els paquets se li escorren entre els braços. Ni Guill ni Ter no obren la boca. És ell qui, tot contemplant l'escampadissa, crida:

—Ja volia dir jo... Ara estareu contents! —Tot seguit s'adreça a Guill:— Han fallat els paquets de sota. Devies posar-los tu, perquè...

Sense deixar-lo acabar, el xicot protesta:

—Mai no n'he fet cap, jo, de pilera. I aquesta recordo que...

El senyor Llasat esbossa un gest d'impaciència.

—No recordis tant, doncs, i recull-los.

El xicot s'inclina, s'ajup, i la bata de color de merda d'oca escombra el pis brut de peuades.

—Què en faig?

—Amuntega'ls contra el taulell.

Disgustat, gira esquena i se'n va cap a la porta. Ter deixa els paquets que duu als braços i, quan l'home es fica les mans a les butxaques per tal de treure'n una cigarreta que, com de costum, es fumarà de cara al carrer, fora de la botiga, s'agenolla davant el dependent. Ell la mira, diu:

—I confiaves a convèncer-lo! Un home així? S'avindria amb la mare...

—Hi ha maneres, Guill.

Ell arronsa les espatlles, va recollint paquets.

—Potser sí. També hi ha l'Oti.

Ella mou el cap, les dues mans sobre el terra, sense tocar cap paquet.

—T'agrada... En fi, ja ho sé jo, per què t'agrada.

—No és que m'agradi. Me l'estimo.

—Només és una criada.

—I què?

Ella agafa un paquet, el deixa sobre la pila que a poc a poc guanya alçada.

—Si t'hi cases, sempre seràs un simple llogat.

—No em fa res.

—No t'agradaria tenir una botiga teva?

Ell la mira, fa:

—Aquesta?

—Sí, aquesta. I jo tampoc no sóc pas tan menyspreable... em sembla!

Involuntàriament, Guill ulla cap a la sina de la noia, més aviat plana, cap als braços massa prims i el rostre ossut, de boca gran.

—No ho he dit pas. Però l'estimo a ella i no a tu. —Després, amb ràbia continguda, deixa el paquet que tenia a les mans.— No sé per què has hagut de fixar-te en mi! Sóc un pelat...

—Els diners no m'interessen.

—Molt bé, però hi ha altres xicots... El mecànic aquell que cada matí entra a comprar dues sardines per esmorzar... Avui no ha vingut.

—Es veu que no t'hi has fixat bé.

—Ha vingut, doncs?

—No. Vull dir com és... Fes el favor de suposar-me una mica més de bon gust!

Ell anivella dos paquets més.

—Tampoc jo no sóc res de l'altre món. I valc menys que ell... que tots plegats. Un home no es mesura per l'amplària de les seves espatlles, ni per la seva alçària, sinó per altres coses. —Colpeja un paquet.— Sóc un cagat! Per no perdre la col·locació m'he avingut a venir quan tothom fa festa. Havia d'haver-me-li quadrat, al teu pare, i dir-li que, si volia obrir, que obrís sol. Sempre ha de fer les coses al revés dels altres. Com això de no voler vendre més d'una quantitat determinada d'articles a cada client, quan s'hauria d'alegrar d'aquesta ocasió de buidar la botiga. Fa dos dies que tothom ho ha venut tot, i per això avui han pogut tancar tranquils...

Ella diu sense retret:

—Parlàvem de nosaltres...

El senyor Llasat, que torna a entrar, pregunta:

—Encara no heu acabat?

—De seguida.

I treballen en silenci, mentre l'home avança cap al seu costat.

—No es veu ningú. Ni els diumenges no hi ha un carrer tan pelat.

Guill, sense interrompre la seva feina, diu:

—Suposo que demà tancarem, com els altres...

Sense alterar la veu, el senyor Llasat precisa:

—Que jo sàpiga, demà no és ni diumenge ni festa de guardar.

La noia s'aixeca i Guill col·loca el darrer paquet.

—Ningú més que nosaltres no ha obert. En tot el barri...

L'altre camina cap al fons de la botiga.

—Ja l'he sentit massa, aquesta cançó. És la primera cosa que m'has dit aquest matí.

—Perquè és veritat.

—I què? —Es tomba.— Si no obren, les seves raons deuen tenir. Jo no en tinc cap.

El xicot es redreça, s'espolsa vagament els genolls. L'home prossegueix:

—Estaria bé que perquè els altres s'han tornat ximples m'hi tornés també jo! Saps quin és, el resultat de tot això? —Ni el xicot ni Ter no repliquen.— Que el comerç s'arruïna i es desacredita. I el comerç és l'espina dorsal de la comunitat. Sense comerç no hi ha res que marxi...

—D'això es tracta.

El senyor Llasat se li planta davant, les mans darrere l'esquena.

—Què vol dir, que d'això es tracta?

—Doncs que hi ha vegades que les coses van tan malament que més val que s'aturin del tot per començar després de nou.

El senyor Llasat es projecta endavant, amenaçador, dreçant-se sobre les puntes de les sabatilles apelfades.

—Guill! A la meva botiga no vull sentir paraules subversives! Aquí ens agrada l'ordre, perquè som gent sensata que es vol guanyar la vida sense posar-se en camisa d'onze vares. —Torna a deixar-se caure sobre els talons.— No sé de què et queixes! Tens una feina segura, et pago segons és manat, menges cada dia, pots anar al cine una vegada a la setmana...

Guill mira a terra, mou el peu, incòmode.

—Bé... —Alça l'esguard i diu amb rapidesa:— Hi ha altres coses.

—Quines altres coses?

—Doncs...

El senyor Llasat somriu de la seva vacil·lació.

—Ets un cap verd! Com a tants d'altres, t'agrada de parlar per no dir res. Ja es veu que ets massa jove per a apreciar els benifets...

Es gira cap a la porta, i tots miren la dona que acaba d'entrar. El senyor Llasat canvia el to de la seva veu, gairebé doblega el cos en saludar.

—Bona tarda, senyora... —I en adonar-se del paraigua que ella duu a les mans:— Que potser plou?

—No, però em penso que no tardarà gaire. —Sospira.— He hagut de caminar vuit travessies abans de trobar una botiga oberta.

El senyor Llasat somriu circumstanciadament. La dona es treu un paper del portamonedes.

—Guill...

Però el xicot ja ha passat darrere el taulell, on espera. El senyor Llasat s'inclina una mica més:

—En què podem servir-la?

La dona consulta el paper i Ter fa la volta al taulell, fins al costat del xicot.

—Volia deu llaunes de sardines d'oli, una dotzena...

El senyor Llasat alça una mà admonitòria.

—Sentint-ho molt, no en puc vendre més de dues per persona.

—Com? No sabia que ho havien racionat...

—No, no...! És una mesura de precaució. Comprengui, em dec a tots els clients... Guill, dues llaunes de sardines d'oli per a la senyora.

El xicot surt de darrere el taulell, va a buscar-les a les prestatgeries de l'altra banda. La dona exclama:

—Però si ho té tot ple!

—No hi fa res. Cal preveure que, de moment, potser ens serà una mica difícil proveir-nos de nou.

—I jo que no tinc res a casa! Es veu que badava. Tothom estava al corrent que passaria alguna cosa... Hi ha veïns que han comprat més del que podran menjar-se en una mesada.

El senyor Llasat, reprovatiu, branda el cap.

—És innecessari acaparar. Aquesta pertorbació momentània no justifica que la gent s'hagi espantat.

Guill, des de les prestatgeries, pregunta:

—Alguna altra cosa?

—Sí. —Mira la llista, però després la plega i torna a desar-la.— Més val que em doni dues llaunes de cada cosa. Això ho pot fer, oi?

—Sí, dues llaunes de cada...

—I arròs.

—Dos quilos, també. Ter...

La dona prossegueix:

—I dos quilos de cigrons. Llentilles també, ja que veig que en té. De porc...

El senyor Llasat precisa:

—Embotit.

—Sí. Em posarà un parell de fuets, un quilo de xoriço, un altre de sobrassada... Ah, i formatge! Té gruyère?

—Puc servir-li'n mig quilo.

—Mig quilo, doncs. I també del d'Holanda...

Tots tres treballen de ferm, reunint llaunes, despenjant embotits, tallant formatges. La dona pregunta:

—No saben si n'hi ha alguna altra d'oberta, més avall?

—No; em pensaria que en tot el veïnat...

El senyor Llasat pesa; diu:

—Tomàquets en conserva, melmelada, olives...?

—Sí, també.

Guill descarrega les llaunes sobre el taulell, allarga les mans cap als pots. El senyor Llasat l'adverteix:

—Només dos de cada, també.

La dona demana:

—M'haurà de fer un paquet.

—Naturalment. Guill...

El xicot agafa tres papers d'embalar, dels més grans i gruixuts, els disposa sobre l'extrem lliure del taulell. El senyor Llasat diu:

—Ho embolicaré jo. —I a la senyora:— Si vol, li ho faig portar.

—No, no; m'ho enduré jo mateixa.

—Com vulgui. Ter, les llaunes. —I cap al xicot:— Guill, apunta.

Va agafant les llaunes de dues en dues, canta l'import i Guill, que s'ha apoderat d'un tros de paper d'estrassa, escriu quantitat sota quantitat. La dona va mirant al seu entorn, per si descobreix alguna altra cosa abellidora.

—Els embotits, Ter...

La noia els va servint al seu pare. Guill, incansable, apunta les xifres que li són cantades.

—Els pots... —Alça els ulls cap a la dona:— Préssec i pruna confitats...?

—Sí, sí!

—Dos pots de cada, Ter. —Continua amuntegant ordenadament, comenta:— Li pesarà molt, senyora...

La dona ulla el paquet en formació.

—Potser sí.

—El noi li ho portarà.

Pren nota de l'adreça, fora del veïnat. La dona espera una mica i pregunta:

—Quant és?

—Ara ho comptarem. Guill...

Però Guill ja suma veloçment les llargues cadenes de números. El senyor Llasat comença a empaquetar.

—Ter. Porta el cabdell de cordill gruixut; el que hi havia aquí s'ha acabat.

La noia es desplaça pel seu darrere, cap a la rebotiga. Guill, inclinat sobre el taulell, fa:

—Són dues mil set-centes vuitanta-dues.

El senyor Llasat allarga la mà.

—Deixa que ho comprovi...

Compta amb rapidesa, de baix a dalt. La noia torna amb el cordill.

—Ja només quedava aquest cabdell.

—Pren nota que cal demanar-ne. —Acaba de comptar.— Està bé. Dues mil set-centes vuitanta-dues... Paga ara, senyora?

—Naturalment.

Butxaqueja pel portamonedes, en treu un altre de més petit i l'obre. El senyor Llasat ordena al xicot:

—Acaba de fer el paquet. —Sona el telèfon, penjat a tocar de la porta de la botiga.— Ter...

—Ja ho he sentit.

Guill agafa el cordill, mesura per damunt l'ample i l'alt del paquet, talla a la llargada convenient, fa una baga. La dona allarga uns bitllets al senyor Llasat.

—Cobri.

L'home es desplaça fins a la caixa registradora, al final de tot del taulell. Ter, al telèfon, va dient:

—Sí, senyora; sí, senyora...

Guill, amb el cordill a la mà, empaqueta llestament, amb gestos precisos i avesats. Ter fa per cinquena o sisena vegada:

—Sí, senyora... Bona tarda.

Penja. El senyor Llasat va tornant el canvi a la dona.

—Vuit que fan noranta i deu que són cent... vuit-centes. Cent que fan nou-centes i cent... mil. Si és servida.

—Gràcies. M'ho duran de seguida?

El senyor Llasat consulta el rellotge.

—D'aquí a mitja hora ho tindrà. A punt de plegar... —Surt del taulell, mentre la dona embutxaca els diners i tanca després els dos portamonedes.— I ja ho sap, si li convé alguna altra cosa, nosaltres obrirem cada dia.

—Ho tindré present.

Camina cap a la porta, i l'home l'acompanya fins al llindar, on s'atura.

—Bona tarda, senyora. O millor dit, bona nit. I gràcies...

—Sobretot no s'oblidi de fer-me portar el paquet aquest vespre mateix.

—No passi pena... —Després entra, fregant-se les mans, i sense adreçar-se a ningú en particular, diu:— Aquesta nit tindrem temporal.

—Ha telefonat la senyora Glia, pare. Vol pernil dolç, conserves de préssec i una llauna de calamars. Li ho hem de portar.

—Fes un paquet, doncs.

Guill, que ha acabat de lligar, agafa l'embalum i el deixa a terra. Quan es redreça, explica:

—La mare també m'ha encarregat unes quantes coses...

El senyor Llasat se'l mira, s'enfila lleugerament sobre les puntes de les sabatilles.

—Ja fa dos dies que carregues...

—Tingui en compte que no som nosaltres dos sols, que ella té hostes... —Es talla i murmura:— La policia...

Ter i el seu pare es tomben. Un home uniformat, darrere el qual se n'endevinen dos o tres més, treu el cap per la porta. El senyor Llasat fa una petita salutació amb la mà. L'individu pregunta:

—Tot en ordre?

El senyor Llasat somriu:

—Tot en ordre, caporal. —Avança cap a la porta.— Mal dia per a patrullar.

El caporal s'arronsa d'espatlles.

—Ja se sap, nosaltres. Faci fred o calor...

El senyor Llasat abaixa una mica la veu:

—Continuen tranquil·les, les coses?

—Naturalment. Dominem la situació.

—Me n'alegro, me n'alegro. Nosaltres, els comerciants, només volem que tot rutlli en ordre. Els desordres no aprofiten a ningú.

El caporal assenteix; després torna a saludar vagament.

—Així és. Bona nit.

—Bona nit. —Es gira, encara amb un somrís, i de cara a Guill i a la seva filla, diu:— Sort tenim d'ells...

Ter, a la màquina, talla llenques de pernil dolç. El xicot, parsimoniosament, va recollint llaunes, una de cada mena. El senyor Llasat, en adonar-se'n, el mira cellajunt.

—Què fas?

—Agafo tot això que em volia endur.

—No abusis. Si tots comencem a posar-hi mà, aviat no quedarà res. I els clients són primer. —Repeteix, emfàtic:— Ja ho saps: els clients sempre són primer!

El xicot deixa la llauna amb certa brusquedat.

—Si tant de greu li sap...

—No sigueu així, pare...

La cortina de la porta es projecta violentament endavant. El senyor Llasat mira per damunt l'espatlla, sense girar-se del tot.

—Quines maneres són aquestes? Que potser vols arrencar la cortina?

Però Nat no li'n fa cap cas, avança de pressa cap al xicot:

—Guill, la teva promesa...

Panteixa, mentre Guill se separa de les prestatgeries.

—Què passa?

—És a l'hospital...

Ell li subjecta el braç, mentre la Ter immobilitza la màquina.

—A l'hospital?

—L'han ferida, aquest migdia... Havia baixat a la font...

És Ter qui pregunta:

—Qui l'ha ferida?

—La policia. Es veu que se la volien endur a la comissaria...

El xicot comença a descordar-se la bata, ensopega amb els botons.

—És greu?

—Li han disparat al pit i l'han abandonada. Per sort, uns veïns l'han recollida i...

—I fins ara no m'ho véns a dir!

—No m'he pogut escapar abans...

Guill fa mitja volta, cap a la rebotiga on guarda l'americana i la gavardina. El senyor Llasat el detura de seguida amb un crit:

—On vas?

—Què li sembla?

Desapareix a l'altra banda de cortina de canyes, penja la bata amb una esgarrapada, s'apodera de la seva roba i, tot vestint-se, torna a sortir. El senyor Llasat es queixa:

—No és motiu per anar-se'n abans d'hora.

Ell replica, agressiu:

—Vostè què faria, al meu lloc?

L'home defuig una resposta directa:

—A l'hospital no et necessiten per a res. Hi ha els metges i les infermeres... Després, encara has de dur el paquet de la senyora aquesta.

Ell enfila la gavardina.

—Dugui-l'hi vostè!

—Guill! No tolero...

—O faci'l dur per un d'aquests policies amics seus!

—Guill, una paraula més i...

Però ell agafa Nat pel muscle i, en la seva pressa, gairebé l'arrossega cap a la porta.

—Anem!

El senyor Llasat alça els braços com per implorar el testimoni del cel.

—S'ha begut l'enteniment!

Ell es mig tomba:

—I demà, no compti amb mi. Com tothom, em quedaré a casa!

I, amb un cop sec, que fa vibrar els vidres, tanca la porta.

6

—«El vostre informador també ens informava a nosaltres. Si més no, en part... Però, per què els vau perdonar la vida?»

—«Això no us interessa.»

Bracià, en el seu paper de Skuratow, riu:

—«Ho creieu així? Us diré...»

Clori Arnó, des del seu tamboret plantat en un racó d'escenari, el talla:

—Un moment, Bracià... Cal vigilar aquesta rialleta. No és una rialla espontània, saps? És la mena de rialla de l'home que se sent superior i que sempre vol tenir raó... Comprens?

—Em sembla que sí. Despectiva...

El director, lentament, dispara dos dits al seu davant.

—No ben bé. És a dir, habitualment despectiva... en el sentit de formar part del caràcter, de la manera de ser del personatge. Expressa un cert menyspreu del qual, gràcies al costum, ja ha desaparegut tota malvolença conscient. De fet, és una rialla que té més d'un nivell i que, per tant, has de matisar...

Bracià es tomba a Ercal:

—Repetim.

L'altre, dret al costat de la cadira que ocupa el lloc on el dia de l'estrena hi haurà un catre, fa:

—«Això no us interessa.»

Bracià modula la seva rialleta:

—«Ho creieu així?» —Es gira cap a Clori.— Ha sortit més bé, ara?

El xicot només fa un moviment afirmatiu, una mica insegur, i Bracià prossegueix:

—«Us diré per què. Per una idea es pot matar un gran duc, però difícilment es pot arribar a matar infants.»

Clori crida:

—Criatures!

—«...difícilment es pot arribar a matar criatures. Això és el que vós vau descobrir. Aleshores, es planteja una qüestió: si per una idea no es pot arribar a matar criatures, val prou per sacrificar-hi un gran duc?»

Ercal fa un gest, però l'altre es precipita:

—«Oh, no em contesteu, no em contesteu! Ja contestareu a la gran duquessa.»

—«A la gran duquessa?»

—«Sí, us vol veure. Més que res, he vingut per tal d'assegurar-me que aquesta conversa era viable. Ho és. Fins i tot és possible que ella us faci canviar d'opinió. La gran duquessa és cristiana. L'ànima, compreneu?, és la seva especialitat.»

—«No la vull veure.»

—«Em sap greu, ella insisteix. I, tot ben pensat, vós li deveu algunes consideracions. Després, diuen que des de la mort del seu marit ja no és ben bé ella mateixa. No l'hem volguda contrariar.» —Es mou cap a un dels costats.— «Si canvieu de parer, no oblideu la meva promesa. Tornaré.» —Escolta breument.— «Ja és aquí. Després de la policia, la religió. Decididament, us consentim. Però tot es relaciona. Imagineu-vos Déu sense les presons... Quina soledat!»

Surt per entre les dues cadires que simulen una porta i Clori crida:

—Griselda!

Tots cerquen amb l'esguard.

—On carall s'ha posat, aquesta xicota? Griselda!

Diana, asseguda al fons de tot, replegada sobre ella mateixa com un gat, diu:

—Encara no ha vingut.

Clori s'aixeca impetuosament:

—No ha vingut! Ja en puc donar, d'ordres, jo! A les cinc, tothom aquí! Però et dic que sí... Si no és l'un, és l'altre.

Bracià es corda l'americana.

—Potser l'han detinguda pel carrer.

—A ella? La germana d'un d'aquests esbirros?

—Si et sent...

—Que em senti! Aquí tothom fa el que li dóna la gana, no hi ha cap mena de disciplina...

Ercal proposa:

—Podríem descansar una estona. Fa dues hores que les hi donem...

—Dues hores! —exclama Clori. Butxaqueja, s'enganxa els dits amb el folre descosit.— A veure, qui té tabac?

Beral, des de dalt del piano, on s'ha assegut amb gavardina i tot, fa:

—Té, i calla!

—I així tots podreu mandrejar, oi? —Agafa el paquet, en treu una cigarreta.— Fa deu dies que això dura i, res, encara no heu començat ni a sospitar quina mena de criatures encarneu. Són éssers de carn i ossos, carall! D'ossos sobretot. Però ningú no ho diria! Us surt una cosa invertebrada...

Mou els dits de la mà lliure, unint-los i separant-los nerviosament. Beral diu:

—Fofa.

—Això, fofa, blana... —Aleshores se li gira.— Però, que te'n fots o què?

Diana, des del seu lloc, riu. Ell pica de peus.

—És que no hi creieu!

Ara protesten tots, i Garçon, que s'estava tallant les ungles, tanca les tisores.

—Dos anys enrere vam començar a parlar d'aquesta obra... Nosaltres, l'Ornia i jo...

El director braceja com un nàufrag.

—No m'has entès, no m'has entès! Vull dir que no creieu que arribarem a estrenar-la.

—Jo, sí!

Bracià, en canvi, diu:

—Jo, no. Sou massa optimistes.

El director, que té un llumí a la mà, el talla amb un gest ràpid.

—Perdona. Érem optimistes ara fa deu dies, quan vam començar a assajar...

Fa petar el llumí contra el rascador de la capsa, l'encén. Bracià deixa escapar una rialleta.

—Optimistes? Temeraris, deus voler dir. Perquè tothom parlava, parlava...

El director deixa caure el llumí, l'esclafa amb el peu.

—Els fets ens han justificat. Vaig tenir una mena de premonició.

—Molt bé, però la situació no és clara. Ningú no ens assegura que en Domina es cagarà a les calces. Aquesta mena de manifestació passiva...

Beral, des del piano, precisa:

—Jo en diria més aviat un acte comunitari de desobediència civil...

—Digues-ne el que vulguis. Però jo encara no he vist mai que aquesta mena d'actes doni un resultat positiu. I, si en Domina no peta, no hi haurà representació.

Del pati de butaques, una veu de noia pregunta:

—Que no hi haurà representació, dius?

Tots es giren cap a aquella banda, i Clori Arnó crida:

—Ja era hora, Griselda! Em sembla que vaig dir a les cinc... Si m'equivoco, corregeix-me.

Però Ercal fa:

—Plou?

Ella es mira l'impermeable i tot seguit es treu el mocador de plàstic amb què es protegia el cap.

—Ja fa una estona.

Camina al llarg de la primera renglera de butaques, puja els graons que menen a les llotges i, tombant a l'esquerra, desapareix un moment abans de penetrar a l'escenari.

Clori diu:

—Bé, ara ja hi som tots.

Diana, sempre arrupida, contesta:

—Falten en Brau i l'Ornia.

—Hi eren... —Mira a tots costats i, seguidament, cap al pati de butaques perdut en la fosca.— On carall es deuen haver posat? Brau! Ornia! —S'adreça a la noia:— No els has pas vistos al bar?

—No hi havia ningú. Però què és això que deia en Bracià, que no tindrem representació?

L'al·ludit s'aixeca les solapes de l'americana.

—Quin fred que fa, aquí! Sempre que passa aire... —I a la noia:— Es veu que no ho has sentit tot. He dit que no hi haurà estrena si el Jutge no salta.

—Ja ho sabíem, això.

—És que, pel que sembla, no saltarà...

Beral, dalt del piano, es redreça una mica.

—Tu ho has de saber, Griselda. Què diu el teu germà policia?

Ella es treu l'impermeable.

—No diu res, en Gonal. Fa dos dies que gairebé no se'l veu per casa.

—Però carall, una cosa o altra...

Bracià torna:

—Un simple policia tampoc no pot saber res, ben mirat. Fa el que li manen i no pregunta.

—Però és un home, oi? Bé deu pensar alguna cosa.

Griselda s'atansa a una de les cadires i hi penja l'impermeable.

—Si la pensa, se la guarda per a ell. Tampoc no ha estat mai gaire comunicatiu.

Diana es va desentortolligant, abandona el seu racó.

—Sempre m'ha fet estrany que fossis germana d'un poli.

Griselda mig riu, s'arronsa d'espatlles.

—No és culpa meva. A casa, tothom pensa a la seva manera.

Clori llença la cigarreta i, com havia fet amb el llumí, amb el peu apaga la punta encesa.

—Què us sembla si hi tornem? Només fem que perdre el temps.

Ercal pregunta:

—Ens hi vols tenir moltes hores, aquí?

—Les que calgui!

—Doncs acabarem tots congelats. Si en començar m'hagués pensat que tots aquests escenaris són un pur corrent d'aire... I que mai no saps d'on ve!

—En lloc de xerrar tant, més valdria que em busquessis aquest parell. Mentrestant, podrem reprendre la teva escena, Griselda.

Ercal protesta:

—Si vols que busqui aquests, ja em diràs amb qui la farà! Amb la paret?

Bracià es fica les mans a les butxaques.

—Assagem massa hores. Qualsevol diria que és per demà.

—Per demà no, però pot ser per molt aviat. Vull que sigui la primera estrena després de la caiguda d'en Domina.

—Si no li dónes una empenta...

—Així fa la ciutat sencera. Apa, som-hi!

Ercal insisteix:

—Busco aquest parell o no?

—No... Diana, bonica, tu que tens tant de fred, si et bellugaves una mica potser et passaria... A veure si me'ls trobes. De segur que porquegen per algun racó...

Diana, amb un sospir, es ben embolcalla amb l'ample abric, tirat damunt les espatlles.

—Es veu que s'ha de fer una mica de tot, en aquesta companyia.

Clori es tomba cap a l'altra noia.

—Som-hi, Griselda. Tu, Ercal, al teu lloc... A veure, Bracià, el teu mutis.

Tots dos se situen a l'interior de les cadires que indiquen la porta, Ercal més a frec de la tercera, col·locada més ençà.

—Començo?

El director assenteix tot retrocedint cap al piano, on es recolza a tocar dels peus de Beral.

—«Després de la policia, la religió. Decididament, us consentim. Però tot es relaciona. Imagineu-vos Déu sense les presons... Quina soledat!»

Surt per entre les cadires i Griselda, que esperava, avança lentament, mirant el director.

—Ara!

La noia es tapa la cara amb les mans, penetra en la imaginària cel·la, dins la qual es queda immòbil, sense parlar. Ercal s'humiteja els llavis, la mira.

—«Què vol?»

Garçon, des de l'altra banda, interromp:

—Aquest «què vol?» sempre m'ha semblat incorrecte.

—Per què? Diries potser «què desitja»? Com si li volgués vendre alguna cosa?

Tots riuen, llevat de Garçon.

—No és això. Potser estaria més bé preguntar: «què se li ofereix?».

—La gent no parla d'aquesta manera. No és un llibre, això, sinó una peça que hem de viure. —Fa petar els dits.— A veure, el text...

Beral l'agafa de sobre el piano i l'hi allarga. El director el fulleja mentre tots esperen. Griselda s'asseu en una de les cadires que fan de porta.

—És aquí. El traductor ha escrit «què vol?».

—Seria partidari de consultar l'original...

—El tens?

—No; jo, no.

Clori llança la còpia sobre el piano.

—Apa, continuem!

Griselda es torna a aixecar, es tapa la cara, i Ercal repeteix:

—«Què vol?»

Griselda li mostra el rostre.

—«Mira... Moltes coses moren amb un home.»

—«Ho sabia.»

—«No, els assassins no ho saben. Si no, com podrien matar?»

Ercal desvia l'esguard.

—«Ara ja l'he vist. Vull quedar-me sol.»

—«No. També jo et vull mirar.»

Ercal retrocedeix una mica i Griselda s'asseu mentre del fons de la sala s'alcen unes veus.

—«Ja no em puc quedar sola. Abans, si jo patia, ell ho podia veure. Aleshores, patir era...»

—Clori!

El director se separa violentament del piano, pica amb el peu.

—Què carall passa, ara?

Avança cap a primer terme i tots miren de perforar l'obscuritat del pati de butaques. Diana crida:

—Hi ha un jove, aquí...

—I bé... Qui és?

Salta fora de l'escenari i camina cap a les llotges, on només es veu la noia, inclinada endavant.

—Diu que no es pot moure...

Beral abandona el piano, salta també cap baix, i tots els altres, per l'escaleta lateral, el segueixen apressadament. Clori, prop de la noia, pregunta:

—On és?

—Aquí...

El xicot és assegut a terra, entre les cadires, i els esguarda amb uns ulls que reflecteixen sofriment. Clori alça les mans i se subjecta les solapes.

—Què significa, això?

L'altre explica:

—No puc caminar.

—Esteu ferit, potser?

—Em penso que m'he trencat la cama.

Prova d'incorporar-se amb l'ajut de les cadires i Beral, darrere el director, pregunta:

—Què ha passat?

Però Clori s'ajup cap a sota una cadira, d'on enretira un gran paquet de papers. Després, redreçat, el desplega. Tots miren, i Bracià allarga els dits per agafar-ne un. Les lletres són prou grosses perquè pugui llegir:

ÉS MOLT SENZILL: QUEDEU-VOS TOTS A CASA

—Repartíeu aquests papers?

L'altre només fa que sí amb el cap. Després diu:

—M'han descobert i em perseguien.

—Però també sou ben ase... —Es domina i, mentre deixa els papers, canvia el to de la veu.— Perdoneu... Vull dir que els podíeu haver llençat en un forat de claveguera.

—No he pensat en res... He perdut el cap. He arrencat a córrer i prou.

Garçon s'interessa:

—I com heu pogut entrar?

—He vist obert. No hi havia ningú... Aleshores és quan m'he trencat la cama. Vigilava el bar i no m'he adonat de les escales. He caigut...

Tot d'una, Ercal obre uns ulls molt esverats:

—Us deuen haver vist entrar! De seguida tindrem la policia aquí. Griselda...!

El director alça la mà, projecta dos dits endavant.

—No ens atabalem!

L'home declara:

—No m'ha vist ningú. Ja fa prop de mitja hora que he entrat... Haurien vingut.

S'adona del vestit matxucat i brut, es frega els faldons de l'americana.

—M'he hagut d'arrossegar per terra...

Clori s'inclina, allarga la mà.

—A veure, aquesta cama... Feu llum, vosaltres.

Peten dos encenedors, un llumí. L'home s'arromanga els pantalons fins al genoll i tots s'apinyen al seu entorn per tal de veure-li la cama. El director la palpa.

—Si surt un os!

Ercal murmura:

—És clar, el que s'ha trencat.

—No sé si deu ser la tíbia o el peroné, sempre els confonc. Si Fama fos aquí...

Bracià avança una mica.

—A veure. No necessitem la teva dona, per això. Tothom sap distingir-los.

—Doncs jo sempre m'oblido de quin és quin.

Bracià s'inclina, però en aquell moment tots dos encenedors s'apaguen. En la fosca, el toca, decideix:

—La tíbia.

Un dels encenedors torna a il·luminar l'escena mentre l'altre pica inútilment.

—Bé, i ara què hem de fer?

—Si trobéssiu un taxi, em podria dur a casa.

—Un taxi...? Ara que hi penso, no n'he vist cap en tot el dia. També deuen haver plegat.

Tots es consulten, una mica perplexos. El director pregunta:

—Viviu lluny?

—Sí, al barri de Guina.

Ell es rasca la barbeta.

—I cap de nosaltres no té cotxe...

Griselda, per damunt la seva espatlla, proposa:

—En podríem robar un. A fora n'hi ha d'aturats.

—No diguis bestieses!

Tots se la miren reprovativament, però ella encara insisteix:

—Us asseguro que es podria fer.

Garçon s'interessa:

—I amb quines claus l'obriries i el faries funcionar?

—No és difícil. Un dia, el meu germà em va ensenyar com es feia.

El director se li acaba de girar:

—I tu robaries un cotxe?

—Sí. Per què no? —Els consulta tots amb una ullada.— Què us sembla?

Els altres s'arronsen d'espatlles, llevat de Diana.

—Seria ben divertit...

—No es tracta de divertir-se.

L'home adopta una posició més còmoda, mormola:

—Seria exposat...

—Més exposat és això que heu fet. Per cert, d'on surten aquests papers? Sempre m'ha encuriosit...

L'altre no es fa pregar:

—Els he impresos jo mateix. Sóc impressor.

—Però, per què?

—No ho sé... Suposo que he volgut contribuir amb el meu gra de sorra...

Beral, des de darrere el grup, reflexiona:

—És curiós, tanmateix... Vet aquí un home que imprimeix i reparteix literatura subversiva i ho confessa amb aquesta tranquil·litat a una colla de desconeguts... I vet aquí que la colla de desconeguts ho troba natural i, unànimement, es disposa a ajudar-lo...

—I què té de particular, això? No sé veure...

—Sí, home. Vol dir que en Domina, durant aquests quinze anys, ha aconseguit una cosa: unir-nos tots contra seu, siguin les que siguin les nostres idees.

—No ens dius res de nou.

Però ell prossegueix:

—I unir-nos fins a tal extrem que fins i tot estem disposats a córrer el risc de fer-nos agafar... Ho dic pel cotxe.

Clori es gira a Griselda:

—A mi només em sap greu que ho hagis de fer tu. Sembla més propi d'un home...

—Per què? Quina ximpleria!

—De tota manera, t'acompanyaré. Entre dos... Puc vigilar, no et sembla?

Ella ho accepta i el director es tomba cap als altres:

—Vosaltres el portareu fins al vestíbul i ens hi esperareu disposats a sortir tan bon punt ella vingui amb el cotxe...

L'home mig protesta:

—Em sap greu que per mi...

—No us preocupeu. Com ha dit la Diana, fins i tot és divertit, això! —Agafa Griselda pel braç.— Som-hi?

Els altres se separen una mica i ells dos, per darrere les llotges fosques, avancen cap al vestíbul. En arribar a frec de porta, Clori pregunta:

—Ah! Ja saps conduir?

—És clar!

—No tan clar, perquè jo no en sé.

—Tu ets una persona vinguda del fons de l'antigor.

—Potser sí. En tot cas, n'hi ha moltes.

Travessen per davant del bar, desert i poc il·luminat.

—L'hauràs de dur fins a casa seva, perquè em sembla que amb aquella cama no li podem confiar el cotxe.

—L'hi duré. No em fa res.

Ell es mig atura.

—Només m'empipa per l'escena de la gran duquessa... Demà et vull veure aquí a les cinc en punt. La primera de totes!

Empeny la porta exterior, li cedeix el pas i tots dos surten a l'entrada, on els acullen cartells i fotografies clavats arreu de les parets, perduts entre l'ombra de les columnes que limiten la penetració de la llum del fanal dreçat a l'altra banda de carrer. La porta reixada, d'acordió, només és dos pams oberta. La noia fa:

—Sortosament, ja no plou.

Ell s'atura.

—T'has deixat l'impermeable. I aquest vespre suposo que ja no tornaràs...

—No, serà massa tard. Vaig a veure si en trobo un.

—Espera't! —Corre cap a dins, travessa el vestíbul i, des de la porta interior, crida:— Diana! Agafa l'impermeable de la Griselda i porta'l quan sortiu!

Molt a prop seu, una veu diu:

—No cridis tant, que som aquí.

Aleshores distingeix el grup que avança amb l'home carregat entre Ercal i Bracià, que fan cadireta.

—Ah! Ho has sentit, Diana?

I sense esperar resposta retrocedeix, corre de nou pel vestíbul. La noia no s'ha mogut del costat de la porta reixada.

—Te'l portarà la Diana. Anem. —S'aixeca les solapes de l'americana, es frega les mans.— Quin fred, noia!

—És la humitat.

Caminen carrer amunt, decidits. Al lluny sona un clàxon, però després tot es torna a quedar silenciós.

—Mai no havia vist un carrer tan pelat.

Però ell ja assenyala cap a l'altra banda, més enllà.

—Aquest?

Ella esguarda el cotxe, denega:

—No; més val que anem més lluny.

Continuen avançant, ràpids i arrupits, i els passos de la noia repiquen aguts sobre les llambordes, on desperten tot de petits ressons que es prolonguen via enllà. Els fanals, molt espaiats, deixen escapar una claror vacil·lant i tèrbola, groga, que persegueix les seves siluetes amb tot d'ombres difuses que avancen i retrocedeixen, es cavalquen entre elles sense continuïtat.

Clori reposa la mà sobre el braç de la noia, s'atura. Han arribat a la cantonada.

—Un d'aquests, potser?

Entre vint-i-cinc i cinquanta metres hi ha dos cotxes immobilitzats arran de vorera, amb els llums apagats. Ella llambrega amunt i avall, sense veure ningú. Aleshores diu:

—Agafaré el segon.

—Estàs segura que ho saps fer?

—Ja ho veuràs.

Ell s'arrauleix una mica més contra l'angle de la cantonada.

—T'espero aquí. Si ve algú, xiularé.

La noia assenteix amb el cap i tot seguit camina carrer avall amb el cos una mica encongit i els braços molt plegats contra els malucs. Ell l'acompanya amb la mirada, ulla després breument cap a totes bandes i s'aplana més en el sortint de l'edifici.

Quan torna a mirar, la noia ja s'ha aturat a prop del cotxe, i la veu inclinada sobre la portella. S'aguanta la respiració, tanca els punys dintre les butxaques, però aleshores somriu i la seva càlida alenada es materialitza al moment en forma de nuvolet blanc.

—Ho ha fet!

Griselda acaba de desaparèixer dins del cotxe, però ell encara espera fins que no sent roncar el motor. Tot seguit es gira i arrenca a córrer cap al teatre.

Diana, amb l'impermeable i el mocador de plàstic a les mans, espera darrere el badall de la porta.

—Ja està?

—Sí. On són?

Però en mirar cap a dins veu que Garçon, al pas de la porta que mena al vestíbul, li somriu. Crida:

—Apa!

Es tomba cap a fora i ell i Diana assisteixen al progrés del cotxe que avança sense llums. Amb una precisió gairebé matemàtica, s'atura de tal manera que la portella coincideix amb l'obertura de la porta acordionada. Ell l'obre més en sentir els seus companys que avancen i, seguidament, se separa cap a un costat per tal de deixar-los el pas lliure. Diana ha badat la porta del cotxe i llança l'impermeable i el mocador a la falda de Griselda.

—Compte!

Bracià i Ercal esguarden furtivament amunt i avall, però Clori diu:

—Ràpid! No hi ha ningú.

S'inclinen cap a l'interior del vehicle i el xicot de la cama trencada s'apuntala amb les mans abans de fer seguir tot el cos sobre el seient. Ercal pregunta:

—Hi vaig, també?

El director denega amb un gest gairebé amoïnat, abaixa la cara fins a l'obertura del vidre.

—Magnífic, Griselda. —Es redreça i uneix dos dits.— Sort!

Els altres tanquen la portella i el cotxe, precís i fi, engega gairebé sense remor. Clori es tomba cap als seus companys:

—Apa, i nosaltres a treballar! Ja hem gandulejat prou, avui...

7

El metro, dins el qual viatgen potser només una dotzena de passatgers, s'atura davant mateix de Cara i el conductor la mira amb un esguard que sembla una invitació a pujar al cotxe. Fins i tot l'encarregat de les portes espera una mica, per si ella es decideix, però, en veure que no es mou del banc, deixa escapar un cop de xiulet, tanca i es queda immòbil darrere els vidres mentre el vehicle engega de nou.

Cara continua asseguda i ulla, al seu entorn, l'andana deserta. Durant els sis o set darrers minuts no ha baixat ni una sola persona. A l'altre extrem, el cap de l'estació s'ha ficat a la petita gàbia de vidre de la taquilla i la fa petar amb la rossa oxigenada i revinguda que despatxa els bitllets. Ara i adés, l'un o l'altre adrecen una mirada a la noia.

Ella es descorda la gavardina, per la tela impermeable de la qual s'escorren tot de gotes d'aigua; després consulta el rellotge. Ara ja només falten uns segons per a les nou, la seva espera s'acaba.

Per tal d'entretenir el temps, es mira les botes d'aigua, negres i brillants, llevat de la banda del taló, on s'han esquitxat de fang. Amb l'ungla, inclinada endavant, el rasca, però el llot és massa tendre i no salta; encara s'escampa.

Torna a llambregar el rellotge, impacient, i observa que no coincideix ben bé amb el de l'estació, lleugerament avançat. Aleshores s'aixeca, inicia un passeig per l'andana, s'aboca enfora, cap a les vies, i espia túnel amunt. Un altre vehicle ha sortit ja de l'estació precedent i ella assisteix al progrés lent de la llum, una estrella llunyana que a poc a poc es dilata i precipita el seu focus contra les parets blanques.

Maquinalment, torna a cordar-se la gavardina, se separa una mica, andana endins, i aleshores la remor del tren espetega per les voltes enrajolades, els frens mosseguen les rodes amb un xiscle contingut i oliat. Quan la porta s'obre, Cara es precipita al primer cotxe.

Gairebé és buit. Només sap veure-hi dues dones, una d'elles amb un fardell, assegudes a l'altre extrem; un home d'edat mal vestit i amb un paraigua excessivament gran; i un noiet que es repenja en una de les barres centrals. A tocar de la segona porta hi ha un xicot vestit amb una minsa gavardina blanca tota tacada per l'aigua, la cara protegida per un barret d'ales amples que li amaguen els ulls. Ella no el reconeix fins que no avança pel cotxe. És Pau.

Avança també, pressosa, amb els llavis badats per un somrís inquiet, i tots dos coincideixen sota la bombeta enquibida en un suport blanc.

—Pau...

Ell li agafa el braç, sense una paraula, i la fa seguir cap al refugi d'una porta, oposada al costat de la sortida. Fins aleshores no diu:

—Ja veig que t'han donat el meu encàrrec...

Cara continua fitant-lo amb inquietud.

—Què ha passat? No sabia si venir... Quan m'han dit que havies telefonat i que volies que agafés el primer metro que passaria per aquesta estació després de les nou, m'he cregut que era una broma. —Li toca les solapes de la gavardina.— Com és que no vas d'uniforme? I t'has mullat tot...

Ell es mira distretament la roba xopa, inclina encara una mica més el barret sobre els ulls i, molt baix, diu:

—He deixat la caserna.

Ella ofega una exclamació, sorpresa; tanca el puny i es prem els artells contra els llavis.

—Però, per què?

El noi esguarda amunt i avall del cotxe gairebé desert.

—Ja deus saber què passa...

—Sí. Però vosaltres...

—Ens han aquarterat i diuen si demà sortirem al carrer.

—Sortireu? Per què?

—Segons sembla, ens faran col·laborar amb les brigades de xoc... Ningú no sap res de cert.

Ella abaixa encara la veu, reflexiona:

—I t'has escapat...

—Sí. No vull fer de botxí. I no et pensis que sóc jo sol. Ens hem escapat tota una colla; hem saltat la paret amb un dels sentinelles que també se'n volia anar.

La noia se li arrapa a la gavardina, es prem amb força contra seu.

—I si t'agafen?

—M'afusellarien, és clar.

Ella humilia la cara, el frega amb els cabells ablanits per la humitat.

—Oh, Pau, Pau...!

El xicot la separa una mica.

—Et mullaràs tota.

Però Cara continua arrapada al seu cos i, passat un moment, ell explica:

—No m'agafaran. Per sort, un caporal tenia encara el vestit de paisà i aquesta gavardina. Li ho he comprat. Els altres, fora d'un, s'han hagut d'escapar amb l'uniforme.

La noia torna a alçar el cap en el moment que el vehicle s'atura a l'estació següent.

—No ho saps, que la policia demana els papers a tothom que troba pel carrer?

—Per això t'he telefonat que vinguessis al metro. —Observa l'únic passatger que puja, una dona, i torna a desviar els ulls.— Ara, que no em pensava que anessin tan buits, aquests trens...

—Gairebé tothom s'ha quedat a casa.

Les portes del vehicle es tanquen amb una remor de xucladís i tots dos callen fins que ella repeteix:

—T'has escapat...

—No em quedava cap més remei, Cara.

—No et podies esperar fins demà, a veure què passava?

—Aleshores ja hauria estat massa tard. T'hauria agradat de veure'm al costat de la policia, detenint la gent o forçant-los a tornar a la feina com diuen que han començat a fer?

—No, és clar que no...

—Doncs! Un altre i jo volíem que s'escapés tota la companyia, hem fet córrer una mena de mot d'ordre, de consigna, però la majoria tenien por... Sempre la por! Així i tot, som ben bé tres dotzenes, els qui hem tocat el dos.

Ella es mossega els llavis, mediocrement interessada pels altres. Passat un moment, pregunta:

—I ara, què faràs?

El noi inicia un moviment d'espatlles, sense completar-lo.

—De primer havia pensat en el meu cosí, l'Orestes... Però viu en una dispesa, no sé quina mena de gent hi ha. Al poble, amb els pares, tampoc no hi puc anar; serà el primer lloc on em buscaran.

—I un hotel tampoc no sembla indicat...

—No.

Ella mormola:

—Déu meu, Déu meu!

Pau li posa una mà sobre l'espatlla, li somriu:

—No t'amoïnis. Si convé, puc passar la nit aquí mateix, al metro.

—Si tanquen a les deu!

—Ja ho sé. Em puc amagar en algun racó. No serà difícil, ja ho veuràs.

—Però és que després d'aquesta nit hi ha demà, i l'altre... Ningú no sap quants dies pot durar, això, ni com acabarà. I encara si els metros anessin plens... Però ja ho veus. I potser també plegaran...

Ell diu amb una veu sobtadament prima:

—Una solució o altra trobaré.

—Quina? Enlloc no estaràs segur. Ni aquí, no hi estàs. En qualsevol estació pot entrar un policia i... —Gairebé plora i ell li amoixa els cabells amb una mà tendra; ella prova de prosseguir:— Si et passa alguna cosa... —La veu se li trenca de nou, però tot seguit els seus dits s'afermen sobre el braç de Pau, i aleshores redreça el cap amb un gest decidit, els ulls se li aclareixen una mica.— Ja ho sé, què farem!

Ell espera mentre el cotxe s'atura en una altra estació, i la noia mira cap a fora.

—On som?

—A Sitat.

Cara li agafa la mà.

—Baixem!

—Per què?

Però ja la segueix cap a les portes que s'acaben d'obrir i, darrere el vell del paraigua, surten a l'andana, on només sorprenen una dona amb un nen, que pugen per una altra porta.

—Vine!

Avancen cap a les escales, de pressa, i deixen el vell enrere. Tot pujant, Cara explica:

—Vindràs a casa.

Pau alenteix el pas, va per aturar-se, però ella li agafa encara la mà i l'obliga a continuar pujant.

—Ja ho voldrà la família aquesta del tramviaire? No és com si fos casa teva, vius rellogada...

—Ni ho sabran. —Pel pont de dalt, travessen cap a l'altra banda.— Quan arribem al pis, ja seran a dormir, perquè en Boni s'aixeca molt de matí... Correm!

Es precipiten escales avall, darrere el tren que desemboca del túnel.

—No caiguis...

Es desfà de la seva mà i la subjecta pel braç, sense deixar de córrer. El metro s'atura amb un petit xiscle metàl·lic.

Algú altre, que entra per la banda de l'escala central, corre també, i tots penetren en el vehicle sota l'ull amical de l'encarregat de les portes que ja es fica el xiulet a la boca.

—Baixarem a Calab, que queda més a prop de casa...

Respira fort i es repenja contra la porta de l'altra banda. Ell, amb la respiració també agitada, comenta:

—No m'has donat temps de dir ni sí ni no...

Cara se'n desentén, explica:

—Ni sabran que hi ets. Ells no hi entren mai, a la meva habitació, perquè jo mateixa em faig el llit i la netejo.

—Així i tot... No està bé això, Cara. Els podem comprometre.

Ella fa, decidida:

—M'interesses més tu que ells.

—Però és un abús.

Ella li agafa les mans, l'esguarda de molt a prop.

—No ho faries, tu, per mi?

—És diferent.

—Per què? Et penses que per un petit escrúpol m'he d'exposar que et passi alguna cosa? No has dit tu mateix que si t'agafaven t'afusellarien?

—És el més probable.

Els dits s'insinuen per dintre la mànega massa ampla de l'americana que duu sota la gavardina, prement la carn.

—I tu ho vols? Em vols deixar sola...?

—Cara...

Amb l'altra mà li enllaça la cintura mentre el vehicle entra en la soledat de l'estació.

—No vull que et passi res. Jo... —Es prem contra seu, gairebé amb violència.— Faria qualsevol cosa, Pau.

Ell assenteix amb el cap, desvia la mirada cap al vidre on s'emmiralla l'altra porta, que ja es tanca.

—Potser no havia d'haver-me'n anat, de la caserna.

—Sí, Pau, sí!

—Només et duré complicacions.

—No hi fa res. De moment, m'he atabalat. Però has fet bé d'anar-te'n. Jo també ho hauria fet. Cal que aquesta vegada guanyem...

Ell s'anima, endureix l'expressió.

—Guanyarem, Cara. Ha començat tot tan bé... I estan espantats. Quan volen treure els soldats al carrer, senyal que ja no saben què fer.

—I només és el primer dia.

—I només és el primer dia. Tampoc no heu treballat, al despatx?

—Si tothom ha complert el que vam acordar ahir, no. I, al nostre barri, he vist que gairebé no havia obert ningú.

—Com esteu de menjar?

—Els Boni, una mica justos. Però sempre hi van, ells, de justos. Amb el que guanya Sam...

—I tu?

—M'he preparat.

Ell torça el cap.

—Però només per a tu, és clar. No podies preveure...

—Ens arreglarem, no et preocupis.

Pau es queda silenciós durant uns moments, mira cotxe enllà. Fins que diu:

—Hi ha molts inconvenients... Hem de pensar en el dormir, també. —Li busca els ulls amb els seus.— No se t'havia acudit?

La noia li retorna la mirada, greu:

—Sí, se m'ha acudit.

Pau espera, però en veure que ella no prossegueix, fa:

—No deus pas voler que dormim junts?

—Per què no?

El xicot li agafa les mans, les hi empresona entre els dits amples i forts.

—Ho dius de veres?

—Sí.

Ell s'empassa la saliva, gairebé desconcertat.

—Tu, tan... primmirada...

—Ara és diferent. —Desenllaça una mà i joguineja amb el botó de la seva gavardina, però continua mirant-lo.— No sabem què pot passar. Podem perdre, ens poden separar... Des d'ara hem deixat de viure una vida normal. Per això veig les coses d'una altra manera, per això... —Es mira els dits, sorpresa.— T'he arrencat el botó!

—Tant se val... Estàs nerviosa, oi?

—Sí, molt.

—Tens por?

—No, no és ben bé por...

Les llums de l'estació es confonen amb les llums del vehicle, que s'alenteix. Ell l'agafa pel braç.

—Ja hi som.

Avancen fins a la porta, davant la qual esperen uns segons, fins que el doble batent s'esmuny cap als costats.

—Per on sortim, per Calab?

—Sí. Queda més a prop.

En tota l'andana no hi ha ningú, i ells caminen de bracet sota els tubs de neó que els emmalalteixen les cares. En passar per davant la taquilla, la noia desconeguda que seu darrere els vidres els saluda amb un somrís inconscient. Després els acull l'alenada freda i humida que s'entafora per les portes mal tancades.

—Encara plou.

—Millor, així és més fàcil que no ens ensopeguem amb ningú.

La noia es passa la caputxa per sobre el cap.

—Vols dir la policia?

—Sí.

—Van en cotxe, ells. —L'atura amb un gest de la mà.— Espera't. De primer sortiré jo.

—Està bé. Vés.

Puja ràpida, sense ni fregar la barana, i tot seguit el gotellam s'abat sobre la caputxa, els peus xipollegen en els menuts tolls dels graons desigualment usats pel pas dels viatgers.

Dalt, s'atura, mira a tots costats i deixa passar un cotxe rabent que es dirigeix al cor de la ciutat. Aleshores es gira, fa un moviment amb el braç.

—Vine!

Ell puja els graons de tres en tres, indiferent a la pluja que li mossega la cara i li xopa els pantalons sota la gavardina que s'entreobre.

—Correm...

—Plou força...

Agafats de la mà, però separats els cossos, travessen la calçada i es precipiten cap al refugi de les cases, sota la protecció dels balcons.

—Ens quedarem fets uns peixos!

Enceten el carrer costerut, l'asfalt del qual resplendeix estranyament sota la pluja, però tot seguit escurcen el pas, perquè una camioneta surt de la cruïlla de dalt i gira cap a l'altra banda, on s'atura. Tots dos es consulten amb la mirada.

—Ho sembla, oi?

—Sí, em sembla que sí.

—Ves si no podia esperar una mica...

La camioneta torna a engegar i, contra direcció, recorre el cercle comprès entre les quatre cantonades. Els fars, poderosos, escombren enèrgicament el carrer.

—Ens deuen haver vist?

—No ho sé...

L'arrossega fins a la portalada més propera i allarga els dits cap al pom de metall negre, però la porta no cedeix i a l'altra banda dels vidres tot és fosc.

—Ja han tancat!

Però ella mira cap a dalt.

—Baixen!

—Maleïts!

S'arrauleixen tots dos contra l'ample sortint, barrejant alenades nervioses i humitats. Ella xiuxiueja:

—Potser no se n'adonaran...

Espia de nou carrer enllà, i ell treu el cap per damunt seu. La camioneta torna a estar aturada a la cantonada, però ara a la d'aquesta banda. La noia diu:

—Han apagat els fars.

—Ja ho veig.

L'engrapa, obligant-la a tombar-se, i tots dos es queden galta contra galta, amb els cossos molt units.

—Cara... Si m'agafen...

—No t'agafaran!

Però ell torna:

—Si em passa alguna cosa...

—No ho diguis!

Li tanca la boca amb la seva i, passats uns instants, es besen desesperadament, gairebé amb ràbia, amb els llavis tumultuosos i durs.

—Cara, Cara...

—Pau...

Es rebrega contra seu, desordenada, es mulla les mans amb la gavardina xopa. Pau diu:

—Tremoles... —La noia només assenteix amb un moviment del cap, torna a cercar-li els llavis, però ell la immobilitza.— No ens podem quedar aquí. Cal que fem alguna cosa.

Miren de nou cap al vehicle, sempre aturat i fosc.

—Són capaços de passar-s'hi hores...

—No sé, si ens esmunyíssim arran de cases...

—Ens veurien.

Ell força de nou el pom de la porta, intenta de penetrar l'obscuritat de l'entrada.

—Si poguéssim fer que ens obrissin...

Discretament, amb els artells, tusta el vidre, espera una mica i torna a colpejar. Ella diu:

—Aquesta nit ningú no obrirà a ningú. Tothom té por.

—Sí, tothom és un cagat. —Però rectifica:— És a dir... No. Ben mirat, és admirable que, amb por o sense, tots plegats ens hàgim decidit a plantar cara al Jutge. Perquè això és plantar-li cara.

Ella se li arrapa al braç.

—Han encès un llum!

Tots dos s'aboquen contra els vidres de la porta, però després Pau es gira i assenyala:

—Es aquí davant.

Poden distingir clarament la dona que, a l'altra banda de balcó, aturada d'esquena als vidres, gesticula probablement a intenció d'una altra persona, invisible des del carrer. Cara deixa relliscar l'esguard cap a la porta de sota.

—També tenen tancat.

—Tothom deu haver tancat en fer-se fosc, avui. —L'abraça, prement-la contra seu.— Tens fred, oi?

—Sí... No... —Alça el rostre.— Vols que fem una cosa? Podria sortir jo sola i...

—Ni parlar-ne!

—Potser no em dirien res, a mi. Sóc una noia i, després, aquest és el camí de casa...

—I si t'ho deien, què? No.

—Però...

—Et dic que no, Cara. No insisteixis! Et penses que...

Però aleshores es talla i ella, instintivament, tomba el cap.

—Han tornat a encendre els fars...

—Vénen cap aquí!

Nusats de braços i amb el cor encongit, tots dos proven de confondre's, de fondre's, amb el mur protector de la casa. Ella mormola encara:

—Potser no ens veuran...

—No et facis il·lusions.

La remor de la camioneta, lleu a despit del silenci del carrer, s'atansa inexorablement, els llums s'escampen per la calçada, per les voreres, per la part baixa de les façanes. Ells dos es fan menuts, amaguen les cares, mig tanquen els ulls. Però no fins a l'extrem que no puguin veure els fils de pluja que el vehicle sembla anar teixint i desteixint al seu davant.

La llum els frega els peus, rellisca voravia enllà i la tossa de la camioneta, que ara augmenta de velocitat, passa amenaçadora carrer avall.

Cara respira a fons, com si exhalés una pedra.

—Què et deia? No ens han vist!

Ell reflexiona:

—És estrany... Potser no era de la policia.

S'avança per tal de seguir la seva marxa amb l'esguard, però la noia ja l'urgeix:

—Anem, ara. Abans no passi alguna altra cosa...

Surten a la pluja pausada que cau d'un cel negre i hostil, i corren carrer amunt, l'un rere l'altre, mal protegits pels sortints dels ràfecs i balcons. Ell, des de darrere, aixeca la veu:

—T'adones que en tota l'estona no ha passat ningú?

Però ella no contesta, s'esmuny a frec de les façanes amb el cap cot, la caputxa com una orella immensa que projecta tot d'ombres xineses en el llenç de les parets de pedra picada.

En arribar a la cantonada, deixen el precari refugi per tal de traspassar en línia recta i Pau se subjecta la gavardina mal cordada, els faldons de la qual s'obren com unes ales negres. S'encasqueta més profundament el barret, amaga el coll entre les solapes descolorides i xopes. I aleshores s'atura.

—Mira!

Però ella també ho acaba de descobrir i tots dos, com arran d'un abisme, s'aboquen sobre la vorada, l'esguard fit en les lletres grans i vermelles, humides de pluja i mal dibuixades, que confegeixen una frase:

I, en un extrem, cap al començament de la consigna, hi ha una gran taca negra, d'oli, que escup l'aigua.

—Veus? No eren de la policia.

Admirats, llambreguen carrer avall, però la camioneta ja ha desaparegut per una via transversal.

—Tanta por que hem passat i ells també devien tenir el cor com un cap d'agulla...

Riuen, nerviosament, clavats a tocar de la frase que llegeixen i rellegeixen. Pau comenta encara:

—N'hi ha que són valents... I com es deuen haver posat, ajaguts sobre el fang i l'aigua...

Cara li agafa la mà, l'estira.

—No ens entretinguem més.

Tornen a córrer, xipollejant en els bassals de l'asfalt trencat pel pas dels carros i vehicles pesats, i es precipiten cap a la protecció de les cases de l'altra banda. Però ací no hi ha balcons ni sortints, sinó el mur llarg d'una fàbrica i, després, la tanca d'un solar. L'aigua espetega sobre les espatlles vinclades, s'insinua traïdorament pel coll del noi, li xopa els baixos dels pantalons.

Després els cal travessar encara un altre carrer per on avança la silueta furtiva d'una persona solitària que entra i surt de les ombres d'arbres i fanals. Però ni l'un ni l'altre no se'n preocupen, perquè ara ja són prop de casa, només els cal endinsar-se fins a mig bloc i aleshores tombar a l'esquerra, on s'obre el passatge, estret, fosc i acabat en cul-de-sac, en el qual s'arrengleren unes dotzenes d'edificis bessons.

La noia alenteix el pas, fica el peu en un bassal obert entre les llambordes de la minsa vorera, crida:

—Compte, hi ha un toll!

Però ell, que ja hi ha caigut, deixa escapar una paraula gruixuda, i ella riu mentre entafora la mà en la butxaca. D'un petit portamonedes treu la clau de la porta de l'entrada, palpeja fins que troba el pany i, tot seguit, un tall negre i profund badalla davant seu.

—Ja hi som!

I, sense tancar, emocionada, es tomba cap a Pau, que ha entrat darrere seu i li cerca els llavis en la fosca. Ell només xiuxiueja:

—Cara...

SEGONA JORNADA

8

Tomàs separa les cortines transparents de la finestra i esclafa el nas contra el vidre mig entelat.

—Quins brètols! També han obert...

—Qui?

Es gira cap a la seva dona, la qual, armada d'un drap, eixuga la pols invisible del trinxant.

—Qui vols que siguin? Els dels llegums cuits!

—Sempre t'he dit que simpatitzaven amb el Jutge.

Marc, assenyadament assegut a la taula, deixa les peces del trencaclosques que tenia als dits.

—És dolent, pare, el Jutge?

—Segons per a qui, es veu que no.

—I per a nosaltres? A col·legi diuen...

—Deixa estar el que diguin a col·legi. No els queda més remei que cantar la palinòdia!

Mina avança cap a la finestra.

—Et sembla que hi vagi a comprar mongetes, o cigrons...? No ens en sobrarien.

S'inclina endavant, per espiar, però Tomàs fa:

—De cap manera! Ningú no hi hauria d'anar a comprar res; això és encoratjar-los.

—Estic segura que aquests obririen encara que tinguessin la botiga buida. Si molt convé, ni han cuit...

—Raó de més. I, si això falla, no vull que t'hi tornis a atansar. —Aplana de nou el nas contra el vidre.— Si no fos perquè... M'agradaria anar a fer-los plegar.

El noiet pregunta:

—Per què vols que tanqui tothom, pare?

Ell se separa de la finestra, butxaqueja, però després s'adona que les cigarretes són sobre la taula.

—Fes el trencaclosques, tu. Quan siguis més gran...

—Tampoc no podré sortir de casa, avui?

—No, tampoc.

—Però jo m'avorreixo.

Tomàs agafa el paquet, en treu una cigarreta.

—Tots ens avorrim. —Per a ell mateix, continua:— I no d'ara, sinó des de fa quinze anys. —Dreça el cap.— Te n'adones, Mina? Quinze anys! De vegades em costa de creure. Encara no ens havíem casat...

Mina passa el drap per la vitrina de l'altra banda, darrere la qual resplendeixen les peces de cristall, de porcellana.

—No cridis tant. Et sentiran els Muri...

Ell mira cap a terra, branda el cap.

—La veu més aviat puja. Per cert, que m'agradaria saber si ha anat al despatx, ell.

—De bon matí, he sentit que obrien la porta. Però potser era la seva dona. Encara érem al llit, nosaltres.

—Sí, devia ser la dona. Ell no se'n va mai que no siguin dos quarts de deu... —Mira el rellotge penjat sobre la vitrina.— I encara no els són. —S'apodera dels llumins que hi ha al costat del paquet, encén la cigarreta.— Ja en poden estar, de contents, aquests...! Quatre hores de fregar cadires amb el cul i, apa, a fer mal! —Escup:— Buròcrates!

El petit alça el cap:

—Què és un buròcrata, pare?

—Un senyor que es passa quatre hores cada dia darrere d'una finestreta fent mala cara a la pobra gent que té davant.

—El senyor Muri també?

—Deu fer com tots.

Mina immobilitza el gest i després corre cap a la finestra.

—Ara he sentit la porta!

Tomàs se li atansa, seguit del menut que s'entafora entre ells dos.

—Jo també ho vull veure!

Espien vidre enllà, cap al carrer humit de la nit passada, desert com si tota la ciutat s'hagués buidat. Al cap d'un moment, ell se separa una mica.

—Deixa'm obrir...

Però la seva muller assenyala:

—No! Mira... És la noia.

Anni, la filla dels Muri, travessa la calçada tot mirant amunt i avall. Ell riu:

—Que potser té por d'un cotxe, aquesta? Des d'ahir que no n'ha passat cap.

—On deu anar? Porta la bossa de la compra.

Tomàs s'enfurrunya:

—Aquesta mena de gent només serveix per a això, per a boicotejar... Fa tants anys que van a cavall, que ara no es resignen... Deuen tenir por de veure's obligats a treballar com tothom.

S'allunya de la finestra i, entre un núvol de fum, camina al voltant de la taula. La dona fa:

—Entra a la conca.

Tomàs es desplaça cap a la ràdio, col·locada sobre un trespeus de dues postades, en la segona de les quals s'apilen llibres escolars i revistes infantils.

—A veure si diuen alguna cosa, avui...

Marc torna cap a la taula, reprèn amb desgana el trencaclosques, i ell va girant el botó de l'aparell. Una remor confusa indica que no està ben centrat; fa córrer l'agulla indicadora. Una veu surt, precipitada:

—...ha disparat un tret contra el seu pare, pagès de Townstone, Geòrgia. Gairebé immediatament detingut per la policia, Al, que només té catorze anys, ha dit que sempre havia volgut matar algú per saber què se sentia...

Tomàs fa girar de nou l'indicador, mentre comenta:

—Es veu que era urgent comunicar-nos aquesta salvatjada...

El menut, amb uns ulls com unes taronges, pregunta:

—Per què diu que l'ha matat, pare?

Contesta la mare, tot allunyant-se de la finestra:

—Perquè era un noi dolent.

Però la segona estació ja parla:

—Segons el parer dels experts en qüestions de política internacional, la crisi actual entre els dos blocs ideològicament en pugna podria resoldre's fàcilment mitjançant una conferència de taula rodona entre els dirigents de les potències interessades...

—Merda!

Tanca l'aparell gairebé amb violència. La veu de la muller repta:

—Tomàs, aquest llenguatge...

—És que et fan perdre la paciència, carall! Vivim un moment decisiu, estem ventilant el futur de la ciutat, i ells com si res! Et serveixen unes declaracions imbècils d'uns experts que ni tenen sentit comú. Conferències de taula rodona! No és poc vell, això! —S'empassa una gran glopada de fum i l'expulsa a mesura que va dient:— No sé si deuen haver sortit els diaris, avui... —Apressat, camina cap a la finestra, l'obre de bat a bat, s'aboca.— El quiosc de la cantonada és tancat. Però això no vol dir res, és clar...

Mina es queixa:

—Quin aire!

—Ja tanco.

Marc, sense dir res, barreja les peces del trencaclosques i, després, sense desar-les, s'aixeca per anar a cercar un quadern de classe. Demana:

—Em dictes una divisió, pare?

—Ara vols fer divisions?

—És tan avorrit, el trencaclosques!

—I per això no ens deixaves viure demanant que te'l compréssim? Quina criatura! —Es mou fins a la taula, deixa la cigarreta sobre el cendrer.— De quantes xifres la vols?

El noi disposa el quadern, es mira la punta del llapis.

—De tres.

Mina, que s'ha desplaçat cap a la porta, diu:

—Mentrestant et podria ordenar el despatx...

—Sí, fes. —I al noi:— A veure... vuit, set, quatre, dos, sis...

—No tan de pressa.

—Sis... nou, cinc... Dividit per tres-cents vint-i-cinc.

El noiet escriu aplicadament, amb una punta de llengua entre els llavis pàl·lids.

—La sabràs fer? —Però no escolta la resposta, sinó que mira cap al corredor.— Han trucat... Qui deu ser?

La veu de Mina, des de l'altre extrem de pis, crida:

—Que han trucat, Tomàs?

—Em sembla que sí. Ja hi vaig jo.

Travessa el menjador, recorre el breu fragment de corredor i, prop de la porta, sent que algú, a l'altra banda, s'escura la gargamella. Obre.

—Bon dia...

Retorna un somrís maquinal al senyor Muri, retrocedeix mig pas, indecís. L'altre es toca les ulleres.

—Perdoni que m'hagi pres la llibertat... El nostre telèfon no funciona i em preguntava si seria una avaria o bé...

Tomàs es decideix, acaba de badar la porta.

—Entri, entri...

—Gràcies, és un moment. Només volia saber si el de vostès va bé.

—Suposo que sí. Entri...

El senyor Muri avança vestíbul endins i ell tanca la porta al seu darrere.

—No l'hem fet servir en tot el matí, ni ha trucat ningú, fins ara. Anit funcionava.

—El nostre també, ahir a la nit.

—Ara ho mirarem. Vingui...

—No voldria molestar...

—No té importància.

S'encaminen tots dos al despatx, ell davant. Sense saber per què, crida:

—Mina...

Ella treu el nas amb el drap de la pols en una mà, el plomell en l'altra. En veure el visitant, obre la boca amb un somrís d'excusa, però l'home ja diu:

—Perdoni la intromissió, senyora... El telèfon...

—Es veu que no els funciona. Volia saber si el nostre...

Ella, una mica atabalada, diu:

—Sí, sí, és clar!

Tomàs es mou cap a la taula, en un costat de la qual hi ha l'aparell.

—Ho veurem de seguida. —Alça l'auricular, escolta; després es tomba cap al veí:— De línia, n'hi ha... Vostè havia de telefonar, naturalment...

—Al despatx.

Ell li allarga l'aparell.

—Doncs telefoni des d'aquí. Matarem dos pardals amb un sol tret. Comprovarem si va bé i alhora vostè podrà fer el seu fet...

—Si no els sembla un abús...

—I ara!

L'altre agafa l'auricular, s'inclina a discar el número, espera. Tot seguit fa un gest amb el cap.

—Sí, funciona.

Tomàs esguarda la seva dona i tots dos retrocedeixen una mica. L'home els mig atura:

—No... —Però a l'altre extrem ja deuen haver despenjat, perquè es talla i, de cara a l'aparell, diu:— Hi és, en Guez...? Sóc Muri.

Tomàs i la seva muller acaben d'abandonar el despatx, ell mig ajusta la porta. De fora, encara senten:

—És vostè, Illes?

Gairebé de puntetes, s'allunyen cap al vestíbul. Ella mormola:

—M'havia de trobar així, amb el plomall i el drap a les mans...

—Et penses que no netegen, a casa seva? És a dir, confio que sí...

—No és això.

Des del menjador, Marc crida:

—Qui era, mare?

Ella avança fins al pas de la porta.

—No t'han dit mai que els nens no han de ser comprometedors?

—Jo només...

—Tu, res. Els nens, el que han de fer és callar.

El menut tanca els llavis amb un gest sorrut i contrariat, agafa fort el llapis. Tomàs, que entra darrere la seva muller, comenta:

—Suposo que no els deu pas telefonar per dir-los que no hi va... Seria massa bonic.

—On? Anar on?

—Ets despistada! Al despatx.

—Ah, sí! M'ha fet atabalar.

—Ni que t'hagués trobat amb l'orinal a la mà!

Marc obre la boca:

—Pare, quants números separo?

L'home se li gira, mou el cap.

—Encara estem així? Si em pensava que ja acabaves! —Passa cap a darrere el seu fill.— A veure... Quantes xifres hi ha, al divisor?

El noiet comença a comptar les de l'esquerra.

—Això és el divisor?

Marc aixeca ràpidament el llapis, el desplaça.

—Ah, el divisor! Em pensava...

—Et pensaves, et pensaves... Em sembla que en lloc d'avançar, cada dia retrocedeixes. Com els crancs.

Des del vestíbul, la veu del senyor Muri crida discretament:

—Senyor Luc...

Mina surt primer, després d'haver deixat les seves armes de dona feinera en una cadira.

—Ja ha telefonat?

—Sí. He trucat al despatx per si un company em podia substituir fins a les onze. —Mira cap a Tomàs, que acaba de sortir darrere la seva muller.— La meva senyora no es troba gaire bé i no la vull deixar sola. Mentre la noia és a comprar...

Mina s'estranya:

—No sabia que tinguessin malalts.

—És una indisposició, només. Però ella, no sé si saben com és... s'espanta aviat, vol algú que li faci companyia.

—Si ens necessita per alguna cosa...

—Gràcies. Si convingués... Però ja els ho dic, és una petita indisposició. Gràcies per haver-me deixat telefonar. M'hauria sabut greu que, en aquestes circumstàncies, a la Delegació s'haguessin pensat...

Tomàs no pot evitar una pregunta intencionada:

—Continuen treballant, doncs, vostès?

L'altre es redreça una mica:

—Naturalment. No hi ha cap motiu per... Vostès no?

—Abans d'ahir al vespre vam plegar per tot el temps que calgués.

El senyor Muri inclina el cap i, gairebé dolçament, diu:

—Mal fet.

—Ho creu així?

L'home sacseja el cap amb energia.

—Sí, ho crec. No voldria ser impertinent, però em sembla un error que les classes dirigents se solidaritzin amb aquesta... diguem amb aquesta manifestació demagògica.

Tomàs avança una mà, com si volgués tapar-li la boca.

—Permeti... Ens hem acostumat a usar les paraules sense discriminació i amb inexactitud...

Mina ulla de l'un a l'altre, inquieta; prega:

—Tomàs, si et plau...

Ell se li gira:

—Em sembla que no he dit res que no es pogués dir. El senyor Muri i jo som dues persones adultes i educades que, si convé, poden parlar amb franquesa sense ofendre's mútuament. M'equivoco?

El senyor Muri vacil·la gairebé imperceptiblement, però a la fi s'inclina:

—Ben cert.

—Com li deia, doncs, ens hem acostumat a usar les paraules d'una manera manifestament inexacta. Se n'ha abusat tant, se les ha distorsionades fins a tal extrem que sovint hem acabat per donar-los un significat totalment contrari al que tenien originàriament.

—És una apreciació personal... Al capdavall, no pot pas negar-me que sota les paraules sempre hi ha hagut fets.

—Quins?

—S'ha afirmat, per exemple, que passem per un període de pau i d'ordre desconeguts en qualsevol altre moment de la història de la ciutat. I és veritat. La criminalitat és pràcticament inexistent, tot moviment subversiu és ofegat abans que pugui adquirir caràcters de pertorbació...

—Però a canvi de què s'ha aconseguit, això? Vostè sembla que redueixi a una qüestió d'ordre públic un problema que toca de molt a prop la dignitat de l'home.

Mina torna a implorar:

—Tomàs...

—Deixa, tu. —I de nou de cara al senyor Muri:— L'ordre es pot entendre de moltes maneres. Però em sembla contrari a tot respecte humà aconseguir-lo a costa de la lliure manifestació d'uns drets humans...

—No crec pas que sigui aquest el cas. Que vostè pugui expressar-se com s'expressa, ho demostra de sobres.

—Però no em negarà que corro un risc, el perill d'una denúncia... —Es talla i fa un gest amb la mà.— Entengui'm, no vull dir que vostè... Però no puc sortir al carrer i exposar amb franquesa les meves idees.

L'altre mig somriu.

—Podrien ser mal interpretades, en efecte.

—Al contrari, serien interpretades correctament, i qualificades de subversives. I això és el més intolerable: que tot punt de vista que s'allunyi, per poc que sigui, de la ideologia oficial, mereixi el nom de subversiu. En un clima així és impossible de construir res, perquè sense el dret de crítica les institucions es corrompen, els homes que ocupen el poder es deïfiquen i tota decisió, fins i tot la més sensata, acaba per convertir-se en arbitrària.

Mina el contempla bocabadada. El senyor Muri, amb aire de mortificació, intenta una sortida de costat.

—S'atreviria a qualificar d'arbitrària la preocupació del Jutge per la classe obrera i aquest seguit de mesures que ens asseguren un nivell de vida superior al de qualsevol altre període anterior?

—Sí, certament...

S'interromp, escolta cap al despatx. Mina diu:

—El telèfon.

—Contesta tu. —I acte seguit torna a adreçar-se al senyor Muri: — A un nivell de vida superior, no s'hi arriba a base d'ordres i decrets, sinó augmentant la riquesa de la ciutat. I no és aquest el cas. L'administració del Jutge no es cansa d'insistir sobre aquest suposat millorament, però ell i tots nosaltres sabem que és il·lusori, perquè no hi ha la deguda relació entre el salari i el cost de la vida. Si quinze anys enrere es podia viure més bé amb una moneda que ara amb el jornal corrent de cinc, senyal que el nivell de vida d'aleshores era superior al d'ara.

—No nego que l'aparença de vegades pot ser aquesta. Però vostè no té en compte que ara tothom s'ha acostumat a un seguit de petits luxes que abans ni somniaven de permetre's.

—Quins luxes?

El senyor Muri sembla que cerqui alguna cosa amb la mirada, s'agafa un dit amb els dits de l'altra mà.

—Què vol que li digui? Abans, per exemple, l'obrer calçava espardenyes; ara gairebé tots van amb sabates...

Tomàs eixampla la cara amb un somrís que frega la rialla.

—De quan parla, vostè? Vint-i-cinc anys enrere, quan encara ningú no sabia qui era en Domina, ja tothom duia sabates, perquè en aquell temps sí que, lentament, però d'una manera visible, la riquesa augmentava i tendia a passar progressivament a les mans de la classe treballadora... És ara que molts obrers ja tornen a dur espardenyes. Fixi-s'hi! —I, en un altre to, es queixa:— Sembla mentida que, any rere any, com si el temps no passés, ensopeguem amb el mateix exemple! N'hi hauria per a pensar que... —Branda el cap, gairebé commiseratiu.— I després, senyor Muri, no tot és qüestió de nivell de vida. Hi ha altres coses. Moltes altres coses. Jo, com a cap de vendes de la casa de Lyns, parlo amb persones de tots els estaments i condicions i li asseguro que, de cada cent que es queixen, noranta, al costat del plany habitual sobre com de difícil és guanyar-se la vida, lamenten veure's reduïdes a mers receptacles d'una opinió a la qual no han contribuït ni poden contribuir. Troben intolerable que se'ls doni tot fet, mastegat, digerit. Els pesa veure's tractats de criatures a les quals es dicta què han de pensar, com s'han de captenir, quins espectacles han de veure... Menors d'edat condemnats a la lectura d'una premsa que filtra i interpreta tendenciosament les notícies, que falta al més elemental deure d'honestedat informativa...

Ara és el senyor Muri qui avança la mà.

—Perdoni... Aquest aspecte, el conec molt més bé que vostè, per deure professional. Ja sé que el públic té una tendència a creure que se l'enganya, que se li amaguen fets que ell jutja essencials...

—I no és veritat? Sobretot en tot allò que interessa la vida de la ciutat mateixa.

—En absolut! Li puc assegurar...

Però Tomàs, aleshores, fa un pas enrere i diu:

—Vol fer el favor d'entrar un moment?

I, sense esperar la seva resposta, el precedeix cap al menjador, on Marc continua assegut davant la taula, amb el llapis a la mà. En veure'l, fa:

—Ja he acabat la divisió, pare.

—Està bé. Bon noi. —Allarga els dits cap a la ràdio, fa girar el botó.— Ara veurà...

Espera un moment, el senyor Muri, immòbil, al seu costat. Després, la veu, una mica massa aguda, els assabenta:

—Restes fossilitzades, que sembla que pertanyen a un mastodont que va viure uns vint milions d'anys enrere, han estat trobades a...

Tomàs, lentament, talla l'emissió i, sense cap comentari, desplaça la busca fins a l'altra estació.

—...sentit «Havanera». Ara els oferim les primícies de l'obra del mestre Gulmz, «Retorn al paradís», interpretada...

Sota el seu polze, la veu emmudeix en sec. Tombat cap al senyor Muri, pregunta:

—Què li sembla? Tot el matí igual. I ahir. Ni la més petita insinuació que permeti d'endevinar que la ciutat està paralitzada...

El senyor Muri s'estira maquinalment l'americana.

—Es comprèn. Hom negligeix incidents sense massa importància que podrien fer el joc a l'enemic de la ciutat...

—Veu? És el que li deia en referir-me al sentit de les paraules. Vostès identifiquen en Domina i la seva administració amb la ciutat, com si fos el mateix, com si abans no hagués existit ni hagués d'existir després...

La cadira on és assegut el noi rasca desagradablement els rajols i Marc, sense miraments, interromp el seu pare:

—Ho he escrit bé, això?

Ell se li tomba.

—Marc! No saps que els nois ben educats esperen que els altres hagin acabat de parlar?

El mira severament, però així i tot agafa el paper que el seu fill li ofereix. Després somriu i llegeix en veu baixa, però audible:

—«És molt senzill: quedeu-vos tots a cassa.» —Sense mirar el senyor Muri, fa:— Només hi sobra una lletra, la segona essa de casa. Però no m'agrada que siguis tan tastaolletes. De primer aritmètica, ara redacció...

—No és redacció, pare. És cal·ligrafia!

—Ah! —Somriu de cara al senyor Muri.— Quina canalla! Ben mirat, però, surten espavilats...

El senyor Muri es limita a una ganyota vagament apreciativa i dóna un cop d'ull al rellotge que hi ha a sobre de la vitrina.

—La meva senyora deu estar inquieta. Li he dit que només pujava un moment... —Es gira i desfilen tots dos cap a la porta. En arribar al vestíbul, diu:— I gràcies per haver-me deixat telefonar.

—Ja ho sap, disposi.

—Saludi la seva senyora.

Tomàs obre la porta.

—Confio que la seva millori.

—Sí, gràcies. Bon dia. —A l'escala es torna a tombar.— Bon dia. Retiri's, per favor. Fa fred...

—Bon dia, doncs.

Tanca lentament i aleshores, amb un somrís, torna cap al menjador, on Marc s'ha inclinat de nou sobre la taula. Se li atansa, li passa el braç per l'espatlla.

—Has estat oportú de veritat.

El noi se'l mira amb una mica d'estranyesa.

—No estàs enfadat?

—Per què?

—Perquè t'he interromput.

Ell riu tot escoltant el taloneig de la seva dona, que camina pel corredor.

—No. Gens, d'enfadat.

Mina entra al menjador i esguarda de l'un a l'altre, somriu també sense saber per què.

—Què ha passat?

Però Tomàs pregunta:

—Qui era?

—La Fanny, que volia saber com seguíem.

—Ah, que potser ja s'ha llevat, aquesta perduda?

—Tomàs! Perquè té un amic...

—Un rere l'altre, deus voler dir.

Mina no replica i, inconscientment, allarga les mans cap al drap. Només després torna:

—Què ha passat, amb el senyor Muri?

Ell agafa l'exercici del seu fill.

—Li hem llegit això!

La dona avança cap a la taula, mentre el menut diu, orgullós:

—Ho he escrit jo, mare!

Ella hi dóna un cop d'ull, es redreça.

—Un dia tindrem un disgust...

—Ara, ja no.

Es mou cap a la finestra, mira enfora, el carrer sense sol on, llevat de la conca, només es veuen portes tancades.

—Aquest cop, em sembla que no podran amb nosaltres. Som massa...

I, mentre es gira, baixet, comença a xiular.

9

La camioneta, parcialment sobre les vies del tramvia, segueix la renglera d'arbres despullats per l'hivern darrere els quals les cases drecen llurs façanes hermètiques. Per la finestra de la cabina, oberta, entra una ininterrompuda alenada d'aire que es menja la cigarreta que Gonal aguanta entre els dos dits grocs de nicotina.

—Dues.

El tinent, darrere el volant, comenta:

—Sí, n'hi ha ben poques.

—Una de queviures i una farmàcia... Dues botigues en tot el sector. I demà, ni això.

L'altre no replica, atent a la bona marxa del vehicle. Li fa donar la volta a la plaça, canvia la marxa i tot seguit enfilen el passeig sense asfaltar. Gonal es fica la cigarreta a la boca, expira un glop de fum.

—Tinc la impressió que aquesta vegada perdem el temps. Són més forts que nosaltres.

El tinent continua sense replicar, la vista fita al seu davant.

—Potser perquè no hem sabut adoptar les mesures pertinents. Mesures preventives, vull dir.

—No ens podíem pas imaginar que la gent s'atreviria...

—Era inevitable que un moment o altre s'atrevissin. Tothom n'està cansat. —Després d'un instant de reflexió, afegeix:— Fins i tot nosaltres.

L'altre l'ulla breument, però només quan torna a desviar la vista cap al seu davant afirma:

—Sí, fins i tot nosaltres.

—Hem hagut de fer massa feina bruta. I ara, per si fos poc, això. —Enutjat, llença la cigarreta.— El comandant ha perdut el cap... Ni que treguin els soldats al carrer, com faran, no hi ha prou forces en tota la ciutat per a dur a terme aquesta feina. Perquè no es tracta solament d'obligar la gent a reprendre el treball, sinó d'evitar que després tornin a abandonar-lo. Ja sabeu què va passar ahir amb la Mercúria... —L'altre afirma amb el cap, però Gonal continua:— A les dues de la tarda s'havia aconseguit de reunir el noranta per cent dels obrers que hi treballen. I a les tres, al cap d'una hora, no quedava ja ningú en tota la fàbrica.

—I això que, segons tinc entès, les portes estaven ben guardades.

—No n'hi ha prou, amb això. Caldria acordonar els edificis, i falta personal. Salten per la finestra, per on sigui... És com si tot d'una haguessin perdut la por.

Calla, i tots dos esguarden cap a les darreres cases del passeig, més enllà de les quals comencen els primers replecs de la muntanya. Un cotxe claxona darrere d'ells i el tinent desvia el vehicle cap a la cuneta que ha succeït la vorera. L'automòbil els avança com una exhalació.

—Matrícula estrangera...

—Sí.

Butxaqueja a la recerca d'una cigarreta. És l'última i, mentre converteix el paquet en una pilota, diu:

—Anit hi va haver dos casos de deserció. Cal preveure que avui n'hi haurà més.

L'altre fa:

—Ho ignorava, però no m'estranya. Els homes sembla que comencen a vacil·lar.

Ell mig riu, amb poca amenitat.

—Els homes, només?

S'inclina endavant i, protegint el llumí amb la conca de la mà, encén la cigarreta. Quan es redreça de nou, comenta:

—Em pregunto quants de nosaltres presentaríem la dimissió si ens l'haguessin d'acceptar... I que no serien pas els pitjors.

Espolsa una cendra inexistent, sospira. El tinent diu:

—Ja hi som.

Darrere el plec de la muntanya, desordenadament, s'aglomeren les humils construccions pintades d'un blanc rabiós. Gonal es treu un carnet de la butxaca, el consulta.

—Aquí n'hem de recollir cinc.

El vehicle s'alenteix i el tinent, indecís, fa:

—No veig cap camí...

—Hem de continuar fins al final, on hi ha una mena de plaça.

L'altre torna a pitjar l'accelerador, prudentment. Després, sense perdre de vista la carretera cada cop més esbotzada, pregunta:

—Com va ser que vós entréssiu a les forces?

Gonal tanca la petita llibreta, el dit entre les pàgines on hi ha apuntats els cinc noms.

—Ja fa catorze anys que hi pertanyo. En aquell moment, en Domina em va semblar l'única solució. Durant molt de temps he continuat creient que ho era... I vós?

L'altre mig arronsa les espatlles.

—En el fons, ja ho puc dir, ganes de seguir el camí més fàcil.

—Més fàcil?

—Sí. Vaig veure que en una ciutat com la nostra només hi havia dues sortides prometedores: la milícia, en una o altra de les seves formes, o el sacerdoci. I com que, de vocació, no en tenia...

Gonal indica:

—Tombeu per aquí.

El vehicle s'endinsa pel pas obert entre dues roques, i les rodes s'enfonsen en els tolls que queden de l'aiguat de la matinada.

—Quins verals!

Desemboquen en la mena de plaça, un gran quadrat irregular de terra premuda, d'on parteixen tot de caminois serpentejants que, més amunt, voregen les construccions. Gonal aconsella:

—Més val que gireu la camioneta. Ningú no sap si haurem de sortir corrent...

L'altre obeeix, però diu:

—No ho crec. A hores d'ara ja saben que no els cal acudir a la violència.

Gonal obre la porta de la seva banda, però encara no es mou.

—El que més m'emprenya és aquest acudit d'enviar un inspector amb cada camioneta. Aquesta és una feina vostra, de les brigades de xoc.

El tinent encara el vehicle, frena.

—Potser sí. Però ja sabeu com és el comandant Ezra. Sempre ha cregut que teniu més força moral...

Sense replicar, Gonal escup i, després, salta a terra. El tinent l'imita per l'altra banda, crida:

—Ei, vosaltres!

Però els tres homes que ocupaven la part posterior de la camioneta ja es despengen amb els fusells metralladors a les mans.

Gonal mira cap a la muntanya.

—No es veu ningú. Ni una criatura! I no serà perquè aquests desgraciats no en tinguin!

El tinent dóna ordres:

—Tu, Gana, et quedes aquí. No vull trobar-me amb els pneumàtics punxats. Vosaltres, seguiu-nos. —Després d'una breu vacil·lació, afegeix:— Pengeu-vos les armes a l'espatlla.

Busca l'aprovació de Gonal, el qual expressa la seva conformitat:

—Sí, és més prudent.

I aleshores comença a caminar cap al primer caminoi, amb tots els altres, llevat de Gana, al seu darrere. Amb el carnet obert, explica:

—Ens cal buscar els números 82, 102, 208, 271 i 520...

Sense aturar-se, torna a mirar cap a la muntanya, on les construccions fràgils i blanques semblen penjar en un equilibri inestable arran de les parets curtes, però sobtades, on s'aboquen, a la banda de davant, els patis menuts limitats per cledes de canya, de fusta, de trossos de llauna. Ací i allà, excavats en la roca o en la terra, uns graons desiguals es desvien dels camins per donar accés a una barraca més aïllada.

—Aquí hi ha el 115. El 102 no deu quedar lluny...

Es desvien cap a l'esquerra, on rere un entrant de pedra poden distingir les teulades de cinc o sis construccions unides.

—Anem bé. El 105.

Però un dels homes, que s'ha endinsat pel pati, exclama:

—Aquí hi ha el 13!

—No pot ser!

Tots es reuneixen davant la porta tancada, proveïda, com totes, amb la corresponent placa municipal. El tinent diu:

—És estrany... No dic que els números hagin d'anar ben correlatius, perquè en aquest desordre és impossible, però... —Gamba cap a la porta del costat i, amb una expressió desconcertada, canta:— el 70!

Gonal llença la cigarreta que tenia a la boca.

—Doncs si les hem de mirar totes, l'una rere l'altra, estem ben lluïts! Ens hi podem passar tot el dia. —Fa un pas cap a la porta més propera.— Caldrà que ens guiï algú.

Truca amb el puny clos i els altres tres, reunits al seu darrere, esperen. Però la porta no s'obre. Torna a trucar, mentre el tinent s'atansa a la menuda finestra sense vidres ni finestrons, un simple forat protegit per una tela assamfainada. L'aparta cap a un costat i, de puntetes, espia cap a l'interior fosc.

—Ei, vós!

—Hi ha algú?

—És clar.

Gonal s'aboca al seu costat i distingeix una dona, ja d'edat, asseguda, molt immòbil, a tocar d'una taula de fusta sense pintar. El tinent crida de nou:

—Vós! Obriu la porta de seguida si no voleu que l'esbotzem.

La vella, sense una paraula, s'aixeca feixugament i ranqueja cap a la porta. L'oficial comenta:

—Tothom es deu haver tancat...

Gonal es desplaça cap als dos policies que no s'han mogut i, després d'una breu espera, s'encara amb la vella que obre només un badall.

—A veure, aquesta numeració... Vós deveu saber com va.

La dona balbuceja alguna cosa amb les barres tremoloses.

—Què dieu?

Ella aconsegueix d'articular una mica més clar:

—Només fa dos dies que sóc vinguda... No sé...

Gonal avança cap a la porta, l'obre de bat a bat.

—No hi ha ningú més?

Però l'habitació és buida. La travessa i separa una cortina que hi ha al fons. Quan es torna a tombar, diu:

—No, no hi ha ningú. On són, els altres? Amb qui viviu?

A la dona gairebé li peten les dents.

—Amb el fill... i la nora... Se n'han... anat...

—On?

La vella mou les espatlles, mig articula:

—No... no m'han dit... res.

—A veure, els vostres papers! —I quan ella se'l mira inexpressiva, sense contestar:— No en teniu?

—No... Quins papers?

Ell fa un gest descoratjat i impacient, travessa cap a la porta, per on treuen el cap els altres tres.

—Deixem-ho. Trobarem algú altre. —I als dos policies del fusell metrallador:— Feu sortir la gent de les altres barraques.

Els dos homes es despengen l'arma i, amb les culates, colpegen parets i portes. El tinent mira per una altra finestra.

—Buida...

Gonal torna a adreçar-se a la vella, dreta al costat de la porta.

—Però on són, la gent?

—Tothom se n'ha anat.

Ell es rasca la barbeta amb dos dits.

—No ho entenc...

Un dels policies, sense necessitat, diu:

—No obren. Vol que esbotzi la porta?

—No, deixa-ho.

Es reuneix amb el tinent que, sense aconseguir-ho, malda per obrir una altra finestra, l'última, ja que les dues barraques restants no en tenen.

—Més val que prosseguim. Potser més amunt...

L'altre renuncia als seus esforços, es tomba.

—En dubto.

—Però no podem rebentar les portes. Les nostres ordres només es refereixen a la detenció de cinc individus determinats de l'empresa Flixa...

Un breu moment, tots dos es miren als ulls. Després, el tinent té un somrís fugisser.

—Teniu raó. Limitem-nos a complir les ordres.

Seguits dels dos soldats, retrocedeixen cap al caminoi que voreja una paret de terra, sobre la qual, en un replà, hi ha dues construccions més. Gonal comenta:

—El que no entenc és que se n'hagin anat...

Però el tinent ja havia començat a dir:

—En aquestes barriades sempre hi ha una barraca o altra on venen menjar i begudes. En general, els carters hi deixen la correspondència, i per això coneixen tothom. Seria convenient localitzar-la.

—Si és tancada, de poc ens serviria.

Un dels homes, amb una veu excitada però continguda, exclama:

—Mirin!

Es mig giren, i aleshores esguarden cap on assenyala la mà, més amunt, en direcció a un grup de barraques escalonades. Encara tenen temps de sorprendre unes faldilles que desapareixen en un tombant.

—Som-hi, ràpid!

I tots quatre es precipiten barranc amunt amb una gran remor de botes. Els cal contornejar una altra paret, darrere la qual un pas molt prim, entre dues construccions, silencioses i com abandonades, mena a una reduïda esplanada, aparentment sense sortida. El tinent es queixa:

—Mal viatge!

Però un dels homes s'esmuny més enllà de l'última barraca, on hi ha un caminet amagat per l'angle de la construcció.

—Per aquí!

Passen l'un rere l'altre, fregant la riba alta i, darrere, el camí es torna a eixamplar per convertir-se tot seguit en sis graons penjats que menen a la petita aglomeració on, moments abans, han sorprès la faldilla fugitiva.

En arribar a dalt, però, ja no troben ningú. Les barraques es mig arrengleren amb tot de sortints desiguals, l'una sobre l'altra, arranant un petit replec sota el qual, en una depressió poc profunda, s'escampen dotzenes i més dotzenes de teulades protegides amb llaunes, trossos d'uralita, teles impermeables...

—I ara què?

Un dels homes va empenyent les portes amb la culata del fusell metrallador i el tinent cerca una finestra, sense trobar-la, perquè cap d'aquestes construccions no en té. Gonal comprova números i després, per ell mateix, fa:

—No n'hi ha dos de correlatius. Hom diria...

S'inclina endavant, cap a la placa, allarga els dits, però no arriba a tocar ni la llauna on hi ha el número foradat ni la fusta de la porta. En canvi, diu:

—Els grans bandarres!

Tots se li tomben i el tinent avança cap al seu costat.

—Què?

Ell assenyala:

—Mireu bé aquesta placa.

L'altre s'inclina, l'examina, però en alçar-se només diu:

—És el número 151. Què té de particular?

—Que no és la placa que correspon a aquesta barraca.

—Com ho sabeu?

—Fixeu-vos...

I amb el dit, sense tocar-lo, va seguint el contorn de la llauna per una banda. Un dels homes, que també se'ls ha reunit, hi cau a l'acte:

—No l'han sobreposada exactament al lloc de l'altra!

Ell assenteix, gairebé satisfet.

—I per això ha quedat aquest ribet més fosc, on la placa vella protegia la pintura del sol.

El tinent torna a inclinar-se endavant.

—Sí, no hi ha dubte. Voleu dir...

—Sí, ho vull dir. Deuen haver canviat les plaques de totes les barraques.

Camina ràpidament cap a la del costat, però després d'examinar-la continua fins a una tercera porta amb tots els altres que li trepitgen pràcticament els talons.

—En conjunt, han fet la feina ben feta, però sempre hi ha badades. —Reposa un dit sobre la placa.— Fixeu-vos en aquest clau.

El tinent diu de seguida:

—És més nou.

—L'altre és rovellat. En desclavar la placa en devien perdre un i van haver de substituir-lo. Però no se'ls va acudir que era diferent.

El tinent deixa caure les espatlles.

—En aquest cas, ja hem acabat. Podem tornar a la camioneta.

Gonal assenteix i, tot allunyant-se de la porta, comenta:

—No pot negar-se que són enginyosos.

Però el tinent sembla molestat:

—M'agradaria trobar el fill de puta...

—Per què?

L'altre redreça el cap amb un gest violent, però després només mormola:

—Sí, teniu raó. Per què?

Al seu darrere, el mateix policia d'uns moments abans, fa:

—La noia...

Però ja l'han vista tots, al costat d'una de les barraques de l'esplanada, d'esquena, inclinada sobre un objecte que amaga amb el cos. Les faldilles, amples, s'han escampat al seu entorn, per terra.

El tinent, sense cridar, ordena als dos homes:

—Agafeu-la!

Els policies salten pels graons, desapareixen darrere la paret. Gonal, escèptic, reflexiona:

—Se'ls escaparà. Ella coneix els topants...

—Sí, probablement.

Sense pressa, baixen també els graons, salten cap a un corriol lateral, mig interceptat per tot de pedres, s'endinsen entre construccions caòtiques que entren i surten segons els accidents de la muntanya. Un moment, poden distingir els dos policies que, corrent, més avall, creuen una reduïda extensió on, entre les barraques, queda un espai buit. Després, un sortint de roques els torna a engolir. Gonal comenta:

—Ben mirat, gent que viuen en aquestes condicions, tenen dret a tot. —El tinent salta al seu davant, sense dir res.— I sembla, també, que s'haurien d'atrevir a tot.

L'altre, sense tombar-se, fa:

—Sortosament per a tots nosaltres, no saben que són els més forts.

—No ho sabien. Però ara ho deuen haver après. —S'atura i esguarda al seu davant, més enllà de la muntanya, on comencen les cases, difuses en la claror d'un cel baix i aplomat.— Ells i tots els altres. —Es passa un dit entre la camisa i el coll.— Aquest silenci ens ofegarà.

I camina de nou, darrere el tinent, que ha tornat a deixar caure les espatlles.

Surten a la petita esplanada on falten dues cases, tomben cap a la dreta, on els cal saltar un marge, darrere les roques, i aleshores es van orientant difícilment pel laberint de carrerons. Curosament, eviten els reguerols, pels quals davalla un filet d'aigua negrosa i pestilent.

Després es troben arran d'una altra paret, des d'on veuen els policies aturats al costat de la noia, que s'ha redreçat. Un dels homes fa tot de gestos vehements.

—Ja la tenen!

Salten per darrere una barraca enrunada i, entre pedres i munts de brossa, s'esmunyen cap al pas de sota.

—Ara falta saber si en traurem res...

El caminoi es parteix en tres branques, però ells segueixen la del mig sense vacil·lar, orientats ara per la veu del policia que parla embarbussadament. I, tot d'una, el carrer es talla en cul-de-sac. Gonal només diu:

—Cony!

Retrocedeixen fins a l'encreuament, tomben cap a l'esquerra, per un camí més sinuós, ple d'aigua enllacada, i després, darrere una de les zigues-zagues, gairebé inesperadament, ensopeguen amb el petit grup. Un dels homes comenta:

—És boja.

La noia, ben tranquil·la, mira els nouvinguts, somriu, s'estarrufa les faldilles, amples i vistoses, però plenes de taques. Gonal gairebé xiula:

—Quina bellesa!

L'home repeteix:

—No hi és tota. Miri.

Gonal i el tinent abaixen l'esguard fins a la galleda plena d'aigua. Al costat, despullada, hi ha una nina de goma.

—Saben què feia? La banyava.

La noia assenteix, satisfeta.

—La banyo cada matí.

L'altre home diu:

—No li podem treure res que tingui sentit.

La xicota s'inclina, es mig culiva al costat de la galleda, agafa la nina de terra.

—És molt neta. És tan neta que, si no la banyo, no vol mamar...

Un dels homes avança una mà, la subjecta pel braç.

—Aixeca't.

Gonal, sense moure's, ordena:

—Deixa-la!

La noia ni sembla que s'hagi adonat que l'agafaven. Amb els dits de la mà esquerra es descorda la brusa i, abans que ho puguin evitar, fa saltar a l'aire un pit bru i menut i hi atansa els llavis vermells de la nina. Després es queda mirant els quatre homes amb una expressió feliç que se li escampa per la cara jove i dolçament ovalada.

—És molt tipa. Per això la tinc tan grassona...

Gonal i el tinent es consulten amb l'esguard mentre els dos homes s'empassen la saliva. El tinent diu:

—Potser ho fa veure, que és ximple...

Ell mou el cap.

—No. Seria més bona comedianta que la meva germana, i ella és una professional. —Torna a mirar cap a la noia, sempre ajupida amb la nina entre els braços, i aleshores, bruscament, es gira.— Anem!

I, decidit, avança caminoi enllà, seguit per la remor de botes dels dos homes. El tinent se li posa al costat.

—No hem vingut per aquí...

—No hi fa res. Tots els camins deuen menar a baix.

Salten més graons, recorren un altre carrer de barraques, totes silencioses i obstinadament closes, i en arribar al replà tomben cap a la dreta, on el camí és més ample. El pendent els obliga a precipitar el pas en direcció a les construccions de sota, les voregen cap a uns altres graons que desemboquen en un novell laberint, per on s'orienten com poden al llarg d'una paret que cau a pic.

Aleshores s'aturen en sec.

Sota, en un clot profund i dilatat, on encara queden senyals de l'explotació d'una pedrera, ara abandonada, uns quants centenars de persones, homes i dones, s'han reunit en una assemblea sense paraules. Un silenci feixuc i angoixós munta de la multitud, immòbil, distant i misteriosament amenaçadora tot i que només disposen d'una arma: els punys tancats.

Gonal, amb un estremiment, es tomba. I no cal que doni cap ordre, perquè els altres tres, unànimes, es giren darrere seu per continuar davallant la muntanya, cap a la camioneta.

10

La senyora Iris es deslliga el davantal, el penja darrere la porta de la cuina, s'allisa les faldilles i, abans de sortir, recomana a la criadeta:

—I no piquis cap oliva, Carla.

—No, senyora.

—N'hi ha sis per cap.

—Sí, senyora.

Travessa el corredor, entra al menjador, i, gairebé sense aturar-se, modifica la disposició d'un vas, de l'ampolla del vi. Va fins a la finestra i la tanca. Aleshores tusta a la porta de la dreta.

—Senyor Sorl?

—Sí...

—El dinar ja és a taula.

Torna a creuar per davant la finestra i s'adreça a la porta de l'altre costat.

—Orestes, Bern...

Una veu juvenil contesta:

—Endavant!

Ella bada una mica la porta.

—El dinar...

Però no acaba. Els ulls se li queden clavats en el drap que hi ha a terra, un drap blanc on els dos estudiants, agenollats, acaben de pintar alguna cosa.

—Què fan?

Orestes allunya el pinzell del drap, se separa una mica, mentre el seu company es frega les mans amb el mocador que s'ha tret de la butxaca.

—Miri... No queda bé?

I ella, peu endins i peu enfora del dormitori, llegeix les grans lletres negres:

ÉS MOLT SENZILL: QUEDEU-VOS TOTS A CASA

Pinça una mica la boca, els esguarda l'un rere l'altre.

—I on pensen posar-ho, això?

—Encara no ho hem decidit.

Bern bromeja:

—Potser a la porta del pis.

—Se'n guardaran prou. I aquest drap, d'on l'han tret?

—Per què?

—No deuen pas haver esquinçat un tros de llençol...

—Senyora Selvia! Ens hauria de conèixer més bé.

—Precisament perquè els conec ho dic. —Fa un altre pas, s'inclina, i tot seguit exclama:— Però si és el darrere de la seva camisa blanca!

Orestes desplaça una mica el pot de pintura negra.

—Ja era molt vella. Ben bé devia tenir dos o tres anys.

Però ella, despietada, recorda:

—Se la va comprar ara fa tres mesos.

Mentre el seu company riu, ell s'admira:

—Vol dir?

—Ja ho he dit. Si li sembla que aquesta és la manera de rebentar els diners que li envien de casa seva...

Ara és Bern qui diu:

—Al capdavall, en té d'altres.

Ella se li tomba:

—I vostè... Després, la Carla se les veurà negres per netejar-li aquest mocador. Tenim lavabo, em sembla, i sabó...

Ell es mira el drap, les mans, ara gairebé encuriosit.

—Se'n va fàcilment, aquesta pintura.

—Com que vostès no ho han de rentar... I aquest pot, més val que el duguin a la cuina. No vull que es vessi i taqui les rajoles. Això no és un taller de pintor.

Orestes s'incorpora, agafa el pot. Dret, encara té una mirada pel cartell.

—Ha quedat bé, oi?

Però la senyora Iris retrocedeix cap a la porta.

—El que haurien de fer és tenir una mica més de coneixement... Apa, vinguin a dinar. Després es queixaran que és fred.

Els dos nois surten l'un rere l'altre, resignats. Però ella encara fa:

—No se'l posi a la butxaca, aquest mocador. Agafi'n un altre.

El senyor Sorl, que acaba d'asseure's a taula, desplega el tovalló i diu:

—No es poden pas queixar. Els tracta com una veritable mare.

Bern, tot retrocedint cap al dormitori, mormola:

—Molt pitjor.

La senyora Iris, digna i lenta com sempre, segueix Orestes fins a la cuina.

—Deixi'l aquí, darrere la porta. Després ja el desaré.

El xicot obeeix i fa l'ullet a Carla, la qual somriu d'amagat de la senyora Iris. Quan es redreça, descobreix el plat d'amanida.

—Ah, olives...!

En pica una amb la punta dels dits.

—Orestes!

—He fet alguna cosa mal feta?

—De què em serveix dir a la noia que no agafi cap oliva si vostè li dóna el mal exemple? I amb les mans brutes, encara...

Ell se les mira.

—No gaire.

—Vagi-se-les a rentar, vagi!

Li cedeix el pas i, després, s'adreça a l'armari, d'on treu un pot de vidre. Amb una cullera petita pesca una oliva, la posa al plat de l'amanida. Per a ella mateixa, comenta:

—Ja faig bé de no deixar-los entrar mai a la cuina... —Desa el pot i, abans de sortir, encara diu:— I recorda, Carla, que quan serveixis la plata no vull que fiquis el dit a dintre. Les plates s'agafen per sota.

—Sí, senyora.

—No hi ha res que faci tan lleig com veure una ditada a la vora de les plates.

—Sí, senyora.

Ella torna a allisar-se la faldilla i s'allunya pel corredor. Amb el peu, rebutja cap a un costat un tros de fang sec que algú devia portar a les sabates i que s'ha quedat sobre els rajols. Després desvia la mirada cap a Orestes, que acaba de sortir del lavabo.

—Si ni ha tingut temps d'ensabonar-se!

Ell, faceciosament, li mostra les mans.

—Miri, netes com el dia de la primera comunió.

—Sempre està de broma, vostè.

Entren al menjador, on el senyor Sorl espera amb la cullera a les mans. Bern, ja assegut, organitza ganivet i forquilla en un costat.

La senyora Iris separa la cadira de la taula, s'instal·la, espera que Orestes es col·loqui a l'altra banda i enfili una cama sobre l'altra, com té costum de fer. Aleshores explica:

—No els estranyi si avui el dinar és una mica magre. Les circumstàncies ens aconsellen de ser previsors.

Orestes desplega el tovalló, la interromp:

—Nosaltres rai. Mentre Guill treballi a la botiga de queviures...

Ella diu senzillament:

—Ja no hi treballa.

Tots alcen el cap, estranyats.

—Des de quan?

—Des d'aquest matí. O potser caldria dir des d'ahir al vespre.

—Què ha passat?

El senyor Sorl reflexiona:

—Anit no va venir a sopar i veig que ara tampoc no és aquí...

—Van ferir la seva promesa i ell va abandonar la botiga per anar a l'hospital. Ara també hi és.

—Però això no vol dir que no treballi a...

—El senyor Llasat el va despatxar.

Bern, que recorda els seus llibres de text, comunica:

—No ho pot fer. Segons la legislació...

—Ara suposo que es pot fer el que es vulgui.

El senyor Sorl branda el cap i fica la cullera a la sopa. Tots el van imitant. Orestes pregunta:

—Però, per què l'ha despatxat? Només perquè se'n va anar?

—Això diu. Aquest matí hi he parlat per telèfon. Més que res, està ressentit perquè es va negar a dur un paquet a casa d'una clienta. El senyor Llasat és molt estricte amb la disciplina.

Bern mig riu, la boca plena de sopa.

—Com vostè, doncs!

—No sigui graciós, Bern!

Però Orestes riu:

—Tocada! Tocada!

Els altres dos li fan cor i ella mateixa no pot evitar un somrís fragmentari.

—Que en són, de criatures!

Orestes aprova:

—Així m'agrada. Hauria de somriure més sovint.

—No digui ximpleries.

S'inclina sobre el plat i els altres també mengen, el senyor Sorl amb el tovalló lligat per darrere el coll. Passat un moment, Bern pregunta:

—Confio que no deu haver obert l'estanc, vostè...

—Això ni es pregunta.

—Com que aquest matí ha sortit a l'hora de costum i no ha tornat fins tard...

L'altre es torba una mica, mormolat

—Bé...

Orestes aclareix:

—No sé si saps que el senyor Sorl té una amigueta...

—Orestes, això són bromes de mal gust!

El vell s'ho pren més filosòficament:

—Deixi estar, senyora Selvia. Són joves i...

—Ah, però és que jo el vaig veure de bracet amb una noia, i no fa pas gaires dies!

—Devia ser la meva neboda.

—Bufona que era, doncs!

La senyora Iris els ulla, sorpresa:

—No sabia que en tingués cap...

—Sí, una filla de la meva cunyada... del meu germà, vull dir. Ja és mort, ell.

Bern decideix:

—Un dia ens l'ha de presentar... La neboda, ben entès.

L'home es mig excusa:

—No ens veiem gaire. Sempre té molta feina, ella.

—És artista?

—Artista? No, per què?

Orestes s'arronsa d'espatlles.

—Trobo que en feia cara.

—No. Treballa en... en un despatx oficial.

La senyora Iris deixa la cullera dins el plat, es tomba una mica cap al corredor i, discretament, crida:

—Carla...

La veu de la criadeta contesta immediatament:

—Sí, senyora!

I tot seguit surt de la cuina, fa una petita correguda cap al menjador. La dona indica:

—Ja pots retirar els plats.

Orestes s'eixuga la boca amb una punta de tovalló, alça l'esguard cap a la noia.

—I quin dia farem aquestes pràctiques d'anatomia?

La noia riu, afalagada i avergonyida, sense deixar de recollir els plats. La senyora Iris s'interessa:

—Quines pràctiques?

I Orestes, amb tota naturalitat, explica:

—La Carla, per tot el que es pot veure, té una anatomia força... perfecta. A un estudiant de medicina sempre li convé de completar la seva formació pràctica...

La senyora Iris pinça la boca, però no diu res fins que la noia ja ha abandonat el menjador amb la seva càrrega de plats.

—Ja sé que vostè només pensa a bromejar. Però voldria que no oblidés que la Carla és una criatura i...

—Té setze anys, senyora Selvia.

—Als setze anys s'és una criatura.

Orestes esgruna una mica de pa de la llesca que li han deixat prop del vas.

—Si vostè ho diu... Però si no recordo malament, vostè només té quaranta-tres anys. Si descomptem els vint-i-cinc que ara té el seu fill i l'any aproximat durant el qual la naturalesa va anar fent el seu fet... resulta que es va casar als disset.

El senyor Sorl somriu.

—L'han atrapada, senyora Selvia.

—Bé, sí, em vaig casar molt jove, no ho puc negar... —Però calla i, mirant cap a la finestra, escolta.— Què és això?

Tots paren l'orella, atents.

—Una trompeta!

—I timbals!

Bern, sense immutar-se, diu:

—Deuen ser els soldats de la caserna.

—Des d'aquí no se senten les trompetes.

—De vegades, sí. Segons com bufa el vent.

—Amb la finestra tancada?

El senyor Sorl s'aixeca, sense deslligar-se el tovalló.

—Ara sembla que se sent més a prop... Deuen haver sortit al carrer. Ja m'han dit aquest matí que corria el rumor que els traurien...

Orestes separa també la cadira.

—Li ho deu haver dit aquesta neboda tan bufona.

S'atansen tots dos a la finestra, miren enfora. La senyora Iris diu:

—Sí, se sent més a prop...

Bern s'aixeca al seu torn i gairebé ensopega amb Carla, que entra amb una plata on es barregen cigrons i patates.

—Compte!

La noia exclama:

—Són els soldats, oi?

I ella i Bern se'n van també cap a la finestra. La senyora Iris els mira amb una expressió resignada i seguidament, com amb desgana, deixa el tovalló al costat del plat i abandona també la cadira. El senyor Sorl es gira:

—No es veu res, encara, però és segur que vénen...

Carla demana:

—Obrim! Obrim!

I ja allarga una mà cap a la lleva. Però Orestes la subjecta pel braç.

—Prudència, criatura! —Indica cap als balcons i finestres de l'altra banda.— No veus que no ha obert ningú?

Darrere tots els vidres s'apinyen rostres encuriosits i mòbils i, cap a la dreta, hi ha una tribuna on dues noies fan puntetes, mirant carrer avall.

—Quan passin, ja els veurem. Em sembla molt que els soldats t'agraden massa, a tu...

La senyora Iris, des de darrere de tot, pregunta:

—És veritablement indispensable que continuï agafant-la pel braç?

Orestes es mira la mà, el braç de la noia, i després riu:

—Indispensable potser no. Agradable...

Però enretira els dits. Ella s'aboca una mica més cap al vidre, entre Bern i el senyor Sorl. La senyora Iris es desplaça cap a un costat, acciona el joc de cortinetes per tal d'obrir-les del tot.

—Ja són aquí!

—Quin terrabastall!

Tots s'aplanen contra el vidre, fan puntetes com les noies de l'altra banda, però així i tot només poden distingir un fragment de carrer.

—Mireu!

Dintre el seu camp visual el caporal de gastadors fa la seva aparició, i darrere es poden veure dos timbalers que avancen amb el pas mesurat, les mans com dues màquines autònomes que deixen caure alternativament els dos pals sobre la pell tibant.

—Duen fusells!

A quatre metres dels timbalers avancen els soldats amb l'uniforme blau, tots impecables amb el fusell a l'espatlla i els botons i sivelles enlluernadors com una migdiada de juliol. Orestes pregunta:

—Que potser és una desfilada, això?

—No, una simple manifestació de força.

El senyor Sorl assenteix:

—Sí, volen impressionar la gent. Després, si no ens donem per al·ludits, els llançaran al nostre damunt.

—Com?

—Com sigui. Podem veure coses grans, us ho asseguro...

Orestes s'inclina més, un braç negligent sobre l'espatlla de Carla. Bern diu:

—Les coses grans, potser les veuran ells. Vull dir en Domina i els seus. Si es pensen que tenen la tropa al seu costat...

El senyor Sorl aclareix:

—Mentre hi tinguin els oficials...

Orestes es prem una mica més contra Carla, la qual continua mirant el carrer amb els ulls oberts de bat a bat, i fa:

—Em pensaria que ni l'oficialitat acaba d'estar contenta. Segons diu Pau, el meu cosí, que ara fa el servei...

La senyora Iris, des de l'altre costat, adverteix:

—Orestes, potser que deixi respirar una mica la Carla...

La noia es tomba, sorpresa:

—A mi?

Però torna a mirar tot seguit per la finestra mentre el xicot fa mig pas enrere, deixa caure el braç; s'excusa:

—És una finestra massa petita, per a tots...

—Pot mirar des de la seva habitació.

—És un consol. Per cert... —Toca Bern pel colze.— T'imagines quin cop, si ara deixàvem caure el cartell enmig dels soldats?

El senyor Sorl pregunta:

—Quin cartell?

—Hem pintat tot un darrere de camisa amb la consigna del moment. Aquesta nit ho penjarem en un indret o altre. No hi vol ser, vostè?

Però el senyor Sorl només branda el cap. Aleshores Carla, amb la veu més excitada que mai, diu:

—Mireu!

Tots s'aboquen una mica més, fins a l'extrem que la senyora Iris es queixa:

—El vidre! Petarà...

Ningú no li'n fa cas, tots segueixen àvidament la breu cursa dels dos sorges que, des de darrere de tot de la formació, s'han precipitat al refugi d'una porta oberta, l'única construcció baixa del carrer, on hi ha un menut vestíbul d'entrada tallat per una altra porta, aquesta de vidres glaçats.

El senyor Sorl gairebé tremola d'emoció.

—Si els oficials se n'adonen...

Però no acaba. Com tots els altres, segueix el moviment dels soldats, ara tombats cap a la vidriera interior. Un d'ells té el braç alçat i no costa de comprendre que prem el timbre que hi ha al muntant de fusta; l'altre, inclinat endavant, sembla que vulgui espiar cap a l'interior de la casa.

La senyora Iris, que mira des de darrere, diu:

—S'han anat a posar en mal lloc.

I, quan els dos estudiants es giren, interrogatius, afegeix:

—Hi viu un exsecretari del cap de policia que hi havia abans de l'Ezra. És a dir, ara només hi viu la seva dona, perquè es van separar. No obre mai a ningú, ella. Sembla que és una persona amb moltes manies i, segons diuen, beu.

Orestes fa:

—Doncs si es queden a l'entrada i passa algun policia, o algun oficial...

Torna a mirar per sobre el cap de Carla. El xicot que intentava d'espiar a través dels vidres glaçats, ara s'ha tombat i, mentre el seu company continua amb el dit clavat al timbre, treu tímidament i recelosament el cap, llambrega amunt i avall. Tot d'una, retrocedeix, es gira cap al seu amic, el qual separa la mà del botó. Sense perdre temps, ajusten els dos fulls de la porta exterior. Bern diu:

—Deuen haver vist algú.

Tots esperen, tensos, integrats en l'aventura dels dos sorges. Gairebé s'aguanten la respiració. I aleshores veuen la patrulla, tres policies uniformats que, amb el fusell metrallador a les mans, avancen per la vorera, l'un rere l'altre, ben separats.

El senyor Sorl mormola:

—Els descobriran?

Els policies miren a banda i banda, desconfiats, examinant portes, finestres i balcons.

—No!

Ho han dit tots alhora, i alenen sorollosament, com si s'acabessin de treure un pes de sobre. La patrulla no ha donat senyals de la més petita vacil·lació, i ara tots tres policies es van allunyant cap a l'altre extrem de carrer.

La porta de davant, però, continua ajustada, i, per la breu obertura, no és possible de distingir si a la fi la dona emmaniada els ha obert. Els cal esperar molta estona, potser cinc minuts, abans de sorprendre la mà prudent que a poc a poc eixampla el badall i la cara que, aleshores, espia de nou, més tímida que de primer. Orestes retrocedeix una mica, diu:

—Caldria fer alguna cosa.

Però el senyor Sorl opina:

—Prou que s'espavilaran! D'entrades, no en falten.

—Totes són tancades.

La senyora Iris, amb simplicitat, decideix:

—Els vaig a buscar.

Tots obren la boca. Només Orestes exclama:

—Vostè? Una guardiana de l'ordre...

—No pas d'aquest ordre.

I s'allunya cap a la porta. Però el xicot corre al seu darrere, li intercepta el pas.

—Hi aniré jo. Pot ser perillós.

—No. Si només hauré d'obrir la porta i indicar-los que vinguin!

—Així i tot...

Ella es resigna a mitges:

—Acompanyi'm, si vol.

El senyor Sorl s'escura la gargamella, fa un pas cap a la taula.

—Vol dir que no es precipiten? Se m'ha acudit que podrien ser dos agents provocadors. Mai no se sap...

—Dos soldats?

—Cal ser molt prudent.

La senyora Iris sembla que titubegi, però Orestes se li gira:

—No veu que és ridícul? Els agents provocadors mai no vesteixen d'uniforme.

Ella només diu:

—Anem.

Orestes obre la porta del pis, li cedeix el pas, però abans d'ajustar encara poden sentir el senyor Sorl que remuga:

—Si passa alguna cosa, no diguin després que no els he advertit...

El xicot s'arronsa d'espatlles, comenta:

—No es pot ser vell, perquè acabem confonent la prudència amb l'egoisme.

I salta darrere la dona, la qual s'allunya silenciosament escales avall, lleugera i estranyament juvenil.

No s'aturen fins a l'entrada, tres pisos més avall. Des de darrere la porta llambreguen cap al carrer, cap a l'entrada frontera, però els dos soldats han tornat a ajustar. Ell fica la clau al pany, la fa girar.

—Deuen estar espantats, pobres nois...

—Si no obren, no els podrem fer senyals.

Esperen, sense perdre de vista la porta, però passen els minuts i, tot i llur atenció, no poden sorprendre cap cara, cap mà. Orestes insinua:

—Potser se n'han anat.

—A dalt encara deuen mirar per la finestra. Ens ho haurien dit.

—Vol que m'hi arribi, doncs?

—No.

Continuen esperant, encarats amb una porta tancada i amb un carrer desert, de festa fúnebre. Després ella entreobre l'enreixat, esmuny el cos pel badall i ordena:

—No es mogui d'aquí.

Espia amunt i avall, alça els ulls cap als balcons i finestres de l'altra banda, però ara ja sembla que tothom s'ha retirat. Orestes comença:

—No valdria més...

Però ella diu:

—Torno de seguida.

I, corrent, travessa el carrer, i, un cop a l'altra banda, sense aturar-se, projecta totes dues mans endavant, empeny la porta que cedeix. I aleshores sí que s'atura.

A l'altra banda no hi ha cap soldat. La porta interior, en canvi, és oberta; i el vidre, trencat.

Indecisa, penetra cap al silenci del pis desconegut, avança per un corredor clar, il·luminat pel raig de claror que, sense obstacles, s'escampa des del balcó, ample i verge de cortines, que dóna al pati interior.

Aleshores es torna a aturar, perquè ha sorprès una breu remor seguida d'unes paraules. S'orienta tot seguit cap al menjador, on hi ha una altra porta, oberta.

Els dos soldats, d'esquena, s'inclinen sobre la vella que, amb tota la roba desordenada, sembla respirar feixugament, inconscient, en l'ample llit matrimonial. Un d'ells té una ampolla a la mà, la mira; l'altre, amb delicadesa, colpeja les galtes de la dona, fa:

—Tia, tia!

El de l'ampolla diu:

—Se l'ha beguda tota. És inútil que la cridis, no es despertarà fins demà.

La senyora Iris retrocedeix lentament, sense fer soroll, i, pel passadís on es vessa la llum, torna cap a la porta, l'ajusta darrere seu.

Des de l'altra banda, mig abocada al llindar de la casa, la cara d'Orestes l'espia amb ànsia. Li adreça un somrís nerviós i després, sense ni recordar-se de mirar amunt i avall, traspassa ràpida, amb tot de saltets.

Ell l'acull amb una pregunta:

—Què? Els han obert, oi?

—Sí; un d'ells era un nebot.

Orestes allarga la mà cap al pany, però la senyora Iris li atura el gest.

—No... Ben mirat és estúpid, això de tenir les portes tancades.

Orestes aprova i, obedient, li lliura la clau.

11

En veure el tramvia que tomba per davant del mercat, San, fins aleshores assegut al graó superior dels dos que menen al cinema, ara tancat, s'incorpora i avança fins a la vorera, on s'atura arran d'un pal.

El vehicle, buit i amb un gran rètol que diu «complet» a la part davantera, s'atansa disparat i, un moment, fins i tot sembla que es disposi a passar de llarg. Després frena amb estridència, la porta s'obre amb un espetec i el conductor, sense moure's de lloc, crida:

—Vaig a la cotxera.

—No hi fa res.

Munta àgilment i mira cap al fons, on el cobrador sembla endormiscat. Aleshores torna a girar-se cap al conductor, el qual acaba d'engegar de nou.

—Pel que es veu, no tens gaires clients.

—Tu diràs!

—Acabeu el servei o se us ha espatllat el fòtil?

L'altre accelera via amunt, on només hi ha cotxes aturats i un vehicle de la policia entorn del qual fumen tres agents.

—Pleguem. —Dóna un cop d'ull cap a la banda posterior, indica el cobrador.— Aquest i jo ja havíem d'haver estat rellevats fa una hora. Hem fet una altra volta sencera, i res! —Obre el vidre davanter, escup fora i torna a tancar.— Em sembla que ja és l'únic tramvia que circula. Durant la mitja hora darrera, no n'hem vist cap més.

San mira al seu davant, es treu la gorra llardosa.

—Sí, ja ho sé. Potser ja feia tres quarts que m'esperava. Una mica més i me'n torno a casa.

L'altre mormola:

—Som uns carallots. Tothom ha plegat.

Ell torna a posar-se la gorra.

—A mi, ningú no m'ha donat cap ordre.

—Pots esperar-la assegut, si vols. —Indica a dreta i esquerra, cap als establiments tancats.— Tampoc no els l'han donada a aquests, i ja veus... Quan pleguem nosaltres, això semblarà un cementiri. —El costum l'obliga a vigilar la corba, a escurçar una mica la marxa.— On vas, tu?

—Estic de guardavies a la cantonada de Prove-Pass.

—No hi passarem.

—Però hi passeu a prop. Ja fa un quart que hauria d'haver rellevat.

—A qui?

—En Cletxa.

—Com si em diguessis Llúcia! Vull dir que no hi trobaràs ningú. Des d'aquest matí que, ara l'un ara l'altre, tots van tocant el dos. Fins i tot els vigilants de parada! I, d'inspector, no recordo haver-ne vist cap des de fa hores. Si molt convé, ni a la cotxera no hi ha ningú. Estaria bé que haguéssim tancat...

—Què faries?

—Deixar el maleït fòtil al carrer, ves! —Es repenja endavant, comenta:— Per mi, el poden cremar.

Ell diu:

—Si no trobo ningú, me'n torno.

—Jo, de tu, ja no m'hi arribaria.

—Home, ja no falta gaire, ara. I tampoc no vull que, segons com vagin les coses, després sigui dit... Tinc dona i quitxalla, jo!

—Tots tenim dona i quitxalla. Per això mateix...

Calla en sec i frena amb tanta brusquedat que la inèrcia els projecta contra el vidre, on repengen les mans.

—Què fa, aquest bèstia?

El cobrador, que s'ha despertat, pregunta:

—Què cony passa?

L'altre braceja, dóna grans cops de taló a la campaneta.

—Aquest animal que se m'atura aquí, a la cantonada, perquè em trenqui els morros!

Continua picant desesperadament, la cara congestionada per l'enrabiada. San diu:

—Em sembla que l'han abandonat...

El cobrador, que ha recorregut tot el passadís, mira per damunt de les seves espatlles.

—A veure, deixa'm baixar...

La porta peta i l'home salta al carrer, amb San al seu darrere. Tots dos avancen cap al vehicle i, amb la mirada, van examinant l'interior buit, fins a la portella de davant, oberta de bat a bat.

—Quina conya!

—De segur que ho han fet amb intenció.

L'altre crida, tot fent un pas enrere:

—Joas, ja pots baixar! El viatge s'acaba aquí.

El conductor obeeix llestament, sense fer-se pregar.

—No hi ha ningú?

El cobrador fa un gest amb les mans.

—Ja ho veus...

—Maleït sia! Què carall fem, ara?

—Què vols fer? Res.

Però l'home crida:

—Això és d'inconscients! Una cosa és plegar i anar-se'n a casa i l'altra deixar aquesta ferramenta al mig del pas, perquè algú es trenqui la nou del coll.

Retrocedeix cap al seu vehicle, s'enfila a la plataforma i San i el cobrador, des del carrer, observen les seves maniobres. L'home engega lentament, atansant-se al tramvia abandonat, contra el qual s'atura amb tota precisió. Tot seguit ordena:

—Tu, puja davant i...

Però l'altre no el deixa acabar:

—Què vols fer? Empènyer-lo?

—És clar.

—No comptis amb mi, doncs. Encara recordo el que va passar quan anava amb l'Arbe, el que es va morir...

—Però avui és diferent, no hi ha circulació.

—No hi fa res.

San proposa:

—El podria portar jo.

Tots dos se'l miren, l'un des del seu costat, l'altre des de la plataforma, abocat.

—Tu? Que potser saps conduir?

—Sí. En vaig aprendre, però després van descobrir que tenia el cor malalt...

El conductor, en lloc d'agrair-li la iniciativa, s'indigna:

—Ho podies haver dit primer, també! Aquest i jo perdent el temps i tu... Apa, puja! Cony, ja voldria ser a casa!

Ell posa el peu a l'estrep, però l'altre encara fa:

—Recorda d'aturar-te a la cantonada de Ció, perquè el canvi automàtic de les vies no funciona.

El cobrador diu:

—Ja me n'encarregaré jo. —I s'enfila al seu costat.— A veure com ho faràs...

San, sense replicar, se situa darrere la caixa de comandament, estableix el contacte, el motor rondina i, després, quan mou la palanca, el tramvia, amb una petita sotragada, comença a avançar. L'altre aprova:

—Va bé.

—Estic segur que hauria estat un bon conductor. Però...

Arronsa les espatlles i l'altre pregunta:

—Què hi tens, al cor?

—És una cosa de la vàlvula. No ho sé... A més, el tinc massa gros.

El vehicle puja sense pressa pel pendent, escurça encara la marxa en atansar-se a les cantonades, passa de llarg per davant dels indicadors de parada, perquè enlloc no espera ningú.

—També l'hi tinc jo, però mai no m'ha amoïnat gens.

Ell no replica, mira a dreta i esquerra, vigilant un trànsit inexistent. Ara i adés, darrere els vidres dels balcons, sorprèn presències submergides en l'ombra, mirades reprovadores que el segueixen carrer amunt.

—Què volen, aquests?

Tres homes, d'uniforme, han sorgit del refugi d'un garatge, obert, i un d'ells alça una mà. El cobrador diu:

—No t'aturis; no és parada.

Però ell, indecís, ja ha alentit la marxa.

—Mira que ets idiota! —Es precipita cap a la porta, crida:— Anem a retir!

Un dels homes ja s'ha enfilat al marxapeu i els altres dos l'imiten, tots amb les cares fosques sota la gorra i amb les armes penjades a la cintura. San acaba d'aturar el vehicle. L'oficial diu:

—Per què? Aneu avariats, potser?

—Hem acabat el servei.

Els tres homes se'l miren amb una expressió gairebé ferotge. El més vell es queixa:

—Quin servei? Fa mitja hora que no ha passat cap tramvia i ara vosaltres sortiu que heu acabat el servei! —Es gira a San.— En marxa, conductor.

El xicot explica:

—No puc portar passatgers. En realitat no sóc conductor, jo.

Es ben gira cap als uniformats i els mostra la gorra on, en lletres vermelles, es pot llegir la naturalesa de les seves funcions. L'oficial reflexiona:

—No hi fa res. La companyia us deu haver requisat...

Ell denega amb el cap.

—Aquest tramvia era al mig del carrer, i perquè no fes nosa...

El fa callar el dringament de la campaneta de l'altre vehicle, on el conductor, arribat al seu darrere, s'impacienta. El cobrador crida:

—Ja engeguem, home!

Ell diu:

—De manera que, si no els fa res, els agrairé que baixin.

Però l'oficial que sembla dur el comandament taloneja contra l'empostissat.

—Res d'això. Ens cal anar a la plaça d'Adrà i no podem perdre més temps. Si no esteu requisat, us requisem ara nosaltres. Som-hi!

—Però...

L'oficial més jove li posa la mà a l'espatlla.

—No ho heu sentit?

—Bé... Jo no em faig responsable...

—Engegueu!

Obeeix amb desgana. El mateix oficial indica:

—I no us atureu fins a la plaça.

Després tots tres s'endinsen pel vehicle, on s'asseuen. El cobrador els ulla amb desconfiança, es mig repenja contra la barra que protegeix el motor.

—Ja t'ho deia, que passessis de llarg! No sé a què treu cap això d'aturar-se per dir-los després que baixin.

—He estat un carallot, ja ho sé.

—Ara hauràs de fer una altra volta...

—Podem desar a la cotxera del passeig.

—Podràs desar, deus voler dir! Jo baixo aquí. —Es redreça i s'atansa a la porta.— Obre. No cal que aturis, afluixa només una mica.

Ell es queixa:

—No és de bon company, això.

—Companys de què? Si tu et fots en embolics, no sé quina culpa hi tinc, jo.

Sense replicar, San obre la porta i el cobrador baixa fins al marxapeu. Darrere, una veu mossega:

—On us penseu que aneu, vós?

L'oficial el mira des de dalt, erecte, gairebé encarcarat. L'home explica:

—No és el meu tramvia, aquest. Jo vaig amb el de darrere.

—No pas ara. Pugeu!

El cobrador s'indigna:

—Cony, això ja és massa! He fet el meu servei i encara una hora de propina... Ningú no pot demanar-me més.

I s'inclina cap a fora, disposat a saltar. Però l'altre mig desembeina una de les dues pistoles que duu al cinyell:

—No acostumo a repetir les meves ordres!

El cobrador fa un gest descoratjat, s'enfila de nou a la plataforma i, després, es despenja la cartera de l'espatlla i, amb ràbia, la llança entre el motor i la paret lateral de la caixa.

—Fotre...!

L'oficial torna a embeinar la pistola i, sense afegir paraula, es reuneix amb els seus companys. El cobrador, de cara a San, mastega:

—Que en són, de valents! I només serveixen per a emprenyar... Ves per què el volen, ara, un tramvia? Com si no tinguessin cotxes!

—No en deuen tenir.

—No? Que potser no els has vist passar mai, tots ben escarxofats, amb l'esclau davant, dret com un pal? —Gargalleja, disgustat.— Ganes de tocar-te la pera! —Es tomba, mira cap al final del vehicle, i més enllà.— S'ha salvat d'una i bona, en Joas... És un llepat!

—En Joas?

—Sí, el company. D'aquí a cinc minuts a la cotxera, i apa, cap a caseta!

—També nosaltres. És a dir, tu, perquè jo he d'anar a rellevar.

L'altre torna a escopir, se'l mira de costat.

—Ets imbècil o què?

Però no espera resposta, sinó que amb una esgarrapada recull la cartera de terra i s'allunya cap a l'interior del cotxe, on s'asseu tan lluny com pot dels oficials.

San, sense minvar la marxa, perquè la visibilitat és bona, travessa la Gran Avinguda, on palmeres i pins alternen amicalment, elles una mica grogues, envellides per l'hivern; els pins, rectes, alts, fregant, en la llunyania, el cel gris on els núvols es persegueixen per ara pacíficament.

Dos cotxes circulen per la part alta del carrer, un d'ells amb l'estrella de la policia, l'altra amb unes grans lletres dibuixades al parabrisa: METGE. Una patrulla de cinc homes, a cavall, s'escalona al llarg de cinc travessies, immòbil i a l'aguait.

Després, el carrer torna a quedar-se buit, com un riu sense aigua, amb les altes ribes, des d'on la ciutat viva assisteix al fer-se de la història, confiada.

El vehicle avança sorollós i, ara i adés, el tròlei espurneja.

—No podeu córrer més?

L'oficial més jove s'ha aixecat, encara nerviós. San es tomba.

—Em penso que no. Però ja no falta gaire, ara.

El tramvia agafa la corba del passeig de Dalt, xiscla per les vies, i l'oficial és projectat contra els tres ferros, horitzontals, que protegeixen els vidres.

Quan es redreça sembla irat, però aleshores es fica la mà a la butxaca, en treu una cigarrera d'argent i l'obre amb un menut espetec mentre es queda mirant la vella que ha sortit de la cantonada i els fa senyals.

—No us atureu!

El vehicle tomba encara i enfila el darrer pendent, ininterromput, que mena al peu del barri alt. L'oficial encén la cigarreta, expelleix el fum contra la nuca de San i després, cap a dins, indica als seus companys:

—Gairebé ja hi som.

Un brogit confús, i encara llunyà, se sobreposa a la remor del tramvia, i San mira a dreta i esquerra, enfonsa l'esguard en els carrers laterals. Pregunta:

—No sentiu?

—Què?

El cobrador ha abandonat el seu seient i ara, encuriosit, torna cap a la plataforma. També ell diu:

—Què és, aquest soroll?

—Sembla de vidres...

Els altres oficials, incorporats, s'estiren les guerreres. El més jove diu:

—Atureu-vos a l'entrada de la plaça.

San es prepara, alenteix la velocitat, però després gairebé s'oblida de frenar: darrere la cantonada, en obrir-se el ventall de la plaça, pot sorprendre unes dotzenes de soldats que, amb les culates, colpegen brutalment les portes de les cases. Ací i allà, darrere els enreixats, es despengen, escandalosos, tot de grans fragments de vidre.

—Pareu!

Aconsegueix de dominar el vehicle, el qual s'atura ja ben entrada la plaça. Dos sergents, fins aleshores drets al costat d'un parterre, ara avancen ràpidament. L'oficial més vell ordena:

—Obriu!

Davalla gairebé amb majestat, amb els altres dos a frec de talons. Els sergents, a tres metres, saluden encarcarats. L'oficial pregunta:

—Dirigeix les operacions del sector nord.

—Bé.

El cobrador, a l'orella de San, xiuxiueja:

—Quins salvatges!

L'oficial torna a parlar:

—Vehicles?

—Dos.

—És insuficient. Retindrem el tramvia.

—Han desertat tres xofers.

L'oficial rectifica:

—Quatre, amb el nostre. —Amb un gest, indica cap al tramvia.— Sergent Nolis, faci's càrrec del vehicle i d'aquests dos homes.

El cobrador es precipita endavant, allarga la mà.

—Que s'ho pensin!

Amb l'altra mà, brutalment, acciona la palanca, i els dos moviments se sincronitzen: la porta es tanca i el tramvia engega amb un gemec.

—Què fas?

—Surt d'aquí!

Els cinc homes, a l'altra banda dels vidres que sembla que els decapitin, s'han tombat a l'uníson, obren les boques, parlen alhora, però la remor del tramvia ofega les paraules irades. San pregunta:

—T'has tornat boig?

—Queda't tu, si vols!

El vehicle augmenta la velocitat i San, que es gira, veu els cinc homes que corren amb els braços alçats. Després, l'oficial més jove es treu la pistola i, sense apuntar, dispara repetidament.

—A terra!

San i el cobrador s'ajupen contra la protecció de les parets, mentre el tramvia, ja disparat, es precipita pendent amunt. Un vidre salta, i tots dos, automàticament, encongeixen encara el cap. El cobrador mastega:

—Perquè després diguin que són intrencables!

Els oficials continuen disparant i una bala, afuada, penetra per una obertura posterior sense esbocinar res, travessa el vehicle de cap a cap i espetega contra l'acer del motor. San es queixa:

—Ens perseguiran!

El cobrador respira sorollosament i, després, quan ja enfoquen la corba on s'eixampla el carrer, es va incorporant. Els altres han deixat de disparar. San pregunta:

—I ara, què?

Però l'altre només diu:

—Són uns desgraciats! Perquè els xofers han tocat el dos, ja no poden servir-se dels cotxes... Es veu que s'embrutarien les mans, si tocaven el volant!

—No deuen saber conduir.

—Això és el que vull dir, tòtil! Que ni s'han pres la molèstia d'aprendre'n... —I tot seguit, amb un canvi de veu, afegeix:— Apa, posa't aquí darrere. Anirem fins a la plaça de l'Església i, allí, t'atures.

—I després?

—Tu, fes el que vulguis. Si et vols esperar...

—Perquè em facin el paquet? No, gràcies!

Es col·loca darrere el motor, sense tocar-lo. L'altre diu:

—El problema serà com arribar a casa. On vius, tu?

—Al passatge Vilat.

El cobrador fa petar la llengua.

—Jo també visc lluny, a Caines. L'interessant seria trobar un lloc obert, un cafè... Aleshores podríem esperar que es fes fosc.

—No n'hi ha cap. Tot és tancat.

L'altre, amb el palmell, es dóna un cop al front.

—Calla, ja ho sé! Hi ha una casa, per aquí dalt...

—Un bordell?

—Sí. No hi he estat mai, però sé on és. Què et sembla?

—Ho podem provar.

El tramvia tomba cap a la plaça de l'Església, solitària com un mas robat, i San alenteix la marxa.

—Prepara't a saltar. Deixaré el tramvia en marxa, a poca velocitat.

L'altre aprova:

—És una bona idea. Així, si ens persegueixen, no sabran on hem baixat.

San alenteix més, abandona el motor i, amb la mà allargada, obre la porta.

—Apa, salta.

El cobrador baixa al marxapeu, s'inclina com si anés a prendre una mica d'impuls, i aleshores San el veu fer uns passos precipitats per la vorera que el vehicle frega. Es mig penja al seu torn, projecta el cos enèrgicament endavant, el llança enrere i, tot seguit, l'empedrat retruca contra els seus peus. Es queda mirant el tramvia que, sol, prossegueix plaça enllà i es desvia cap al passeig de l'esquerra.

—Mentre ningú no prengui mal...

—Difícil ho veig. Au, correm!

El precedeix cap a un dels dos carrerons que, sota la plaça, es perden entre altres vies encara més estretes, entortolligades i gairebé laberíntiques. San comenta:

—Potser sí que m'hauria valgut més no sortir de casa i creure la Cara...

—La teva dona?

—Una rellogada que tenim. Si m'hagués pensat que acabaria la tarda en una casa de barrets...

—Encara no hi som. I, al capdavall, llocs pitjors hi ha. —Riu per sota el nas, gamba una mica més de pressa.— Diuen que és més aviat cara.

—Tant me fa. Tampoc no hem d'anar amb cap... Ets casat, tu?

—Per segona vegada. —Tomba la cantonada i, amb la mà, assenyala cap al fons del carreró, on un xalet trenca la rasant.— És aquesta torre.

—Té bon aspecte. Si molt convé, ni ens deixen entrar.

—Per què? Perquè anem amb aquest uniforme?

—És clar. Es veu a primer cop d'ull que no som gent de diners.

L'altre fa sorollar la cartera que duu penjada a l'espatlla.

—Qui ho ha dit? No sents...? —Riu, tot mirant el seu company.— Avui sí que no cal liquidar.

Travessa cap a l'altre costat de carreró i San, darrere seu, reflexiona:

—Si la dona sabia on m'he ficat, em treia de casa.

—No cal que facis res. Te'n pots sortir amb un parell de copes.

S'atura davant la torreta, silenciosa com tot el barri, i allarga la mà cap al timbre, que tot seguit fa dringar una campana pis endins. Però aleshores San el subjecta pel braç amb un gest gairebé convulsiu. El cobrador el llambrega.

—Què passa? No vols...

Però segueix la direcció de la seva mirada i calla, perquè del laberint de carrerons ha sortit una patrulla de quatre homes que avancen empedrat avall. Mormola:

—Fotuda sort...!

La porta de la torre s'obre i una dona, molt vistosa tot i els seus cinquanta anys que no pot amagar, els mira severament. Al mateix temps, el cap de la patrulla allarga el pas.

—Ei, vosaltres!

Ells passegen la mirada del policia a la dona. I aleshores s'adonen que ella, en un tres i no res, ha convertit la seva expressió severa en un somrís acollidor.

—Oh, entreu, entreu!

Però el cap de la patrulla, escortat pels seus homes, ja s'atura a tocar d'ells, interroga:

—Què hi feu, aquí?

Tots dos tenen un lleu arronsament d'espatlles i repliquen només amb una ganyota avergonyida. La dona diu:

—Què li sembla que hi poden fer, brigada?

Però el policia torna a adreçar-se als dos homes:

—Que no esteu de servei?

El cobrador explica:

—L'hem acabat ja fa una estona, després d'un suplement d'una hora.

El brigada avança la mà.

—A veure el full de servei?

L'altre butxaqueja. L'hi allarga.

—I vós?

San balbuceja:

—Jo... és el meu dia lliure...

La dona, des del llindar, urgeix:

—Apa, entreu, que aquí fa fred. —I al brigada:— Potser també als vostres homes els agradaria d'entonar-se una mica, abans de seguir.

L'altre alça la mà.

—No tan de pressa. —Retorna el full al cobrador, s'adreça a San.— Vós haureu de venir amb nosaltres.

—Jo...

La dona fa un pas cap enfora.

—Però brigada! Si són dos clients, els conec bé...

—Des de quan?

—Des de fa anys. No us els podeu endur així... Caram, voleu que tothom faci la seva vida de costum i quan algú, com nosaltres, treballa com si no passés res, veniu i se'ns emporteu els clients!

—Encara no ens hem endut ningú.

—Els molesteu, doncs, i això descoratja. Si el que hauríeu de fer, precisament, és protegir tots els qui continuem amb l'establiment obert, sense deixar-nos impressionar per quatre caps calents!

L'altre arruga el front, cellajunt.

—Però aquest home no està en regla.

La dona riu:

—Què voleu? Que cada vegada que li toca festa, un cop cada setmana, la companyia li faci un certificat?

El brigada sembla vacil·lar, mira llargament la cara de San. El cobrador diu:

—Si convé i ha de servir d'alguna cosa, també jo responc d'ell.

La dona es fa persuasiva:

—Apa, brigada, no sigui dolent i tots li ho agrairem. A vostè i als seus homes.

—Bé...

Es mira vagament els seus subordinats, però la dona, amb un altre somrís, procedeix com si la decisió ja fos cosa feta:

—Entrin, també. Encara que només sigui a beure una copa...

Ell branda el cap, més tractable.

—No podem, ara. Estem de servei.

—Doncs ja ho saben, quan vulguin.

El brigada agraeix, torna a mirar-se els homes i, amb un cop de cap, ordena:

—Continuem.

Saluda amb la mà, sense paraules, i la dona i els dos tramviaires es queden encara al llindar del xalet, amb els ulls fits en les esquenes que s'allunyen. San respira feixugament.

—Gràcies, senyora. Sense vostè...

Ella torna a posar un rostre sever, els examina de cap a peus.

—No m'agraïu res. Tots som a la mateixa banda, ara. Apa, entreu abans que no passi una altra patrulla.

Els cedeix el pas i San i el cobrador penetren en un vestíbul luxosament encatifat i amb les parets pintades d'un color verd pàl·lid. Ella tanca la porta, indica cap a la pesada cortina que penja a l'entrada del corredor.

—Veniu... —S'atura de nou i, més severa encara, afegeix:— Això sí, no us penseu que us deixi tocar cap noia, avui. Com tothom, han tancat.

San, amb el cap, assenteix alegrement.

12

—Jo telefonaria a en Batxera...

Dolça es tomba cap a la seva mare i, amb un deix d'impaciència, fa:

—Quantes vegades li he de repetir que no vull que li digui Batxera? Es diu Blasi, Blasi!

—Jo, al teu pare, sempre li he dit Puxal...

—I què? És un mal costum, de tota manera. Als de la família, se'ls ha d'anomenar pel nom de pila.

La dona s'atansa una mica més al radiador elèctric.

—Encara no ho és, ell.

—Ho serà aviat. Vull que li digui Blasi.

—Està bé, no t'enfadis per tan poca cosa. Et preguntava per què no li telefonaves...

Ella s'asseu, obre sorollosament el calaix, d'on treu unes menudes pinces.

—Més val que calli! Encara em faria perdre la paciència... —S'inclina endavant, es mira la cara que li mostra l'espill ben il·luminat.— Ben mirat, què hi pot fer? Dir-ho a en Domina? —Fa un gest despectiu amb el cap, torna a contemplar-se.— Prou feina deu tenir, pobre home!

—Però t'han esbotzat la porta...

—La meva i dues dotzenes més.

—Els ho podies haver dit, que festejaves amb un dels xofers del Jutge. Potser...

—Calli, mare, calli! —Alça la mà que aguanta les pinces i, amb molta cura, comença a depilar-se les celles.— I no es quedi aquí mirant-me com si hagués passat una tragèdia. No té res a fer?

—Sempre hi ha coses a fer.

—Faci-les, doncs.

Però la dona encara diu:

—I ara, aquesta nit, haurem de dormir amb això obert...

Dolça deixa les pinces sobre la lleixa de marbre.

—Queda la porta de vidres, oi? No es torni a queixar, perquè d'altres han rebut més.

—Ens han rebentat el pany...

Ella torna a recollir les pinces amb un gran sospir.

—Molt bé; ja que no pot callar, vagi parlant.

—És clar, ara tu et desfogues amb mi.

—És que no se sap acabar res, vostè! Estic amoïnada, sí, però raó de més per no insistir.

S'estira un pèl llarg i gruixut, se'l mira, tota sorpresa. Després dilata els badius, ensuma dues o tres vegades, ràpida.

—Té alguna cosa al foc? Se sent olor de cremat.

—No... —Però tot seguit es precipita amb una exclamació.— La planxa!

—Vagi badant, doncs!

La dona desapareix darrere la cortina florejada que mena a l'estada interior i Dolça s'arrenca un altre pèl amb una breu estirada enèrgica, seca. Aleshores, sense deixar les pinces, s'aixeca, s'inclina sobre el radiador mòbil i, subjectant pel peu, el trasllada més a prop de la cadira.

Torna a asseure's i reprèn la seva delicada feina. La cara es contreu una mica, amb els músculs tensos. La mare, des del pas de la porta interior, diu:

—Només s'ha rostit un mocador.

Ella ni es tomba; la mira des de l'espill.

—Ha tornat a deixar la planxa encesa?

—Sí.

—Doncs a veure si se li'n crema un altre. A vostè sempre li passa com a aquell operari que es va tallar un dit.

—Quin operari?

—Un mecànic. Es va tallar un dit amb la màquina que manejava i després, quan ensenyava a l'amo com s'ho havia fet, se'n va tallar un altre.

La dona altera l'expressió blana de la cara, remuga:

—Sempre estàs d'humor, tu.

—Sí, ja es veu! Vagi a planxar.

—No ha de venir en Bat... vull dir en Blasi... No ha de venir, avui?

—No ho sé. Si ve, ja el veurem. És alt i massís, se'l sol veure...

—Quin caràcter, noia!

Es retira de nou, mormolant. Dolça, sola, repeteix molt baixet, observant el moviment dels seus llavis a l'espill:

—És alt i massís, ample d'espatlles i fins i tot una mica salvatge...

Es gira cap a la porta, on la cadira que subjecta el pany rebentat es belluga una mica, tot i que l'ha ben travada. Algú, des de fora, empeny lleugerament després, amb més força. Dolça observa el petit balanceig de la vidriera, però no es mou de la cadira.

Uns artells, aleshores, tusten amb discreció, i una veu coneguda crida contingudament:

—Dolça, Dolça...

Ella fa relliscar la cadira pel pis, s'aixeca. La veu insisteix:

—Dolça... Sóc jo, l'Elvi.

La noia desapuntala la cadira, la subjecta amb una mà i, amb l'altra, bada una mica la vidriera. Elvi penetra a la perruqueria amb una petita correguda.

—T'he dut el diari.

Dolça torna a apuntalar la cadira, se n'assegura forcejant una mica la porta.

—Què diu?

—Res. Però he pensat que no el devies haver pogut comprar. En Carlo diu que no se'ls poden treure de sobre perquè no es presenta cap repartidor. En tenen el magatzem abarrotat... Té.

—Si no diu res, no m'interessa. —Però l'agafa, el desplega, dóna un cop d'ull als titulars i tomba pàgina.— Que són fastigosos! —Gira un altre full, hi passeja l'esguard i després, despectiva, diu:— Mira que també cal un estómac, avui, per a fer de periodista!

L'altra es molesta:

—Dona, està bé! El mateix estómac que per a fer de xofer d'en Domina, em sembla.

Dolça plega el diari, el torna a la dona.

—M'ho he ben guanyat. Perdona, eh? Això m'ensenyarà a no llançar la primera pedra.

El to de l'altra canvia, es fa conciliador:

—Ja saps que per a viure s'han de fer molts papers...

—Sí, tens raó. —Camina cap a la cadira on era asseguda de primer, s'hi instal·la i agafa les pinces.— Ara, que no em sembla que sigui el mateix. La major part de gent fa oficis que..., com t'ho diré...? que no demanen cap responsabilitat. Al capdavall, tant és fer de xofer de l'un com de l'altre. Però un periodista... obligat a escriure mentides, a consciència que ho són...

—Què volies que fes, doncs? Que es posés a treballar de manobre? Si et penses que simpatitza amb l'administració del Jutge...

Ella branda el cap, les pinces encara a les mans.

—Això es el que té més gràcia. Gairebé no hi simpatitza ningú, però tothom, d'una manera o altra, hi col·labora. Tots som uns titelles!

La dona s'atansa al radiador, allarga les mans. Repeteix:

—S'ha de viure.

Però Dolça prossegueix:

—Per una raó o altra, tots ens hem anat embolicant. —Sospira:— Potser més val així, em dic de vegades. Perquè el dia de demà ens veurem obligats a perdonar-nos mútuament, ningú no podrà retreure res al seu veí. És la manera d'evitar que corri la sang.

La dona tomba les mans, afila la cara.

—I el teu promès què hi diu, en tot això?

—Què vols que hi digui?

—No sé. Deu sentir converses, deu saber com s'ho pren el Jutge...

—Des d'abans d'ahir que no l'he vist. Deu tenir servei permanent.

L'altra desvia la mirada.

—Sempre m'ha fet estrany que t'enredessis amb un xicot que pensa tan diferent de tots vosaltres.

—No hi pensa.

La dona fa un gest viu, sobtat.

—Hi ha de pensar per força. Si en Domina no el tingués per un home segur...

Ella declara amb simplicitat:

—A primer de mes havia de deixar el servei.

—Ah! —Però tot seguit reflexiona:— Això no vol dir res.

—Vol dir que, pensés com pensés de primer, ara ha canviat. I molt, t'ho asseguro! Ha vist coses... —L'esguarda a través de l'espill, però després es gira.— Vols saber per què hem festejat tant de temps, sense casar-nos?

—És veritat, que heu festejat molts anys...

—Tres, gairebé. Però no per culpa nostra. —Deixa les pinces amb una remoreta seca.— És com els policies, ell, que no poden casar-se sense que es faci una informació sobre la xicota.

—Això, fan? No ho sabia.

—Sí. I, és clar, no va costar-los gens d'esbrinar que el pare havia estat a la presó, condemnat a dotze anys, i que a mi em van expulsar de l'Escola Pedagògica perquè em negava a fer cas de les Instruccions Polítiques... En una paraula, que no li van donar l'autorització per a casar-se. Ell volia deixar en Domina a l'acte. Sort que el pare li va fer veure que no seria prudent... Però ara ja estava decidit.

L'altra punxa:

—Bé li ha costat prou, però. Mira que tres anys són molt llargs.

—No fa tres anys. La informació, encara que et sembli mentida, va arrossegar-se gairebé un parell d'anys, i quan ell va demanar permís per a casar-se ja feia mesos que ens coneixíem. —Amb la punta dels dits, es treu un fil que acaba de descobrir-se sobre la faldilla.— I això encara no és el pitjor. Perquè quan va començar a buscar un altre lloc on col·locar-se, va descobrir que ningú no volia un xofer del Jutge.

L'altra s'admira, ara d'esquena al radiador:

—I per què?

—Per por, suposo. Por de complicacions. Amb aquesta gent, no se sap mai què pot passar.

—Però n'ha trobat, a l'últim, de feina?

—No.

—Així sí que us casareu!

Dolça afirma tranquil·lament:

—Ens casarem. Abans de començar tot això, ja havíem decidit que faria de perruquer.

—Aquí, amb tu?

—Amb mi, però no aquí. Volíem posar un establiment en un lloc cèntric, una cosa de categoria... Ara, si tot va com esperem, els nostres projectes poden canviar... —Dóna un cop d'ull cap a la porta.— No has vist què m'han fet?

—Qui?

—No ho has vist? No has sentit res? Encara que visquis a l'altre bloc, ho havies de sentir...

S'aixeca, mentre la dona explica:

—No era a casa. He arribat ara mateix i se m'ha acudit de dur-te el diari. També pensava que em podries fer la permanent. Ja suposava que avui no tindries ningú.

Dolça s'atura.

—No hi comptis. No penso tocar ni un cap fins que això s'acabi.

L'altra no sembla estranyar-se'n, perquè diu:

—M'ho mig temia.

Dolça torna a posar-se en moviment.

—Vine, veuràs...

Treu la cadira de darrere la porta, li mostra el pany esbotzat i, tot seguit, obre la vidriera.

—Mira, m'han tret les portes de fora.

—Però qui? Què ha passat?

—Una companyia de soldats. —Assenyala carrer avall, cap a les altres botigues.— Han fet obrir o han rebentat totes les portes d'aquest tros de carrer, fins a la placeta. Després, se n'han anat en dos camions.

—Mira que sóc badoca! No m'havia adonat de res. És a dir, he vist que hi havia alguna botiga oberta, però poc em pensava... És clar que venia per l'altra banda...

—De primer ho estaven totes, d'obertes. Ara, algunes han tornat a tancar com han pogut. Però allí on no viuen els amos...

La dona fa uns passos vorera avall, curiosa.

—Els desapareixerà tot, aquesta nit.

—Si no s'ho enduen les mateixes patrulles de vigilància...

S'aturen davant l'espardenyeria, les portes de la qual, mig trossejades, s'amunteguen en un costat.

—Però qualsevol que passi...

Una veu, de dins de l'establiment, diu:

—No hi ha perill, senyora.

Totes dues se sobresalten, afitoren cap a l'obscuritat de l'interior, fins que algú, embolcallat amb un abric molt clar, es fa visible. I la veu torna a dir:

—Ningú no tocarà res. —Aleshores sembla reconèixer la Dolça.— Ah, vostè és la perruquera, oi?

—Sí.

L'home, jove, acaba d'emergir de l'obscuritat, esternuda, s'aixeca les solapes de l'abric.

—També vostè ha rebut.

Però ella pregunta:

—Què hi fa, aquí? És parent del senyor Inta, potser?

L'altre denega amb el cap.

—No. No em coneix, vostè; però a la meva dona, sí. És la Irínia. Fa una setmana que vam tornar del viatge de noces...

—Ah, sí! Sí que el conec! Recordo haver-los vist plegats quan festejaven. Però no sabia que tinguessin res a veure amb l'espardenyer.

Ell se subjecta més estretament l'abric, esternuda de nou.

—Perdoni, estic refredat. —Després, explica:— Uns quants veïns hem decidit guardar les botigues obertes mentre no vinguin els amos. Hem telefonat a tots els que hem pogut. En aquest barri, no volem que ningú toqui res; cap passavolant, vull dir, perquè el veïnat...

Torna a esternudar.

—Salut!

—És empipador... Aquesta gent estarien molt contents si algú començava a saquejar i creava desordres. Estic segur que no volen pas res més, perquè amb aquesta excusa podrien prendre represàlies.

—Vol dir que no les prenen ara?

L'altre fa un gest amb la mà.

—Fins a cert punt. Ja sé que han detingut gent i que en alguns sectors han obligat els homes a tornar a la feina. I, després, això...

—Amb la mà assenyala tot el carrer, amunt i avall.— Però mentre ningú no faci res, els és difícil d'actuar a fons. Pensin... —Es fica la mà a la butxaca, treu el mocador i s'hi frega el nas, sense mocar-se.— Pensin que el món sencer viu pendent del que passa aquí. No han escoltat la ràdio?

La dona diu:

—Si només donen música i notícies de l'estranger!

—No, ja ho sé. Vull dir les estacions de fora. Semblen molt ben informades. I aquí...

Ara l'esternut l'agafa a la impensada i gairebé ni té temps de girar-se. Després continua inclinat, amb el mocador a la mà.

—Faria més bé de ficar-se al llit que d'estar-se aquí a ple aire.

Ell mou les espatlles.

—Té raó. Però algú o altre ha de fer les coses. A casa, tots estem ocupats.

Dolça diu:

—Em puc quedar jo.

—Vostè ja té la seva botiga.

—Hi ha la mare. Sí, em quedaré. Ens quedarem totes dues, oi, Elvi?

L'altra no sembla gaire entusiasmada, però fa:

—Sí, em puc quedar una estona...

Ella es tomba ràpidament.

—Vaig a buscar l'abric i torno de seguida. Vostè es beu un bon conyac i a covar-lo...

—Bé, no sé si...

Però ella no el deixa continuar. Seguida de la dona, camina apressada carrer amunt, cap a la perruqueria. Abans d'arribar a la porta, diu:

—És un bon veïnat, aquest! De vegades no ho sembla, però... Si tothom es disciplina d'aquesta manera, acabarem amb en Domina.

Empeny la vidriera, excitada. L'altra explica:

—Et faré companyia una horeta. Després he d'anar a preparar el sopar.

—Abans d'una hora, el senyor Inta ja serà aquí. No viu gaire lluny.

—Mentre no el detinguin pel carrer...

—Si diu que se'n va a la botiga, no el detindran. —Travessa el local, crida:— Mare! L'Elvi i jo ens n'anem a vigilar una botiga.

La vella, que ha sortit al pas de la porta protegida per la cortina florejada, bada un pam de boca.

—A vigilar...? Hola, Elvi.

—Bona nit.

—Vaig a buscar l'abric.

S'endinsa cap al pis i la vella, sense moure's de la cortina, pregunta:

—Quina botiga?

—La de l'espardenyer. Els veïns s'han encarregat de vigilar els establiments oberts fins que no vinguin els amos.

La dona sembla que baixi de la lluna:

—Quins veïns?

Dolça torna amb l'abric a les mans.

—No sigui tan obtusa, mare! Tots, qualsevol...

—I, casa nostra, qui l'ha de guardar?

—Ningú. Encara té porta, ni que sigui sense pany. Després, nosaltres hi vivim. I tampoc no ens poden prendre res.

—Però em deixes sola...

—Apa, mare, no hi posi pegues! L'espardenyeria és aquí mateix, prou que ho sap. I el pare vindrà de seguida.

—Si no l'han agafat.

Dolça, de cara a Elvi, explica:

—Se n'ha anat amb un amic seu que té cotxe. Volia veure com responia la ciutat.

La vella mormola:

—Com si no hagués passat prou disgustos, encara... En aquesta casa, sempre ens fiquem on no ens demanen. Després, qui paga les conseqüències sóc jo.

La noia s'impacienta:

—Què vol, doncs? Que tots amaguem el cap sota l'ala?

—Que fem com tothom. La gent es queda a casa.

Ella riu.

—D'això es tracta, justament!

Ràpida, amb l'abric encara a les mans, fa un pas cap a la cadira on de primer era asseguda, agafa un pintallavis de la lleixa i, amb lletres grosses, escriu sobre el mirall:

ÉS MOLT SENZILL: QUEDEU-VOS TOTS A CASA

—Veieu?

Elvi la repta:

—És una imprudència, Dolça...

Ella subratlla la frase amb un tret enèrgic que corre de banda a banda. Aleshores es gira.

—Anem.

Es posa l'abric, se'l corda, mentre la mare encara es queixa:

—Es veu que no escarmentarem mai... —I adreçant-se a la dona:— Sempre fa el que vol. No sé com és, la joventut d'ara! En els nostres temps, obeíem els pares.

Ella repeteix:

—Anem. —I, tot caminant cap a la porta, a la seva mare:— Posi la cadira darrere i apagui els llums.

Travessa el llindar i, seguida de l'Elvi, surt a la vorera plena de rotllanes d'aigua. Sorpresa, aixeca els ulls.

—Plou! —Torna a abocar-se a la porta i, endins, crida:— Mare, plou! Tregui el vestit que tinc estès a l'eixida, perquè si es mulla massa es correran els colors.

I tanca, sense esperar resposta. La veïna diu:

—L'has deixada enquimerada, pobra dona...

—No, el que passa és que li agrada fer el ploricó. —Alça de nou els ulls al cel.— Està molt ennuvolat... Avui es dormirà bé, si plou.

I tot d'una, fredolica, s'estremeix dintre l'abric, passa el braç per sota el braç de la seva amiga. Confessa:

—Estic una mica excitada!

L'altra riu, condescendent.

—Prou que ho veig.

—Tot això, aquest silenci, les patrulles que no saben què fer ni per on començar, la gent amagada darrere els vidres, tothom espiant, resistint... No trobes que és emocionant?

—Què vols que et digui...

—És que tu tens la sang d'orxata.

S'aturen davant l'espardenyeria, fosca i profunda, on no sembla que hi hagi ningú. Crida:

—Ei, vostè!

El xicot es destria de les ombres, les mans profundament entaforades dins les butxaques.

—Ja som aquí!

El xicot surt cap a fora, el rostre mig menjat per les amples solapes de l'abric.

—Si el senyor Inta tarda gaire, es quedaran gelades. He buscat per si hi havia un radiador, però res. I aquesta porta que no es pot tancar...

—No es preocupi, ja trobarem algun racó. Vostè vagi-se'n al llit i digui a la Irínia que li faci alguna cosa calenta.

—Un parell de comprimits, em prendré. I un bon conyac, és clar. —Es redreça una mica, les fita.— És veritat! Els en baixaré una ampolla... Quan no hi ha calefacció a fora, cal escalfar-se per dins.

Ella riu, però protesta:

—No baixi res. No bec mai, jo. I tu tampoc, oi, Elvi?

—Ordinàriament, no.

El xicot es treu llestament el mocador de la butxaca, es plega en dos. Després, ell mateix diu:

—Quin fàstic! —Però bromeja:— Quan conti als meus néts com ho vam fer per treure en Domina i la part que jo hi vaig tenir, hauré de passar per alt que estava refredat. Faria mal efecte.

—Si s'entreté massa, potser no els podrà contar res, perquè acabarà per pescar una pulmonia...

Ell salta cap al carrer, rient. Es gira.

—I gràcies, eh?

—De res.

Totes dues es queden mirant com s'allunya carrer avall abans de desaparèixer per l'escala que hi ha al costat de la ferreteria. Aleshores, Dolça es tomba cap a la botiga.

—Entrem, noia, que això remulla.

13

El cotxe rutlla lentament per l'avinguda deserta, on els arbres, despullats i patètics, esclafen les ombres dels seus monyons contra l'asfalt humit. Cau una pluja mandrosa i desganada que ni arriba a entelar el parabrisa, però cap a les muntanyes que encerclen la ciutat ressona un tro llarg i cantellut.

Mr. Zwig i la seva muller miren al seu davant i a banda i banda amb tot de llambregades cada cop més estranyades.

—Això no és natural...

La dona mou una mica el cap i els llargs cabells rossos se li passegen per les galtes.

—No.

—Si plogués molt... —Però ell mateix es contradiu:— I tampoc. Per molt que plogui, mai no he vist una ciutat tan quieta, tan... tan sola.

—I no pot ser que tothom s'hagi mort...

—No és probable. Ni durant les grans epidèmies del segle divuit no moria tothom. I, després, no serà massa casual que tothom es morís a casa, darrere les portes tancades?

Ella s'arrauleix contra la seva espatlla.

—Començo a tenir por...

L'home li tusta amicalment el genoll, li somriu.

—Hi ha d'haver una explicació. Tot té una explicació, només cal trobar-la. —Assenyala amb la mà.— Mira, allí hi ha un semàfor que funciona...

—Però els semàfors són automàtics.

—Sí, ja ho sé...

Ella es redreça una mica.

—I si tothom se n'hagués anat?

—Què vols dir? Una ciutat no s'abandona així com així, sense motiu. —Sacseja el cap, torna a deixar reposar la mà sobre el genoll de la seva dona.— Si se n'haguessin anat, observaríem senyals de desordre. Una ciutat de més de dos milions d'habitants no s'evacua sense que quedin rastres. I no se'n veu cap. Tot tan net... si més no, segons les normes d'una ciutat estrangera...

La dona somriu.

—Els estrangers som nosaltres, Clark.

—Sí, sí, ja ho sé. Ja m'has entès, però.

Ella s'incorpora més, mira endavant.

—Què és, allò?

—On?

—Allí, entre els arbres... Sembla un home amb un paraigua.

Tots dos afinen la vista per tal de distingir la figura vagament retallada més enllà dels fars del cotxe, cap on les llums de l'avinguda vacil·len.

—Sí que ho és. —Accelera i va arranant el vehicle a la vorada del passeig lateral.— Ja era hora; ara sortirem de dubtes.

—Mira, i allí hi ha un cotxe!

Però l'automòbil ha travessat veloçment i ja es perd rere les cases de la cantonada distant.

—Veus? Potser ens enquimeràvem per no res.

Ella assenyala amb la barbeta, cap a la figura del paraigua.

—És una dona.

Mr. Zwig alenteix la marxa i, sense abandonar el volant, amb l'altra mà abaixa el vidre de la finestreta. La muller diu:

—Si no haguéssim perdut l'adreça de Boris...

—Ha estat mala sort, sí, però de tota manera ens havíem de trobar al Confort.

—I no sabem ni on és!

—Ara ho preguntarem. —Acaba d'aturar el cotxe, s'inclina cap enfora.— Senyora! Senyora...! —La dona del paraigua el llambrega, però continua caminant.— Senyora! És a vostè...

Obre la portella, s'aboca una mica més i un filet d'aigua, que s'esmuny de la capota, li remulla el cap.

—Senyora...!

La desconeguda, en lloc d'aturar-se, apressa encara el pas, inicia fins i tot un petit trot cap a la vorera que frega les cases, com impacient de posar distància entre ella i el cotxe.

—Has vist? —Torna a tancar i, amb la mà, s'eixuga l'aigua que li ha humitejat la cara.— De què devia tenir por?

Tot seguit es gira, atret per la remor, i de nou treu el cap per l'obertura del vidre. La dona, per la seva banda, es mig agenolla sobre el seient.

—És una camioneta.

Sense dir res, Mr. Zwig obre encara i, despreocupant-se de la pluja, salta al carrer, es planta enmig de l'avinguda i, amb tots dos braços, fa senyals als del vehicle. Després, quan la camioneta comença a frenar, es retira cap a un costat.

Hi distingeix dues persones uniformades de clar, una d'elles darrere el volant, l'altra penjada cap enfora, perquè acaba d'obrir la porta de la cabina. Mr. Zwig fa un pas.

—Ja era hora que poguéssim parlar amb algú! Què passa, en aquesta ciutat?

El policia el mira amb desconfiança, tot i l'accent foraster de Mr. Zwig.

—Estranger?

—Sí. Què...

—La documentació, si us plau.

—Ah! Tinc el passaport al cotxe.

El policia espera i Mr. Zwig es tomba, fa una petita correguda. La seva dona, abocada a la portella oberta, s'enretira una mica cap endins.

—Què passa, Clark?

—Són de la policia i volen veure el nostre passaport. —Escorcolla una bossa lateral, d'on surten revistes, un mapa de carreteres...— Mira si és a l'altra.

La dona cerca al seu torn, amb tot el cos inclinat i les anques luxuriosament subratllades.

—Sí.

Mr. Zwig l'agafa i s'incorpora per tornar al costat de la camioneta, d'on els policies no s'han mogut. S'excusa:

—No el trobàvem...

L'oficial se n'apodera, l'obre i l'examina a consciència sota el llum de bord. Pregunta:

—Mr. Clark Zwig?

—Sí. I la meva muller, Edva Pick.

L'altre tanca el document, l'hi retorna.

—On s'hostatgen?

—Al Confort. Precisament volia preguntar-los on és; mai no hem estat aquí i...

L'home condescendeix:

—No podem acompanyar-los perquè estem de servei. Li ho indicaré... —Amb la mà, assenyala passeig amunt.— Vagin seguint fins a l'encreuament on veuran una estàtua eqüestre... Tombin cap avall i després entrin per la tercera travessia a l'esquerra, que els menarà a una plaça. Aleshores els cal agafar el segon carrer i tombar per la primera travessia. És allí. Se'n fa càrrec?

El cervell disciplinat de Mr. Zwig repeteix:

—Fins a l'estàtua; tres travessies cap avall, fins a la plaça; el segon carrer i aleshores la primera travessia. A l'esquerra?

—No, a la dreta.

—La primera travessia a la dreta.

—Això és.

—Ho trobarem. Moltes gràcies, oficial.

L'altre comença a tancar la portella.

—I no s'oblidi, demà, de presentar-se a la Comissaria Central, com és obligatori als estrangers. Ja li ho devien dir...

—Sí.

L'oficial acaba de tancar la porta, però Mr. Zwig continua plantat al costat de la camioneta. Fa un gest, indicant al seu entorn.

—Passa alguna cosa?

—No. Per què?

—No es veu ningú...

L'oficial diu vagament:

—Deu ser pel temps...

Amb el cap, fa una indicació al conductor i la camioneta ronca una mica, engega. Aleshores saluda:

—Bona nit, Mr. Zwig.

—Bona nit.

Per la banda de darrere, oberta, sis cares el miren mentre el vehicle s'allunya; les cares de sis homes asseguts en dues rengleres i amb els fusells a les mans.

—Clark!

Corre cap a la veu de la seva muller, la qual torna a enretirar-se seient enllà.

—Què ha dit? —Però no li dóna temps de contestar, perquè li palpa les espatlles, el davant de l'americana.— T'has mullat tot...

—Una mica.

—Més val que te la treguis.

Gira sobre les seves cames i, agenollada en el seient, s'inclina cap a la banda de darrere del cotxe, on hi ha dues maletes; atreu la més grossa i acciona la tanca metàl·lica.

—Sort que l'altra és damunt de tot.

Mr. Zwig, obedient, es treu l'americana clapada per tot de taques d'aigua que se li escampen sobretot cap a l'esquena, potser perquè té el costum d'anar una mica corbat. Comenta:

—Deu passar alguna cosa greu, perquè no m'ha volgut dir res.

Ella estira l'americana.

—Greu? Vols dir, potser, una revolució?

—No ho sé... No ho sembla. Les revolucions es fan amb la gent al carrer, amb desordre. I aquí, precisament, tot es veu massa ordenat.

—Té.

Mr. Zwig deixa la seva americana, recull l'altra i es lliura a tot de contorsions per tal de posar-se-la en el reduït espai de què disposa.

—Suposo que en Boris ens ho explicarà.

—De primer hem de trobar l'hotel.

—M'ha dit on era. Hem d'anar fins a un monument, baixar tres travessies i després, en arribar en una placeta, agafar el primer carrer fins a la segona cantonada.

Es corda l'americana, s'estira els punys. La seva muller acaba d'estendre la peça humida sobre la maleta i es deixa caure de nou al seu costat. Especula:

—Potser hi ha hagut algun atemptat i han donat l'ordre de queda...

Mr. Zwig reposa una mà sobre el volant, la mira.

—No se m'havia acudit. Llàstima que aquest cotxe no tingui ràdio... És clar que, pel que ens va costar, fins i tot és admirable que corri. —Engega amb un petit sotrac de conductor inexpert.— En fi, a l'hotel ho deurem aclarir tot.

La seva muller agafa el paquet de cigarretes, se'n posa dues a la boca i les encén. Després, li n'allarga una.

—Té... Tant de temps planejant unes vacances i mira, quan ens decidim ens trobem amb tot això...!

—Sigui el que sigui, suposo que a nosaltres no ens afecta.

—Però imagina't que ens confinin a l'hotel...

—No ha dit pas res, l'oficial. És clar que no semblava gaire garlaire.

Ella assenyala amb el dit:

—Més policia.

Observen tots dos la patrulla de tres homes que progressa lentament pel carrer, arran dels arbres.

—I tots amb el fusell metrallador a les mans...

Ella conclou:

—Sí, deu haver estat un atemptat o una cosa per l'estil.

Mr. Zwig prem un botó i les busques de l'eixugaparabrises es posen en moviment a l'altra banda del vidre, on les gotes, a poc a poc, s'han anat acumulant. Fita la vista avinguda enllà.

—Aquest deu ser el monument...

Però ella fa:

—El que m'estranya més és veure tots aquest cotxes aturats al carrer. Que no tenen garatges, aquesta gent?

—No oblidis que és un país de temperatures altes, sec... A més, són persones indisciplinades.

Tomba cap a la part baixa de l'avinguda transversal i, per ell mateix, diu:

—Tres carrers i a l'esquerra...

Alenteix la marxa i tots dos, inclinats, vigilen les travessies. La dona, amb la mà, escampa el núvol de fum concentrat al seu davant.

—Primera.

—Ja podrem tombar? Cap a l'esquerra em sembla que és contra direcció.

—Suposo que l'oficial sabia el que es deia. I, després, no circula ningú més que nosaltres...

La dona el subjecta pel braç, tota excitada:

—Una botiga oberta!

Ell mira també cap als magatzems esplèndidament il·luminats, alenteix encara la velocitat i tots dos enfonsen l'esguard en les pregoneses del local, on només saben veure dos homes. Edva es redreça.

—Com pot ser que aquesta estigui oberta si totes són tancades?

—Això tira per terra la teva teoria d'un possible toc de queda. Si fos així, valdria per a tothom. Deu ser una altra cosa... —S'interromp i canta:— Segona.

Ella diu:

—Més avall hi ha gent.

—On?

—A la dreta, darrere el cotxe negre.

Mr. Zwig es treu la cigarreta de la boca, escup una volva de tabac.

—Sí, ja ho veig, ara...

—Mira, mira!

Dos individus, uniformats, en subjecten un altre, que sembla resistir-se; l'un l'estira i l'altre l'empeny cap al vehicle.

—També són policies.

—Però què li fan?

—El deuen detenir.

Escurça la marxa, sense deixar d'observar els esforços del desconegut que intenta de desfer-se de les mans dels seus segrestadors, però Edva diu:

—No t'aturis!

—Per què?

—Podria ser perillós.

Un altre individu ha sortit del cotxe de la policia per tal d'ajudar els seus col·legues, però Mr. Zwig i la seva muller s'allunyen ja, ella tombada cap enrere.

—Si que hem vingut en un bon moment!

Ell, que acaba de descobrir la tercera travessia, mira pel retrovisor on només es reflecteix el carrer desert, i gira.

—És aquesta. Ara fins a la placeta.

El carreró gairebé és fosc, però tots dos, simultàniament, s'adonen que per allí sembla haver passat un huracà. Portes esventrades, vidres per la vorera, persianes trossejades... Les botigues badallen sobre el silenci nocturn.

Tots dos s'esguarden, tornen a mirar cap a fora, i Mr. Zwig diu:

—Potser sí que ha estat una revolució.

—En tot cas, la deuen haver dominat.

Ell reflexiona:

—Tanmateix hi ha coses inexplicables, contradictòries... Sobretot això d'aquests magatzems que hem vist. És clar que en països com aquest no s'ha d'estranyar de res.

—No sé com hi pot viure, en Boris, en un indret així!

Ell somriu, atent al volant.

—Coses pitjors deu haver vist. Els corresponsals, ja se sap, s'acostumen a tot. I, més que res, al desordre. Aquesta, precisament, és la seva missió: acudir on hi ha soroll.

—Sí, és clar... —Assenyala cap endavant.— És aquesta, la placeta?

—Ho deu ser. L'oficial ha dit la primera travessia...

Lentament, encara el cotxe cap a la dreta i els fars ensopeguen amb les façanes, negres i velles, abans de dilatar-se en l'obscuritat més pregona d'una via estreta i enfangada. La dona s'estranya:

—Vols dir que ho has entès bé? Un hotel com el Confort sembla que no hauria de ser en un lloc tan miserable.

—Més avall hem de tornar a tombar, això només deu ser un pas entre dos carrers principals.

Les rodes se submergeixen en el fang que amaga clots i, tot i la reduïda velocitat, Mr. Zwig i la seva muller salten impulsats per les molles. Els fars rellisquen per les parets on es destil·la una humitat greixosa i opaca i, un instant, sorprenen la figura d'un home que s'esmuny cap a l'interior d'una casa.

Després, amenaçadors, els edificis d'una banda es precipiten cap al centre del carrer, es mengen la voravia trinxada.

—Vols dir que passarem?

—Amb aquest cotxe? Sí.

Però els parafangs gairebé freguen els murs tinyosos i la roda de darrere munta sobre la vorada reduïda a l'amplària d'una llamborda.

—No podrem tombar.

Mr. Zwig s'inclina més sobre el volant, els ulls clavats en els límits dels fars.

—El pitjor és que no veig cap travessia.

La roda rellisca de nou per la vorada, molt polida per les mossegades d'altres vehicles, i les cases es van separant lleugerament en una corba suau. La dona es torna a queixar:

—Ens hem enredat.

—No ens podem enredar. Sempre podem fer marxa enrere, si cal. I, per estret que sigui, aquest carrer bé deu menar en un lloc o altre.

—Mentre no sigui un cul-de-sac... Ens podria passar qualsevol cosa.

Ell se li tomba, cellajunt.

—Què vols que ens passi?

—No ho sé. Si ens volien donar un mal cop... En aquesta mena de cases, no hi pot viure ningú decent.

—Sí, dona! Tu et penses que tot és com a casa nostra... —Però es talla, assenyala amb el cap.— Ah, veus?

La travessia, en angle recte, acaba de fer-se visible i ell, sense adonar-se'n, pitja una mica més fort l'accelerador.

—L'altra és la nostra.

El cotxe salta per un sot profund i ple d'aigua, que s'escampa per tots costats.

—Mentre arribem sencers...

Ell prova de riure:

—Però si encara és interessant, tot això!

—Ho serà quan ho contem als amics. Ja veig la cara d'enveja de la Gerda!

Riuen tots dos, però aleshores ell frena.

—Ei, no passem de llarg, ara! No m'imaginava que estarien tan a tocar, aquestes travessies.

Obre la portella i s'aboca mentre posa la marxa enrere. El cotxe patina un moment, però després mossega ferm i, amb una remor sorda, frega de nou la vorada. Ella diu:

—No podrem tombar, és massa estret.

—Ho provarem.

Torna a aturar el cotxe, canvia la marxa i, molt lentament, avança. La porta, lliure, peta contra la paret propera.

—Maleït...!

La tanca i, seguidament, amb totes dues mans, força el volant cap a l'esquerra. El vehicle s'enfila per la vorera, i els fars van aproximant el mur cantoner. Nerviós, mou els peus, i el motor es cala.

—Això ens faltava!

Torna a obrir la portella, salta al carrer i, per la banda de darrere, molt arranat a les façanes, fa la volta al cotxe i examina la situació. La seva muller treu el cap per la finestra.

—No passarem, oi?

Ell es grata la closca.

—Caldrà que fem el possible... —Alça els ulls cap al cel i corre de nou per darrere el cotxe.— Sembla que no faci res, però et quedes xop. On tens l'impermeable?

—Per què?

—Hauries de baixar a dirigir la maniobra.

Ella es tomba amb les cames replegades sota seu i estira la maleta després de rebutjar l'americana humida sobre el seient posterior.

—Estic segura que es pot passar per altres carrers, per a arribar a l'hotel.

—Aquell idiota ens deu haver volgut gastar una broma.

—Doncs a fe que té gràcia!

Obre la maleta, remena cap al fons, d'on acaba per estirar un impermeable negre i transparent.

—Què he de fer?

—Avisa'm cada cop que la carrosseria estigui a punt de tocar les parets.

L'ajuda a posar-se l'impermeable i després, inclinat cap a l'altra banda, li obre la portella.

—Espera; la caputxa...

Se la subjecta amb dues cintes, que lliga sota la barbeta, i aleshores, desplegant les cames, salta al carrer. Ell diu:

—Faré marxa enrere...

S'inclina cap als botons del cotxe, prem el peu i el motor ronca. A poc a poc, però amb fermesa, tomba el volant cap a la dreta, accentua la pressió del peu sense insistència i el vehicle, lent, salta de la vorada, es balanceja i torna a redreçar-se amb una gran remor de fang.

—Prou!

Alça el peu i, simultàniament, amb l'altre pitja el fre. En punt mort, fa girar de nou el volant, tot ell concentrat en la tasca. Després, quan alça els ulls, s'adona que Edva parla amb algú.

Mira l'ombra dreta en la gola del portal estret i, tot seguit, fa lliscar el cul pel seient, obre la porta. Edva s'inclina.

—Diu que si seguim fins al capdavall del carrer passarem bé. L'oficial ens ha enredat.

Mr. Zwig, amb una mà, separa una mica la seva dona, fita l'home, encara immòbil sobre el graó de la porta, i l'interpel·la:

—Heu entès bé que anem al Confort?

L'home, sense moure el cap, explica:

—S'han equivocat de carrer. Havien d'haver tombat per la segona travessia de la plaça.

I aleshores assenyala carrer amunt. Mr. Zwig obre la boca, dóna un cop de puny en el buit.

—És veritat! Sóc jo qui s'ha confós. L'oficial m'ha dit el segon carrer de la plaça i la primera travessia d'aquest carrer, no el primer carrer i la segona travessia.

L'home es limita a desplaçar la mà cap a l'altre extrem de carreró.

—Si tiren amunt, veuran que al final s'eixampla... Tombin a l'esquerra, pugin pel carrer que havien de baixar i ja veuran els llums de l'hotel...

Mr. Zwig mira cap a la fosca i després el seu esguard torna cap a l'home.

—Escolti, per què no ve amb nosaltres?

—No cal. Ho trobaran.

—Per més seguretat... Jo ja el tornaria a acompanyar amb el cotxe, després.

L'home refusa.

—No es poden perdre.

—Molt bé, com vulgui.

Enretira el cap, torna a fer córrer el cul fins a darrere el volant i espera que entri la seva dona. Només aleshores, quan ella ja és dins, se li acudeix d'exclamar:

—Ah! —I s'inclina al seu damunt, amb una pregunta:— Em podríeu dir...

Però ja no acaba. On uns moments abans hi havia l'home, ara únicament hi ha la porta de la casa, tancada. Gairebé incrèdul, mormola:

—Se n'ha anat...

Ella mira també.

—Tenia por.

—Però, per què?

—Tot deu ser el mateix. Vull dir que es deu relacionar amb el que passa. La qüestió és que ens ha ajudat. —Amb els dits humits, es deslliga les cintes de la caputxa.— Engega. Ja tinc ganes de trobar-me a l'hotel.

Ell empunya el volant, mou el peu.

—Sí. I jo també.

14

Fanny surt disparada del pis i, corrent, travessa tot el replà fins a la quarta porta, on pitja llargament el botó del timbre. Crida:

—Clunya! Clunya!

Després, quan sent els passos precipitats, retrocedeix de nou cap al seu pis, del llindar del qual veu com la porta s'obre.

—He localitzat una emissora estrangera on ara donaran notícies... Corre!

L'altra allarga la mà cap a dins, recull les claus que hi ha penjades a la lleva del pany i tot seguit, subjectant-se la llarga i feixuga bata, travessa també el replà i s'entafora al pis, on la seva amiga la precedeix cap a la saleta menjador.

El locutor, amb una veu lleugerament excitada, de modulacions molt precises, gairebé embafadorament educades, va dient:

—...una acció potser decisiva i que podria servir d'exemple a totes les comunitats regides per un poder reaccionari que subjuga als seus propis fins el benestar i la llibertat del poble. Els ciutadans, mancats d'òrgans d'expressió independent, de representacions que els assegurin que la seva veu arribarà als governants, faltats també de tota mena d'armes, la possessió de les quals els hauria permès un aixecament popular, han recorregut a una acció solidària i passiva de braços caiguts. En aquest moment ja fa quaranta-vuit hores que la població, obeint una consigna espontània que ha arribat a totes les llars, «És molt senzill: quedeu-vos tots a casa», s'ha tancat voluntàriament en l'estretor dels pisos, refusant-se al treball i a tota obediència civil. És un moviment pacífic i impressionant que la policia no ha aconseguit de desarticular per causa de la ferma voluntat que anima els oprimits. Les forces policíaques, i darrerament l'exèrcit, han emprès una vasta campanya de coacció, procedint a detencions domiciliàries entre la massa treballadora...

Fanny, asseguda de gairell al braç de la butaca, allarga a la seva amiga una cigarreta amb filtre de suro.

—Té.

Clunya l'agafa maquinalment, s'inclina cap a la flama de l'encenedor, que l'altra ha fet petar, es redreça i totes dues continuen escoltant.

—...i a l'obertura violenta d'establiments. Això no obstant, la vida de la ciutat continua paralitzada i fins i tot alguns serveis públics, com el de transports, s'han solidaritzat amb l'actitud de les empreses privades. Els carrers ofereixen un aspecte desconegut, pràcticament sense més circulació que la dels vehicles i patrulles de la policia, la qual pel restant té ordre d'interrogar tots els ciutadans sorpresos fora de la llar. En alguns sectors, la resistència dels obrers que hom pretenia fer tornar al treball ha estat causa d'incidents desagradables i de violències que han ocasionat ferits i un petit nombre de morts. En conjunt, però, hom reconeix que l'actuació de la policia, encara fidel a l'administració Domina, es caracteritza per una certa laxitud, per una indecisió que fa concebre grans esperances a aquest poble pacient i sofert. Les esferes directives viuen uns moments de desconcert, palesat en el fet que el Jutge i els seus consellers, reunits en sessió ininterrompuda, no acaben d'encertar les mesures escaients, potser espantats davant la possibilitat de convertir aquesta manifestació passiva de la població, la vaga més gran que registra la història, en un moviment actiu i desesperat que podria desembocar en una lluita fratricida.

El locutor fa una pausa i Clunya l'aprofita per preguntar a la seva amiga:

—I com ho deuen saber, ells, tot això?

—Tenen els seus informadors. Si molt convé, alguna estació clandestina d'aquí els facilita les notícies.

El locutor prossegueix:

—Segons els observadors autoritzats que han seguit de prop la vida del país durant els darrers quinze anys, l'arbitrarietat de l'administració Domina ha aconseguit d'alienar-se fins i tot aquelles forces i partits amb la col·laboració dels quals escalà el poder. Diferents purgues, sovint ignorades per la generalitat del país, han menat a rivalitats dissimulades que, avui, paralitzen l'actuació efectiva del Jutge, insegur de la fidelitat dels qui l'envolten. Grans industrials i terratinents continuen efectes a una administració que els ha procurat beneficis substanciosos, però la petita burgesia forma al costat dels proletaris en una acció conjunta que, segons càlculs fidedignes, inclou el noranta per cent de la població. Ja poden imaginar-se els nostres oients la immensa pressió moral de tot un poble que es refusa a veure's privat durant més de temps de la seva llibertat i es disposa a defensar els seus drets a una vida millor i més humanament digna.

—Parla bé, oi?

Fanny, encara asseguda sobre el braç de la butaca, assenteix en silenci, allarga la mà cap al cendrer que hi ha a la tauleta de darrere i el deixa sobre l'altre braç després de fer-hi caure la cendra de la cigarreta.

—Un problema important, però, es planteja a la població: el problema alimentari. La gran majoria de llars s'han preparat per a resistir aquest estrany setge i des de fa dies que tothom es proveeix abundantment, fins a l'extrem que moltes botigues de queviures i rams afins han quedat buides. Però no n'hi ha prou. Una estimació aproximada ens obliga a concloure que les existències d'aquests establiments no permetran als ciutadans una resistència que sobrepassi els vuit o deu dies. Cal, doncs, que el poble aconsegueixi de desmoralitzar els...

La veu s'allunya darrere un gran esclafit i després torna, ara intel·ligible, mig ofegada per tot d'espetecs breus i sorollosos.

—Què passa?

Fanny salta cap a l'aparell, acciona els botons de comandament, centra l'agulla.

—No sé...

—...una cursa entre...

Però les remors se li tornen a tirar damunt i la veu és com la d'un nàufrag que lluita contra el temporal amb la boca plena d'aigua.

—...i Caputxeta Vermella es va quedar molt quieta...

Fanny continua manipulant.

—Un conte de fades! Es veu que m'he passat l'estació.

Retornen els sorolls, ara estabilitzats en una mena de doble xiulet, més greu l'un, més agut l'altre, que es mengen la veu subjacent, més endevinada que veritablement sentida.

—Això ho deuen fer els d'aquí...

—És clar. Sempre han fet el mateix, quan a fora han dit alguna cosa que no els convenia.

—Però què volen amagar, ara? Si tots ho sabem, el que passa!

—No hi fa res, és el sistema...

Esclafa la punta de la cigarreta, tota plena de vermell, contra el cendrer proper.

—De tota manera, em penso que ho devem haver sentit gairebé tot.

Fanny tanca l'aparell, es tomba.

—No ho sabia, jo, que hi havia hagut desordres, morts i ferits...

—Ni jo. —Es deixa caure sobre el sofà, agafa una altra cigarreta del paquet—. Vols dir que no tens la calefacció massa forta?

—No. M'agrada així, sóc fredolica... Tu havies sentit parlar d'aquestes purgues entre ells?

L'altra mou el cap, tot escampant la bata al seu davant per deixar lliures les cames. Després fa:

—Potser es referia a quan en Domina va renovar el seu Consell de Defensa... Mai no s'ha sabut ben bé què va passar amb en Gregi i els altres.

—Ah, sí! En Rom diu que els van afusellar.

—No ha de venir, avui?

—En Rom? —Arronsa les espatlles.— No ho sé. No ho crec. I el teu?

—Ja saps que és fora.

—No ha tornat?

—No. Sóc lliure com un ocell!

Riu, i s'obre més la bata. Fanny s'inclina al seu davant, allarga la mà i li toca el baix de la combinació.

—És bonica, aquesta punta...

L'altra també l'examina.

—Me la va dur la marxanta aquella que passa pels pisos. No te l'havia ensenyada?

—No.

Clunya s'incorpora i s'arregussa la roba.

—Aquesta altra, també la hi vaig comprar, a ella.

Fanny li toqueja les bragues i, amb un somrís, comenta:

—Vas molt mudada, per ser que el tens fora.

—Ah, sí, noia! També ho faig per mi...

Fanny riu.

—Jo sóc més amiga de la comoditat.

Estira la faldilla, ampla, volada, cap amunt. L'altra llambrega un instant la brunor del ventre i el triangle pilós del pubis.

—Ja sé que no portes mai res, tu. Després dius que ets fredolica...

Allarga les mans cap a l'encenedor i el fa petar a frec de la cigarreta que fins llavors ha tingut apagada.

—A en Jaus, no li agradaria que anés així.

Fanny es deixa caure la faldilla.

—En Rom és diferent. —S'estira, vagament voluptuosa.— Voldria que vingués. Fa una nit ben bé per a dormir amb home, avui!

—Per què? No són totes iguals?

—No. Quan plou, o fa vent, al llit, no s'hi està bé sense companyia.

—Què vols que et digui... Jo estic més bé sola. Si pogués triar... —S'inclina endavant, amb la cigarreta entre els dits.— Què ho fa, que sempre són vells?

—Vells, vells... En Rom té cinquanta anys.

—I no és vell, això?

—Bé, segons com t'ho miris.

L'altra reflexiona, tot projectant el fum al seu davant.

—És veritat que tu ets més gran que jo.

—No gaire més. —Es tomba de nou cap a l'aparell.— Tornaré a provar...

Manipula els botons de comandament i la ràdio s'encén, però aleshores, tot d'una, la llum s'apaga.

—Bo!

—Es deu haver fos un plom.

—On és, l'encenedor?

Busca a les palpentes, i també Clunya. Els dits coincideixen i després ensopeguen amb el petit objecte niquelat.

—No tens cap espelma?

—Un quinqué, però fa tant de temps que no l'he usat que ja no sé si hi ha petroli... Miraré els ploms.

—Els saps canviar?

—És molt senzill.

Precedida per la petita flama, avança cap al vestíbul, amb Clunya al seu darrere.

—A mi no em fa gràcia, tocar aquestes coses de l'electricitat. Pots quedar-te electrocutada.

—No pas si treus el contacte, de primer. Hi ha una clau...

Separa la cortineta rosada que amaga el comptador i, amb expertesa, descargola un dels ploms, hi atansa l'encenedor.

—Aquest està bé. Deu ser l'altre. —Repeteix la maniobra.— Doncs aquest també. Sí que és estrany... —Ho deixa tot sobre la represa del comptador.— A veure si n'hi ha a l'escala.

Obre la porta i avança fins a tocar la del costat, on hi ha el botó de l'automàtic. El pitja. L'altra diu:

—És tota la casa. Doncs mira que farem goig! Jo no tinc ni un tros de candela.

Fanny comença:

—Vols dir que... —I, sense acabar, es precipita de nou al pis, corre cap a la finestra de la saleta menjador i separa les cortines.— Mira, els del carrer també s'han apagat.

Clunya espia per damunt la seva espatlla.

—Deu ser tota la ciutat.

S'esguarden totes dues amb el mateix pensament. I és Fanny qui diu:

—Ens ho podíem haver imaginat.

L'altra es queixa:

—Això no està bé. Ens perjudiquem tots...

—Però és l'única manera de paralitzar la ciutat, no ho veus?

Clunya sospira:

—Ara només faltaria que tallessin l'aigua.

—Qui sap si no ho han fet? —Es tomba, precipitada, i a grans gambades s'encamina a la cuina.— Això ja m'empiparia més. —Obre l'aixeta, d'on surt un filet prim, sense força, que tot seguit s'estronca.— Què et sembla?

L'aixeta xiula, deixa escapar encara unes gotes, però Fanny ja es mou cap a l'armari.

—He de tenir el quinqué per aquí...

S'inclina cap als prestatges inferiors, frega una olla d'alumini, la tapadora de la qual rellisca sorollosament. Després, enretira la mà amb el quinqué.

—Mentre hi hagi petroli... Té, aguanta.

L'altra sosté l'encenedor i ella deixa l'objecte sobre el marbre que s'estén a continuació dels fogons. Clunya fa:

—I el gas?

Fanny allarga la mà, fa girar la clau de pas i tot seguit la maneta que comanda cada fogó.

—A veure, atansa-hi l'encenedor. Però no sento que xiuli.

L'amiga obeeix, passeja la flama per la vàlvula de sortida.

—Res. De tota manera, això m'amoïna poc, a mi. Tinc un fogó de carbó.

—Doncs jo, no.

Torna a apoderar-se del quinqué, deixa el tub de vidre en una banda, alça el dipòsit i el mira a contrallum.

—Encara he tingut sort. Gairebé és ple! —Torna a muntar-ho tot, toca la clau reguladora.— Encén.

El ble espurneja una mica, el foc s'agafa per un costat i després la flama, minsa i blava, s'escampa per tot el ròdol. Fanny col·loca el tub de vidre.

—També tinc una pila. Si vols, te la puc deixar.

—Sí, t'ho agrairé. Però, i l'aigua? Sense llum encara pots fer, te'n vas a dormir com les gallines. Però sense aigua...

Fanny agafa el quinqué.

—Per sort, encara plou. No tens alguna cosa, galledes, pots...?

—Per què? Si et penses que amb la pluja ho omplirem!

—A l'eixida hi ha una canal trencada. Fa mesos que estic avisant que la canviïn, perquè tota l'aigua se'n va pel forat i, quan plou, ni pots sortir. Si hi posem alguna cosa sota... Jo tinc un cossi.

—Jo només tinc galledes. Dues.

—Vés-les a buscar, doncs.

—Deixa'm la pila.

Surten de la cuina, cap a l'habitació, on Fanny remena en un calaix de l'armari.

—Em penso que ja deu estar una mica gastada... Té.

L'altra la prova, i totes dues observen la llum groga i vacil·lant.

—Més valdria que l'estalviés. Per què no m'acompanyes amb el quinqué?

—Està bé. De primer, però, posem el cossi.

Clunya es desa la pila a l'ampla butxaca de la bata i totes dues, decidides, surten de nou de la cambra, travessen el corredor per davant la cuina i continuen cap al fons, on hi ha la porta de l'eixida.

—Fes-me llum des d'aquí dins. No cal que ens mullem totes dues.

La noia es queda arran de porta i Fanny surt a la nit fosca que penja sobre patis i teulats, tots invisibles però dolçament remorosos d'aigua.

—Quin fred!

—Sí. I humitat.

Alça els ulls cap a la canal, l'aigua que baixa per la qual no té encara prou força per a sortir projectada a l'exterior, arran de safareig. Se n'escapa només un filet que, mansament, s'esmuny al llarg de la canonada d'uralita.

—Caldria que plogués més...

Però arrossega el cossi cap a sota la canal, mira després al seu entorn i, en un racó, descobreix una escombra vella. Se n'apodera i, amb el peu, fa petar la canya.

—Què fas?

Ella ja s'estira per damunt del safareig, repenja un extrem de canya en l'ample esvoranc de la canal i aleshores, amb el genoll, fa córrer el cossi, en la nansa del qual subjecta l'altre cap de l'escombra trencada. Satisfeta, diu:

—Em sembla que ho he solucionat. Fes una mica més de llum...

Inclinada, examina el dispositiu i observa que una part de l'aigua que es filtra pel forat ara es desvia cap a la canya, per on davalla fins al recipient de zenc.

—Per ara, va bé.

Empeny la seva amiga endins, penetra ràpida en el refugi del corredor i tanca. Es frega les mans.

—Quina diferència, noia!

—T'has mullat tots els peus.

—Si només fossin els peus, rai. Mira!

Li fa tocar la faldilla, xopa d'haver-se arrossegat contra el safareig, i el jersei ablanit per la humitat.

—Em vaig a canviar, no vull agafar una pulmonia. Després anirem a buscar les teves galledes, les deixarem aquí i, quan el cossi sigui ple, les posarem sota el raig. Voldria que plogués més.

—Hi ha un cel molt negre.

—No cal fer-ne cas.

Corre pel passadís, tot traient-se el jersei, i Clunya l'acompanya de nou a la cambra i després al bany, on ella deixa tota la roba penjada al sortint de la dutxa. Amb una tovallola, s'eixuga la cara plena de gotes d'aigua, es fricciona vigorosament el cos. L'altra comenta:

—Conserves la línia, noia.

—Oi que sí? —Es mira a l'espill, malament, perquè Clunya sosté el quinqué massa baix.— Llàstima d'anques, que les tinc massa sortides. —Se les toca, i riu.— Però a ells ja els agraden, així! —Se separa del mirall i passa a frec de Clunya, cap al dormitori.— Em posaré el barnús.

L'altra, tot seguint-la, fa:

—Si en Rom no ha de venir, podríem dormir plegades...

—Que potser tens por, tota sola?

—Dona, por, allò que se'n diu por...

Però aleshores totes dues miren cap a l'obscuritat de més enllà de la cambra, perquè a l'altre extrem de pis s'acaba de sentir una porta. Fanny riu:

—A fe que has estat oportuna! Deu ser en Rom.

Surt cap a fora, amb el barnús encara sense lligar. La veu de l'home ja crida:

—Fanny...

—Rom... No t'esperava.

L'home avança mig a les palpentes, seguint el fil de llum que s'escapa del dormitori. Després s'atura.

—Noia!

Allarga les mans amb el rostre enriolat, però ella gairebé no li dóna temps de palpar-li les sines.

—Tu! Hi ha la Clunya...

Se subjecta el barnús i Rom mira cap a la porta del dormitori.

—Hola, Clunya.

—Hola, Rom.

Fanny interroga:

—Com és que has vingut? Plovent i amb els carrers tan pelats... No tenies por que et diguessin res?

L'home s'arronsa d'espatlles, explica:

—Encara respecten els qui van en cotxe. —Es treu el barret, d'on expulsa unes gotes d'aigua, es lleva l'abric i ho deixa tot sobre el sofà.— Veig que també us heu quedat sense llum.

Clunya avança més, reposa el quinqué en un cap de taula.

—Ja me'n vaig, jo...

—Tens la pila, oi?

—Sí.

—Fins demà, doncs. Ah!, i les galledes? —Es tomba de nou a l'home, maquinalment li toca les solapes de l'americana.— També ens hem quedat sense gas, i sense aigua.

—Era de preveure.

—He posat un cossi sota la canal. —Torna a la seva amiga:— Porta-les, les galledes. O vinc jo, si vols...

—No cal, ja les duré... —Es treu la pila de la butxaca i camina cap al rebedor.— Les deixaré a tocar de la porta, eh? No cal que us torni a molestar...

Rom s'asseu al sofà, prop d'on ha deixat l'abric i el barret.

—Ja saps que no molestes, Clunya. On és, en Jaus?

—És fora. Havia de tornar demà, però ara, amb tot això, qualsevol ho sap. —Torna a caminar, encén la pila.— Bé, que us divertiu. Ja ens veurem demà, Fanny.

—Sí. Deixa les galledes.

—Sí. Bona nit.

—Bona nit, noia.

Escolten després la remor de la porta que s'obre i dels passos que s'allunyen pel replà. Rom allarga les mans, subjecta les de la noia, però ella fa:

—Espera, penjaré tot això.

Recull el capell i l'abric i s'ho enduu tot cap al vestíbul, des d'on explica:

—Hem pogut escoltar una ràdio estrangera... Diu que hi ha hagut morts i ferits?

Rom s'aixeca i s'atansa al radiador encastat a la paret, fa girar una mica la clau.

—Morts, no ho sé. Ferits, sí. Precisament ens han ferit la criada, a nosaltres.

Ella torna a entrar.

—De debò?

—Sí, ahir. No hem pogut saber què va passar... És a dir, què devia fer ella perquè l'agredissin. El cas és que van foradar-la. És a l'hospital.

—I ho va fer la policia?

—Sí. És una noia molt decidida i que no té pèls a la llengua. Si molt convé, els en va dir quatre de fresques, i... —Fa un gest amb les mans, obre els braços.— La dona l'ha anat a veure i sembla que està greu. Què deia la ràdio?

—Fora d'això dels ferits i morts, res que no sabéssim. Que en Domina no sap què fer.

—Tant de bo ho encertessin!

Ella s'asseu al seu costat, plega el barnús sobre les cames.

—Com et sembla que acabarà tot això, a tu?

—No ho sé. En Domina sempre ha tingut cops amagats. Després, mentre les forces d'ordre públic li siguin lleials... Dóna'm alguna cosa per beure.

La noia s'aixeca amb un salt.

—Ah, sí, perdona! —S'inclina cap al moble bar, d'on treu dues copes i una ampolla.— Conyac?

—Potser un whisky...

—No tinc aigua, eh?

—No hi fa res.

Esguarden cap a l'ombra del vestíbul, on se sent una remor de galledes.

—És la Clunya.

La noia crida:

—Bona nit!

I aleshores tanca la porta, de cop.

—Avui m'han dit que entre els oficials hi havia un sector molt descontent... Ja deus saber que els han encarregat funcions de policia?

—Sí, diuen que sí. Gaire?

—Com? Ah, tres dits, de moment... Doncs no els agrada. De fet, el Jutge pot haver comès un error... un error psicològic. —Recull la copa que ella li allarga.— Gràcies. I dic que pot, perquè sembla difícil de creure. Fins ara, mai no n'havia fet cap.

—Qui ho ha dit! Si ningú no està content... La ràdio ha recordat que fins i tot entre els seus antics partidaris molts li havien girat la cara...

Ell beu un glop, deixa la copa sobre la taula.

—Però ha sabut afalagar sempre les forces que comptem: exèrcit, policia, financers... També l'Església. En principi, encara té tots els trumfos a la mà. Ara que, com tothom, també es fa vell i perd facultats. Potser sí que això és el començament de l'acabament. Tinc els meus dubtes, però...

Ella se li asseu al costat, riu:

—Derrotista!

—Això és un parlar entre tu i jo. —Reflexiona, somrient per sota el bigoti.— En el fons, hi dec confiar més que no em penso. M'he passat la tarda al despatx, preparant la publicació de tres o quatre llibres que mentre en Domina sigui al poder no podrem editar mai. Ja ho veus!

—Llibres de polítics?

—Només un. Els altres, llevat d'un assaig de caràcter social, són obres d'imaginació, novel·les.

—Ah! Però és que encara quedaven autors per a escriure obres inconformistes?

—I tant! —Torna a beure, riu.— Fa anys que gairebé només s'escriuen obres inconformistes, i moltes fins i tot es publiquen. El que passa és que gairebé ningú no se n'adona... Vull dir que tothom ho troba natural, fins i tot, i això és el més curiós, els partidaris de l'ordre establert. S'han acostumat que pràcticament tothom que pensa amb un mínim d'honestedat estigui, d'una manera o altra, en contra. —Li posa una mà sobre la cuixa.— La situació, si hi reflexionem, és ben paradoxal: l'administració Domina admet i troba normal que la gent estigui en contra, però al mateix temps pretén que és l'única capaç de donar un sentit a la nostra vida, d'unir-nos en una empresa comuna...

Ella el mira, també riallera.

—I té raó! Si no ens hagués sabut unir, ahir i avui la gent no s'hauria quedat a casa.

Ell es queda un moment molt quiet i l'esguarda amb atenció; després afirma amb el cap.

—Sí, és ben cert. No tens res de totxa, noia. —Fa remuntar la mà per la cuixa.— Ni de lletja, tampoc.

—Oi que no?

—No, gens. —Amb l'altra mà li desboca una mica el barnús.— I perquè ets bonica i llesta ja deus haver comprès que no he vingut pas a parlar d'en Domina...

—Hi ha temps per tot.

—Sí. De vegades... —L'atreu contra seu, amb les mans sobre la pell càlida.— D'altres cops, però, no... Oi que ho entens?

Ella li mossega l'orella amb els llavis.

—Sí.

TERCERA JORNADA

15

El silenci de la plana per on la dona els guiava s'obre en un sot voraç, per on cau.

—Raura!

Però ja ha perdut la mà i la presència i, nerviosament, amb un sobresalt que li afecta tot el cos, es desperta.

El cotxe és fosc i el tren s'ha immobilitzat. Més enllà de la finestra, escrupolosament tancada, distingeix la tossa dels edificis, foscos també, i, a tocar de la sortida, tres o quatre siluetes que es retallen contra el cel vagament esclarianat. Ja no plou.

El silenci del cotxe el sorprèn i, amb els ulls a poc a poc acostumats a la penombra, examina els seients propers i després, tot aixecant-se, els altres compartiments separats del seu per un envà de fusta tallat a l'altura del pit.

—Com pot ser?

La dotzena de viatgers escampats pel cotxe ha desaparegut i totes les xarxes portaequipatges són buides. Indecís, abaixa el vidre de la finestra, s'aboca a l'exterior.

No, no han arribat. L'estació és menuda i descoberta i, darrere, hi ha només un agrupament de construccions baixes, de poble. El rètol indicador, mig despintat, és il·legible.

—Ei, vostès!

El grup sencer es tomba a mirar-lo i un dels homes se'n separa, avança cap al costat del tren.

—Passa alguna cosa?

L'home, de primer, mira cap als altres, que l'han seguit més a poc a poc; després diu:

—Devíeu dormir, oi?

—Sí, m'he endormiscat una mica.

L'altre mou el cap, i els de darrere riuen.

—Devíeu dormir, i molt fort. Ens quedem aquí.

Sense reflexionar, fa:

—No pas jo.

—Tots. Maquinista, fogoner, revisor... Tots han abandonat el tren. —Amb la mà, assenyala cap a l'edifici.— I a l'estació tampoc no hi ha ningú.

Ell reacciona lentament.

—On som?

—A Brètia, a vint quilòmetres de la capital.

—I els altres... l'altra gent...?

—Molts se n'han anat a peu. Però encara en queden alguns a la sala d'espera.

Sense contestar, Job retira el cap, s'incorpora i allarga la mà cap a les dues maletes. Després, amb lentitud, perquè pesen, recorre el passadís fins a la plataforma. Quan salta, veu que els altres no s'han mogut del costat del tren.

—No hi ha cap cotxe?

Un dels tres de la rereguarda, un home gros, contesta:

—No hi ha res. Ni cotxes, ni llum... ni ningú a qui reclamar.

El qui ha parlat de primer pregunta:

—Sou viatjant, potser?

—Sí.

I es mira les maletes, amb disgust.

—Jo també. De la casa Clais, de sabateria.

—Jo dels teixits Sete. No hi ha cap hotel o fonda, en aquest poble?

Un dels altres, alt i molt abrigat darrere una bufanda vermella, puntualitza:

—De fet, hi és. Dues fondes, hi ha. Però no volen obrir ningú.

El quart, secardí i protegit per un abric amb cinturó, es queixa:

—Encara em fan mal les mans de trucar-hi!

El viatjant de la casa Clais diu:

—Més val que deixeu les maletes a la sala d'espera. Tornarà a ploure.

Job s'ajup per tal de recollir-les, i tots cinc avancen cap als edificis foscos.

—I algun garatge...? Podríem llogar un cotxe, sense xofer. Jo tinc permís de conduir.

—També ho hem mirat.

Ell s'atura.

—Si que heu tingut temps de fer coses!

El viatjant i el gros riuen. El primer explica:

—Ja us he dit que devíeu dormir com un tronc. Fa més de mitja hora que ens hem aturat.

Ell torna a deixar una maleta a terra, es mira el rellotge.

—Les set, gairebé... —I, mentre s'ajup de nou:— Comprenc que el personal de ferrocarrils se solidaritzi amb tota la població. Jo mateix, i suposo que vosaltres també, tornava a casa abans d'haver acabat el meu recorregut, només per ajudar, per ser un més... Però aquests carallots podien haver arribat a la ciutat per no perjudicar ningú...

El gros diu:

—Potser viuen aquí.

—Tots?

—Sí, és clar, seria massa casualitat.

El secardí fa:

—Té raó. Són ganes de tocar-te la pera.

Job entra a la sala d'espera, però s'atura encara, perquè l'obscuritat, més pronunciada, i el murmuri de veus, el sobten desagradablement. L'altre, darrere seu, indica:

—Podeu deixar-les amb les nostres.

—No hi veig gota.

—Veniu.

I, en el silenci que s'ha fet, el mena per la mànega cap a un racó, on ensopega amb alguna cosa.

—Compte, que hi ha un banc! No encenc cap llumí perquè només me'n queden dos.

—Jo en tinc una capsa sencera.

—Ah, bé!

Sent que rasca, i tot seguit les tenebres exploten abans d'endolcir-se. Al seu davant hi ha un amuntegament de maletes i cap a l'altra banda pot distingir dues dones i un vell asseguts a tocar de l'angle de la paret. Més ençà, una altra dona, amb dues criatures que dormen, el mira des del costat d'una parella granada.

—Job!

Del fons de tot, on la claror de la flama no arriba, s'aixeca un home que avança ràpidament.

—Job... M'ho semblava, que eres tu. Per la veu...

El llumí s'apaga, però ell ja ha tingut temps d'identificar les faccions afilades i estranyament envellides.

—Jurt!

Es busquen les mans a les palpentes, encaixen en la fosca.

—Que poc pensava en tu!

—Venies amb el tren?

—Sí. És estrany que no ens haguéssim vist...

—Devies anar en un altre cotxe.

El viatjant de la casa Clais pregunta:

—Un altre col·lega?

—No, un amic de la infància. Jurt Nadia, professor...

L'altre es presenta:

—Omi Subar.

—Encantat. Perdoneu que no us doni la mà... prou que m'ha costat trobar la de Job!

Tots tres riuen en el silenci de la sala d'espera, perquè les veus no han represès i tothom sembla atent a la conversa. Job diu:

—Carall de Jurt! On vius, ara?

—A Ille. Vaig aconseguir una càtedra a l'Institut, ja fa anys.

—Casat?

—No, no! Tu sí, et vas casar jove...

—Sí... i la Guida?

L'altre vacil·la un moment.

—Bé, la Guida...

El viatjant toca Job pel braç.

—Vaig a veure què fan aquests amics...

—Nosaltres ens quedem aquí, oi, Jurt? Fa fresca, fora.

L'altre deixa escapar una rialleta.

—Però és estimulant, l'aire.

I s'allunya cap al rectangle de la porta, més enllà de la qual els altres tres, molt junts, formen una massa única i negra on pampalluguegen tres espurnes de foc, les cigarretes. Jurt diu:

—Seiem.

Amb els dits, van palpant fins que troben el banc i un moment després s'han refugiat darrere l'amuntegament de maletes. Ell pregunta:

—Li passa alguna cosa, a la Guida? No es deu pas haver mort...

—No... Recordes que festejava amb en Vintila?

—No el coneixia, jo. Tu m'ho havies dit.

—Sí. Doncs ell sí que es va morir. Desgraciadament... En fi, ell i la Guida havien avançat les coses i ara tinc un nebodet.

—Ah! Em sap greu haver preguntat.

—No; per què? És clar que no és agradable... Tu no tens fills?

Ell s'escura la gargamella.

—La meva dona i jo estem separats. Ja veus que totes les famílies passen pels seus maldecaps.

—Sí, és veritat... No teníeu un bar?

—Ella. Encara el té.

—Ja comprenc, un bar...

Ell li posa la mà sobre la mànega.

—No és el que et penses. És una bona noia. Simplement, no ens avenim, mai no ens hem avingut, i per això vam decidir plegar. Tot d'una manera molt amical, no et creguis. —Fa una petita pausa, enretira la mà.— De fet, quan sóc a ciutat, ens veiem sovint. Ja sé que a un altre li ha de ser difícil d'entendre, però el cas és que ens estimem.

—No, no és difícil...

Job mira cap a fora, on el petit grupet s'ha fet fonedís.

—De vegades, ni jo mateix ho entenc. És clar que tu sempre has estat un estudiós de la naturalesa humana, del caràcter... Encara ensenyes psicologia?

—Sí, entre altres coses.

El sent butxaquejar.

—Fumes?

—No, ho he deixat.

L'altre encén una cigarreta i els grups que omplen la sala tornen a sortir dels reductes d'ombra, tots muts.

—Heu plegat, també?

—Com dius?

—A l'Institut...

Jurt deixa caure el llumí per terra, però la brasa de la seva cigarreta assenteix.

—Vam plegar ahir. És a dir, no tots, perquè el director i dos més... Si això falla, ja puc dir adéu a l'ensenyança. Ara que, no et pensis, no em sabrà greu. Fa molts anys que sé que vaig fer una equivocació. Jo i molts d'altres... Mai no havia d'haver acceptat aquesta càtedra.

Job continua silenciós, amb les dues mans entre les cuixes per tal d'escalfar-se els dits que es refreden. L'altre prossegueix:

—No se t'ha acudit mai que si des de bon principi tots ens haguéssim negat a col·laborar, cadascú en la seva esfera i segons les seves capacitats, les coses no haurien arribat a l'extrem on han arribat?

—Potser sí.

—Aquest moviment d'ara ve amb quinze anys de retard. Quan la ciutat està pràcticament arruïnada, quan ja s'ha fet gran una altra generació, la que compta... La que hauria de comptar, vull dir, perquè el fet és que és una generació sense nord, embrutida per consignes estúpides, adormida pel poder hipnòtic d'unes paraules buides, repetides dia rere dia... Ara serà molt difícil de redreçar-nos. Nosaltres, els vells, ens hem encarcarat una mica, com era inevitable, i continuem pensant en termes de vint anys enrere, en termes que han perdut vigència... La ciutat, en mans nostres, gairebé no té salvació. Hem de resoldre un problema desproporcionat a les nostres forces...

Ell inclina el cap, encreua les cames, sense treure's les mans d'entre les cuixes.

—No sé... Però què podíem fer, quinze anys enrere? No sabíem com havia d'anar tot.

—Digues que no ho sabies tu. Ni jo, si vols. Però ho havien de preveure tots els professionals de la vida pública. No podien ser tan cecs que no s'adonessin que de sobte tot començava a enfocar-se amb una mentalitat reaccionària, enemiga del progrés. Fins i tot una administració honesta, en aquestes condicions, havia de dur conseqüències funestes. Però ha calgut que ens sentíssim personalment lesionats en els nostres interessos perquè ens decidíssim a fer causa comuna, com ara.

L'estrella vermella de la cigarreta resplendeix violentament, i la sentor acre del fum que s'escapa de la boca del seu amic fereix les pituïtàries de Job.

—Ara que estem enverinats i corromputs, també. Perquè no es pot viure impunement anys i anys al costat d'un cadàver. Que és el que ha estat l'administració Domina, un cadàver immens que ens ha anat emmetzinant amb els seus miasmes. Qui sap si una glopada d'aire pur no ens matarà!

Job es gira amb un moviment viu.

—Aleshores, què? Calia potser continuar fent cos amb el cadàver?

—No, això no. L'únic que et vull dir és que no sé veure una sortida clara a la situació que es planteja. Perquè no n'hi ha prou que tot d'una el poble s'alci contra un ordre establert. Els moviments de caràcter negatiu no menen enlloc si no duen un ferment constructiu, una voluntat de bastir sobre les runes, una voluntat traduïda en un programa més o menys precís. És clar que aquest és un problema mundial. La tragèdia dels nostres dies és que no tenim res amb què substituir els valors d'una civilització que reneguem. I en dir res, vull dir que estem desil·lusionats. Vivim en una mena de terra de no ningú, entre allò que ha estat, deficient i esclavitzador, i una nebulosa que no sabem com dissipar. És com si tot d'una haguéssim arribat en un cul-de-sac. Sabem que no és possible de prosseguir per aquest camí, però no acabem de descobrir-ne cap més. Només sabem dir: no! no! I això sol ja esgota les nostres energies...

Job es belluga, inquiet.

—És possible. No he analitzat la situació d'una manera tan precisa. Potser perquè no és la meva missió.

—Error, error! Són moltes estelles que fan un foc... En realitat, fa anys que ningú no en té altra, de missió: buscar la sortida. Però no podrem trobar-la sense una anàlisi de les condicions actuals. I, com dic, potser ni així no... —S'interromp, i també Job alça el cap.— Què és, això?

De fora, del moll de l'estació, els arriba un soroll de cops violents, una remor de veus excitades. Algú, una massa més densa que l'obscuritat ambient, travessa per davant d'ells, i després poden veure que és el vell que seia amb les dones.

—Semblen baralles...

Salta sobre els seus peus, seguit de Jurt, i tots dos corren cap a la porta, on gairebé ensopeguen amb la parella granada que també es precipitava enfora i amb el vell que torna a entrar.

—Perdó...

El vell diu:

—Estan rebentant una porta!

Però ja han sortit fora, i poden veure el viatjant i els altres tres homes que, ara més silenciosos, manegen una barra introduïda entre les juntures d'una porta de dos batents.

—Què feu?

Un d'ells, amb la veu excitada, explica breument:

—És la cantina.

El viatjant de la casa Clais ordena:

—Tornem-hi!

Introdueixen una mica més la barra i després tots quatre fan força cap a la paret.

—Més avall, arran de pany.

El gros, sense treure la barra, va orientant-la en sentit vertical. Diu:

—Potser ho fem al revés. Si estiréssim cap enfora forçaríem l'altre batent...

—Provem-ho.

Les vuit mans subjecten estretament la barra i el viatjant canta:

—A la una... a les dues... a les tres!

Forcegen tots quatre i a l'altra banda de la porta, esmorteït, se sent un estrèpit de cristalls. Els homes s'immobilitzen.

—Hi devia haver una vidriera...

—Probablement. Però el pany ja ha començat a cedir.

L'home gras, amb tot el seu cos, pitja per introduir encara una mica més la barra i després s'eixuga el front amb el dors de la mà.

—Som-hi!

Ara, llevat de la dona amb els infants, tothom ha abandonat ja la sala d'espera, i una de les companyes del vell pica de peus per tal de fer-se passar el fred. L'home comenta:

—No ho diu pas, que sigui la cantina...

Els altres no li'n fan cas, estiren tots quatre alhora, com quatre ocells grotescos i desmanyotats en la pressentida claror del cel encara núvol i amenaçador.

—Més!

Respiren a fons, fan un vaitot, i de cop tots quatre reculen precipitadament andana enfora, enduts pel seu propi impuls, mentre el pany salta amb un espetec. La barra cau a terra, sorollosa.

El viatjant, satisfet, diu:

—Sí, senyor!

—I ben mirat, per què?

Tots es tomben a mirar Jurt, fins i tot aquelles persones que ja iniciaven un moviment cap a l'interior del local. El de la bufanda vermella pregunta:

—Què voleu dir?

—Que no estic segur que hàgiu procedit correctament.

El viatjant salta:

—Vós no heu fet res. Tota la responsabilitat és nostra.

—No ben bé. Fins a cert punt, tots som còmplices d'aquest acte de vandalisme.

—I ara se us acudeix de dir-ho? Podíeu haver parlat abans!

Jurt, amb la cigarreta a la boca, entafora les mans a les butxaques de l'abric.

—Potser és que no penso prou de pressa. De moment, no se m'han acudit totes les implicacions...

—Quines implicacions? Teniu por del que pugui passar?

—No, ja sé que ningú no ens ha de dir res.

—Doncs!

Una de les dones que van amb el vell, fa:

—Si la companyia ens ha abandonat en aquest racó de món, és natural que nosaltres mirem de defensar-nos.

L'home granat li fa cor:

—Té raó. Aquí hi deu haver menjar i beure. No hem de dejunar pas.

Jurt es treu la cigarreta de la boca.

—Però... és que ningú no s'adona que, amb aquest acte, ens posem al mateix nivell de la mentalitat que estem combatent?

Una altra de les dones exclama:

—Que parli més clar!

Job explica:

—Tots sabem que, en molts llocs, la policia i els soldats han procedit a esbotzar les portes dels establiments tancats, que han violat les llars i...

—No hi sé veure la relació.

Job es tomba cap al seu col·lega.

—Ja sé que la finalitat és distinta, però els procediments són els mateixos. Això és el que volia dir el meu amic.

L'home escanyolit, sorneguer, fa:

—Si us amoïna que atemptem contra la propietat privada...

—No és això. I, al capdavall, tampoc no és ben privada, aquesta. L'empresa de ferrocarrils és un servei públic...

Jurt es torna a ficar la cigarreta a la boca.

—Vull suposar que tots, per molt que ens hagi perjudicat la defecció del maquinista, que podia haver-nos portat fins a la capital, estem d'acord en una cosa: que l'administració Domina ja ha fet el seu temps.

L'home de la bufanda vermella protesta:

—No fem barreges!

Però Jurt prossegueix:

—I que estem decidits a mantenir-nos en una actitud de resistència passiva...

El vell mastega:

—Jo no em fico en res!

Jurt el fita intensament i després passeja la mirada per les cares dels altres viatgers.

—Potser m'he equivocat. Potser m'ha passat per alt que entre nosaltres hi ha persones que aproven l'actual situació i no simpatitzen per tant amb els qui ens disposem a sacrificar, si cal, alguna cosa a benefici d'un futur millor i més digne...

La mateixa dona que havia protestat de primer exclama:

—Què diu? Que potser és un mestre tites, aquest?

Job se li tomba.

—Un professor, senyora.

—I per això no pot parlar com tothom? No sé per què ha de fer discursos...

Jurt la talla:

—Permeti... Ens hem reunit a l'atzar, no ens coneixem, i cadascú de nosaltres ignora la manera de pensar dels altres. Potser valdria més, doncs, que aclaríssim les posicions respectives.

El viatjant de la casa Clais fa un pas endavant.

—D'acord, sempre és convenient aclarir posicions i saber amb qui tractem. Però confesso que per la meva banda continuo sense veure quina relació hi ha entre tot això i el fet que hàgim rebentat el pany de la porta de la cantina.

—Hi és, us n'adonareu de seguida. Per això proposo...

Una altra de les dones l'interromp:

—Si és molt llarg el que heu de dir, potser faríem bé de tornar a la sala d'espera o d'entrar aquí. Fa fred.

Ell sacseja el cap.

—No. Acabarem en un moment. Proposo que tots aquells que simpatitzen amb l'actual campanya de desobediència civil, aixequin la mà.

L'altra dona pregunta:

—I què és això de desobediència civil?

—És el que estem fent des de fa tres dies, senyora. És aquesta resistència passiva en virtut de la qual la gent ha abandonat els seus llocs de treball i...

—Ah, ja ho entenc!

—Molt bé. —Torna a mirar-los a tots.— Els que simpatitzen, doncs, amb aquesta campanya, que aixequin la mà.

Job, el viatjant i els altres tres, gairebé ni esperen que acabi. Més lentament, els imita la parella granada.

—Vostès, no?

El vell contesta per elles:

—Nosaltres no ens volem barrejar en res.

—Però no estan en contra?

—Ni a favor ni en contra.

—Perfectament. De tota manera, som majoria.

El viatjant es frega les mans, enèrgicament i distret.

—Molt bé, ara ja hem definit posicions. Què més?

Jurt es treu per darrera vegada la cigarreta de la boca. Llença la punta a terra.

—Ara estic segur que tots vostès em podran entendre i m'aprovaran quan els exposi el meu punt de vista. El resumiré en dues observacions. Primera: que l'ús de procediments emprats per l'enemic ens equipara moralment amb aquest enemic i, en conseqüència, debilita les nostres posicions. Tenir raó, ser millor, no és una qüestió de força bruta, sinó...

Job el toca pel muscle.

—Jurt...

L'altre somriu.

—Sí, confesso que tinc una tendència a sermonejar... L'altra observació és aquesta: cal que evitem per tots els mitjans possibles que aquesta resistència passiva es desnaturalitzi per culpa d'impaciències, malhumors o circumstàncies momentàniament desavantatjoses. —Fa una breu pausa i prossegueix:— Si ara nosaltres, després d'haver rebentat aquesta porta, entrem a sac entre les existències de la cantina, ens fem culpables d'un acte violent que ens compromet i compromet la nostra lluita.

L'home gros es toca el nas, un xic perplex.

—Un episodi tan insignificant, una cosa tan...

Jurt se li tomba, ràpid.

—Sí, teniu raó. És un episodi mínim que té lloc entre una dotzena de persones perdudes en un racó de món. Ningú no n'ha de saber res, fins i tot us concedeixo això. Però no som nosaltres sols. Ací i allà, pertot arreu, hi ha petits grups, alguns probablement encara més reduïts que el nostre, enfrontats amb temptacions molt semblants. Ara bé, si cadascun d'aquests grups es diu que allò que ell faci no té importància, perquè és un acte aïllat, sense pes en el conjunt de les coses, al capdavall ens podem trobar que la societat sencera s'ha separat d'una norma de conducta que considerem desitjable perquè és l'única que ens posa moralment per damunt del nostre enemic, l'única que ens pot proporcionar una victòria digna...

El viatjant reflexiona:

—Em sembla que ho he entès... Però a fe que parleu d'una manera...! Voleu dir, si no m'equivoco, que cada grup ha d'actuar com si del seu fer depengués aquesta victòria o la derrota. O sigui, exemplarment.

Jurt somriu.

—M'heu entès molt bé.

L'home granat s'escura la gorja, tus una mica.

—Tots, us hem entès. Tampoc no som tan ignorants...

El de la bufanda vermella, cellajunt, com si fes un esforç, exposa:

—Ara, el que falta, és que en cada grup hi hagi algú com vós per a encarrilar les coses degudament...

Job afirma, convençut:

—Per sort, aquí tenim aquesta persona. I, per nosaltres, és com si la tingués tothom. —Esguarda francament els reunits.— Què us sembla si miréssim de tornar a tancar la cantina?

El vell, gratant-se la closca, diu:

—Potser us podria ajudar. Jo sóc manyà.

Tots riuen, desbordants. El viatjant acaba:

—Apa, doncs! Avui és un gran dia...

16

Cautament, Fama surt al replà i, sense fer gens de soroll, atreu la porta cap al muntant; aleshores deixa anar el pany que aguantava amb la clau i, satisfeta, tomba cap a les escales.

Del pis del costat surt una remor de plats i, més al fons, algú parla amb un deix irritat. Però ella ni escolta. Lleugera, comença a saltar graons avall, fins a l'entrada.

La porta del carrer és despanyada des de la tarda abans i dos vidres trencats deixen filtrar un xic d'aire, precursor de la fresca del carrer. Fama es limita a encongir una mica el coll entre les altes solapes de l'abric, i surt.

No es veu ningú i, en tota la calçada, només hi ha dos cotxes i un gros camió. Les botigues són unànimement tancades, algunes de qualsevol manera, amb les portes mig penjades de les frontisses. Fama apressa el pas.

En arribar a la cantonada, sorprèn una dona que desapareix cap a l'interior d'un portal que no ha sofert cap ofensa, ja que el vandalisme dels soldats, ahir, va limitar-se a la part baixa del carrer, i després torna a trobar-se sola en una ciutat deserta i desconeguda.

Salta a l'altra vorera i inicia un petit trot que la duu fins a la cruïlla. Entre les vies hi ha un tramvia abandonat i més amunt, espectacle insòlit, una portera escombra el davant d'un edifici alt, de pisos. El seu taloneig li fa alçar la cara, però després, indiferent, la dona torna a la seva tasca.

Fama, debades, fa per manera de reduir les dimensions del cos ben empresonat per l'abric i, sense adonar-se'n, un xic inclinada endavant, comença a esmunyir-se ben arranada a les cases. La soledat i el silenci tallen com el fil d'una espasa.

Tomba a l'esquerra i avança pel carreró que mena a l'avinguda de sota. Les construccions, aquí baixes i modestes, són també tancades, però darrere les portes se senten crits d'infants, converses d'adults i alguna rialla. Ella sospira i alenteix una mica el pas, acompanyada per les remors familiars.

La quietud, més opressiva encara, torna a sobtar-la en desembocar a l'avinguda. La calçada, ampla i grisa, recull la claror somorta de primeres hores del matí i la transforma en una reverberació crua i pàl·lida, hostilment distant.

Ella corre cap a l'altre extrem per sota els plàtans, que han perdut l'ombra, i, gairebé recelosa, s'endinsa pel passatge cobert que s'obre com la gola d'un animal fabulós.

Frega les parets escrostonades i viscoses, perennement humides, on algú ha repetit tres vegades, en lletres discretes: «És molt senzill: quedeu-vos tots a casa», i en arribar al capdavall, corrent de nou, desemboca altre cop sota la llum aplomada. Aleshores només li cal traspassar i empènyer la porta de fusta, alta i estreta, que s'insereix en la llinda de pedra gastada.

L'escala és fosca, com sempre, i ella puja amb precaució, la mà a frec del mur color d'oliva, però sense tocar-lo. En arribar al primer replà, respira feixugament, tot donant un cop d'ull distret al pati que s'eixampla a l'altre costat de la finestra reixada, on mai no ha vist vidres.

Després, gairebé de puntetes, puja l'últim tram, al darrer graó del qual alenteix encara la marxa, perquè busca la clau del pis, perduda entre els menuts objectes que omplen el portamonedes.

Obre amb una petita remor de metall i, quan ha retirat la clau, s'encara amb el vestíbul fosc i nu, que, sense transició, es perllonga cap al corredor on badallen dues portes.

Distretament, toca l'interruptor, fa un gest de contrarietat i es mou cap a la primera cambra, on hi ha el bany. Allí, sota una claror pobra, filtrada per la claraboia, es mira a l'espill, es treu l'abric i el penja darrere la porta. Es redreça amb un somrís que es dedica a ella mateixa, es toca els botons del vestit com si anés a descordar-se'ls, però després sembla renunciar al seu gest i, altre cop a les fosques, avança cap al fons, on el dormitori també és obert.

Amb els dits, palpa el muntant, la porta, i aleshores va seguint arran de paret, fins a la finestra, on entreobre un finestró. L'home, abrigat de cap i tot, bleixa lentament i alt en la seva dormida.

Fama somriu de nou, travessa cap a l'altra banda i, en silenci, es treu el vestit que abandona en una butaca, on ja hi ha altres peces desordenades. Es descalça i, sempre dreta, acaba de despullar-se sota el pàl·lid raig de llum. Seguidament, fredolica, s'esmuny al costat de l'home.

El bleix sembla afeixugar-se, però després, quan el toca amb les mans glaçades, la remor s'apaga, el cos es contreu sota els llençols. Ella avança els llavis.

—Feli...

L'home belluga una mà i uns dits ardents, lleugerament entresuats, reposen gairebé inconscients sobre la seva carn.

—Fama...!

Tot d'una rebutja els llençols, els dits s'animen i li enceten la rodonesa dels pits, tot el cos es desplaça en la penombra de la cambra, l'abraça, i els llavis s'esclafen, amples i goluts, contra la boca entreoberta.

—Nena...

Ella li talla les paraules amb els seus petons, el prem contra seu i mou les cames. A poc a poc, deixa que reposi en la seva intimitat, profund i poderós, ara tot despert i viu, i tots dos s'estimen, greus i concentrats, llargament.

Quan obre els ulls per mirar-lo, li somriu des de la seva carn, i una mà s'allarga per tocar-li la cara, els cabells caiguts sobre el front, les orelles una mica massa grosses. Ell la besa encara una vegada.

—Com t'ho fas per ser tan bona, Fama?

—I tu?

Feli es deixa caure cap a un costat.

—Però has estat imprudent de venir...

—Per què?

—La policia et podia molestar, pel carrer. No has trobat cap patrulla?

—No. Tot està pelat i desert. —Se li tomba, mig abraçant-lo de nou.— Feli...

—Què?

—Encara et fa il·lusió, estimar-me?

Ell se separa una mica i l'esguarda amb una expressió sorpresa.

—Que no ho has vist?

—No vull dir això. Ho hauries fet amb qualsevol dona que s'hagués ficat al teu llit...

Feli arruga el front.

—On vols anar a parar?

Ella desvia els ulls, joguineja amb el seu braç, li acaricia els pèls negres i fins.

—De seguida parles d'altres coses...

—Perquè he dit això que et podien haver molestat?

—Abans, només parlàvem de nosaltres.

—I no és parlar de nosaltres, això?

—Vull dir d'una altra manera...

—He dit que et trobava bona, oi?

Ella continua allisant-li el borrissol de l'avantbraç.

—Sí, ja ho sé. —Els dits es tanquen sobre la pell.— Si fos lliure, et casaries amb mi?

Ell, sobtat, vacil·la un moment, però a la fi diu:

—No et sembla que és una pregunta ociosa? No ets lliure.

—Però les coses poden canviar. Si aquest moviment triomfa i en Domina se n'ha d'anar...

La boca de Feli es contreu en una ganyota despectiva.

—Tu hi creus, en això?

—Hi creu tothom.

—Qui és, tothom? El teu marit?

Ella enretira la mà.

—No cal que ho diguis així!

—No ho dic de cap manera. —Ara és ell qui la toca, mentre es va incorporant.— Escolta, Fama... Tot això és insensat, una cosa sense cap ni peus. En Domina pot resistir perfectament aquesta crisi i cinquanta més que se'n presentin. Només li cal esperar una mica. El criteri de la gent que sap el que es diu és que, mentre tingui les forces d'ordre públic al seu costat...

—Però és que potser ja no les hi té. En Clori diu...

—Deixa estar el que digui en Clori! Trobo que per ser que voldries deixar-lo, fas molt cas de les seves opinions.

Ella replega una mica les cames sota seu.

—No m'has deixat acabar. Anit, quan va tornar d'assajar, cap a les tres de la matinada, em va dir que la mateixa policia començava a secundar el moviment de la població.

Els ulls de Feli gairebé espurnegen, burletes.

—Ah, sí? I què sap, ell?

—A la companyia hi ha una noia que és germana d'un policia.

—I què? Perquè dues dotzenes de ximples hagin perdut la serenitat...

—Potser no són dues dotzenes. Ja t'he dit que no havia trobat cap patrulla, quan venia.

—És una casualitat.

—Potser sí. Però ahir, i sobretot abans d'ahir, no es podia fer un pas sense veure'n una colla. Sembla que aquesta noia diu...

—Tu t'ho creus tot.

—I tu no et creus res. Això és el que m'amoïna de tu. Després, sempre t'agrada de dur la contrària...

—És clar, quan no estic d'acord amb tu, és perquè m'agrada de dur la contrària. No se t'ha acudit mai que també jo podia tenir la meva opinió?

—No he dit... —Però s'interromp, replega les cames.— Fa fred... No sé com pots dormir amb tan poca roba.

Ell assenyala.

—Hi ha una manta, si la vols.

—Em sembla que sí.

Rebutja els llençols cap a una banda i, àgil, salta del llit amb un sol moviment del cos. Per sobre l'estora, corre cap als peus del llit, on obre la porta de l'armari. Aleshores es mig gira:

—És aquesta?

—No n'hi ha cap més.

La recull i torna cap al costat del llit, on la desplega amb quatre gestos experts. Aleshores alça els ulls, sol·licitada per l'esguard de l'home.

—Què mires?

—És que m'agrada de veure't amb aquest vestit.

Allarga una mà per tocar-la i li acaricia els malucs, les natges. Ella somriu pàl·lidament.

—Tant com abans?

—Sí; sempre m'agrada.

Però Fama rebutja la mà, s'inclina.

—Deixa'm tapar, que tinc fred.

Ell l'acull contra seu, riu sense convicció.

—Tan bona noia que series si no volguessis discutir sempre.

La dona plega les mans al seu davant, sobre les sines, el cos perdut contra el cos de l'home.

—No m'has contestat.

—Què, no he contestat?

—T'he preguntat si no et casaries amb mi...

—Ah, això! —Afluixa l'estreta i ella l'esguarda amb els ulls vagament adolorits.— No veig la necessitat de parlar-ne, ara per ara.

Ella conclou:

—No et casaries, doncs.

—No he dit això!

Fama es retreu una mica, pondera:

—No t'ho havia d'haver preguntat. És ridícul. Ningú no es casa amb una dona que li porta set anys...

—Set anys?

—Saps que en tinc trenta-u. Ningú no es casa amb una dona més gran, sobretot després d'haver-hi fet tot el que ha volgut.

Ell li empresona el braç.

—No parlis així, Fama!

—Si és la veritat! Però jo no he nascut per això, per enganyar...

—Ho sé, Fama, ho sé!

—Hagi fet el que hagi fet amb tu, no sóc una perduda.

Ell torna a subjectar-la estretament, esclafa els llavis contra la boca vermella per tal de fer-la callar. Però Fama encara aconsegueix de dir:

—I ho he fet perquè t'estimo, t'estimo de debò...

—I jo a tu, Fama. No vull que et posis així.

La besa de nou i, amb les mans, l'acaricia lentament. Tot seguit, els llavis davallen cap a la barbeta, cap al coll. Ella intenta de protestar:

—No, Feli...

El xicot només desplaça una mica l'esguard.

—Per què?

—Perquè... —Però tot d'una allarga els braços i l'estreny, gairebé frenètica.— No ho sé, no ho sé... —Sospira fondament, li masega la carn.— T'hauria de dir que no, però no puc...

—Perquè saps que t'estimo.

—Mai no t'he pogut dir que no, fins ara. No és natural...

—Sí que ho és, Fama. Vull que mai no em puguis dir que no.

Amb els peus, fa córrer el llençol, es mig incorpora, però ella l'atreu encara, i les mans llisquen flancs amunt.

—Feli... —Tanca els ulls i la boca se li estremeix, nerviosa. Mormola:— No tinc vergonya...

Però després es deixa endur per la flama que li devora el ventre i la boca bleixa penosament contra l'altra boca.

Un silenci ardent rebenta per la cambra, i Flama rebenta amb ell tot repetint:

—No tinc vergonya...

Ell, entresuat i retut, deslliga les mans nusades sota els braços de la noia, però no la mira encara. No ho fa fins després, quan ha deixat relliscar la galta sobre el coixí i diu:

—Si ens estimem...

Ella mou el cap.

—Només penses en això...

—I tu?

S'esmuny cap a un costat i amb la mà es fa remuntar la roba fins a les espatlles.

—Som uns viciosos.

—No és veritat, Fama.

—Fora d'això, no ens uneix res més.

—Però això, que dius tu, ens uneix molt fort.

Ella el mira greument.

—Sí... —Amb un gest trist, potser inconscientment, li acaricia els cabells, però tot seguit deixa caure la mà.— En tot som diferents, no ens avenim en res.

—No ho saps. No hem tingut ocasió de comprovar-ho.

Ella s'abriga més.

—Em sembla que sí. —Desplaça una mica el cap pel coixí i, baixet, explica:— No sé què ho fa. Quan vinc cap aquí, sempre vinc contenta i animada, il·lusionada com una nena de divuit anys. Però després... després em poso trista, perquè sempre falta alguna cosa...

—Mai no me n'havies dit res.

—Potser no. Al principi potser em pensava que acabaríem per trobar-ho. Ara ja veig que no.

—Ho dius per això del casament...

—No, no solament per això. —Desvia l'esguard cap a la finestra.— En el fons, potser només t'ho he preguntat per veure què contestaves.

—En aquest cas, era una pregunta deslleial. No està bé, Fama.

—No n'és tot, de deslleial?

—Tot? Què vols dir, tot?

—Tu i jo aquí... I en Clori dormint... I jo mateixa, que sóc deslleial amb mi. Ho voldria tot clar, net...

—No ets pas la primera dona que té un amant.

—Ja ho sé. Però és que jo no voldria ser com les altres. Si visquéssim en un altre lloc...

—Seria el mateix.

Ella sacseja el cap.

—No, perquè en un altre lloc podria dir: ja en tinc prou.

—També ho pots fer aquí, res no et priva de deixar el teu marit.

—Legalment, sí. L'únic que pots fer és abandonar-lo, separar-te'n, i aleshores quedes desqualificada. Aquesta obligació de continuar lligats fins a la mort ens corromp.

Ell mig riu:

—Per a una burgeseta com tu, això sona força immoral.

—Més immoral és haver de mentir i enganyar. Confio que els qui vindran després d'en Domina seran més justos, més comprensius.

—També d'això en té la culpa en Domina?

—Et sembla que no? Amb l'excusa que el país ha de ser fidel a una moral tradicional, ens empresona entre idees caduques. I, ben mirat, què vol dir això de moral tradicional? No n'hi ha més d'una?

—Que jo sàpiga, no.

—Tu ets molt jove.

—També tu, tot i aquests terribles set anys que m'has recordat que ens separaven.

—No és qüestió d'anys. Potser volia dir que encara ets força ignorant.

—Aquesta sí que és bona! —Treu un braç, es tomba i allarga la mà cap a la tauleta de nit.— Perquè vas fer tres cursos de medicina...

Agafa la pipa, es redreça una mica més. Ella diu:

—No fumis. Ja saps que no m'agrada la fortor del tabac.

—Perdona. No me'n recordo mai.

Torna a esmunyir el cos pel llit, s'abriga el braç. La noia prossegueix:

—No són els tres cursos de medicina. És que a tu només t'ha preocupat una cosa, sempre la mateixa: fer diners.

—Què volies que em preocupés, doncs?

Ella recula una mica el cap, coixí enfora.

—De vegades em fas una ràbia...! És clar que no és ben bé culpa teva si no t'han ensenyat res més. Però tu, amb el pare que tens...

—Un somiatruites!

La noia el fita, encuriosida.

—Estic segura que ni deus haver llegit els seus llibres.

—Per què? —I torça els llavis, displicent.— Mai no m'ha agradat, a mi, això de llegir novel·les. És perdre el temps.

—Al cine, bé hi vas...

—El cine és una altra cosa.

Fama assenteix lentament, amb un gest amarg.

—Sí, és una altra cosa. Em penso que mai no n'has tret cap profit.

—I, de les novel·les, quin en trauria?

—D'algunes, més que no et penses. El teu pare és un home culte. Ell no diria, com tu, que només hi ha una moral tradicional.

—Molt bé, d'acord. I què? Per a mi és bona la que corre ara. I també ho seria per a tu si no tinguessis tantes cabòries. No has de pensar tant, dona!

—No?

—No. Una dona només... No m'ho facis dir! —I, gairebé indignat, explica:— A tu, el que et passa és que tens un problema personal sense resoldre. I, en lloc de pensar que tu mateixa te l'has creat, t'estimes més donar-ne la culpa als altres, a la societat, a en Domina... És ridícul! I egoista, també! T'alegraries que tot l'ordre social se n'anés a fer punyetes perquè aquest ordre contraria les teves conveniències...

Fama s'incorpora, exposa la seva nuesa, inconscientment generosa, i el pit li vibra d'indignació.

—No és veritat! Saps molt bé que no és veritat! Si només es tractés d'això, si només es tractés de mi, no protestaria. És tot plegat.

—És clar, bé cal que et justifiquis.

—De què?

Ell plega els llavis, burleta.

—No deus pas voler que se'n justifiqui en Domina, del fet que enganyes el teu marit.

Fama alça la mà.

—Ets... —Però aleshores, sense haver-lo colpit, acala l'esguard.— Tens raó. No tinc dret a enfadar-me, perquè això és un fet. I van ensenyar-me a respectar els fets.

—Doncs!

—Però això no vol dir que ell no hagi de justificar res. En primer lloc, l'existència de nois com tu, de xicots de vint anys...

—Quins embolics ens fem!

—Cap embolic. De xicots de vint anys que no tenen cap ideal, cap inquietud, que ho accepten tot mentre puguin tenir cotxe, dones...

Ara és ell qui es desabriga i alça el braç.

—Prou, Fama! Aquest tema ja l'hem tocat altres vegades. I no m'agrada que facis el savi, cony!

—Paraulotes, això sí... Em tractes d'egoista i no t'adones de fins a quin extrem ho ets tu. Les coses t'han anat bé, has progressat ràpidament perquè t'has avingut que els altres pensessin per tu...

—Mira que es pot desbarrar!

—Desbarrar! Això ho hauries de dir a aquella petita minoria que, perquè ha volgut pensar pel seu compte, ara és a la presó.

—Collons, que n'ets d'embafadora, quan t'hi poses! Jo em pensava que, aquí, no hi venies a discutir, sinó a fer-te muntar...

Fama s'envermelleix fins a l'arrel dels cabells, i els llavis, tot d'una prims i tremolosos, li empal·lideixen. Diu:

—Està bé, Feli.

Enretira les cames dels llençols, s'aixeca i recull llestament la roba de sobre la cadira.

—On vas, ara?

Però ella, sense una paraula, travessa el dormitori i surt al corredor. No es tomba en sentir el gemec del llit, sinó que prossegueix fins a la cambra de bany, on ajusta la porta.

Obre l'aixeta, d'on surt un glop d'aire vagament estrident i unes bombolles. Torna a tancar i es frega amb una tovallola.

—Fama...

Feli ha empès la porta, on es queda amb una mà sobre el muntant i l'altra al pom de llautó.

—Què significa, això?

—Ja ho veus.

—És pel que he dit? Perdona, jo...

Ella es posa les bragues, d'esquena.

—Ja sé que no em puc queixar. Un cop més, no has dit res que no fos. Vinc aquí perquè em muntis.

—Jo no volia...

Aleshores Fama se li tomba, mig nua.

—Però encara que et faci estrany, jo no ho sabia.

—M'has molestat i he dit el primer que em passava pel cap.

—Has dit la veritat. —Busca els sostenidors, torna a girar-se d'esquena.— Era jo qui anava equivocada. Per excusar-me davant de mi mateixa, parlava d'amor, fins i tot pensava en el matrimoni... Però en el fons només volia això altre.

Ell la subjecta pel braç, l'obliga a tombar-se de cara.

—No diguis ximpleries!

—No són ximpleries. —Es desfà dels seus dits, sense violència, però enèrgicament.— Una noia com jo cal que vesteixi els fets massa crus... Sóc una mica antiquada, en algunes coses; molt diferent d'aquestes noies d'ara que tan bé s'avenen amb la forma de la moral tradicional. O sigui que encara sóc més hipòcrita, perquè em volia enganyar a mi mateixa. Al capdavall, ho sé des del primer moment, com ets.

—Si no m'has volgut entendre...

Ella es passa la combinació i s'atansa al mirall, davant el qual es pentina amb gestos ràpids, gairebé enutjats.

—No s'ha d'entendre res, això és el pitjor. Ets transparent... Mam, caca i non. I, com que tens vint-i-cinc anys, diners i sexe. Per atzar, ha estat el meu.

—Ets injusta. Tu ja saps que, a la meva manera, t'estimo.

—Sí, no ho nego; com estimes els diners i tot allò que pot procurar algun plaer. Ets més conseqüent que jo. —Deixa la pinta, agafa el vestit i se'l posa pels peus.— En Clori té quaranta-sis anys i és un artista. Viu en un món irreal del qual jo formo part d'una manera molt marginal. No li interessen ni els diners ni les dones... llevat de comptats moments. Es comprèn, oi? Tu, en canvi... —Es corda el botons i branda el cap.— Però no. M'ho pensava, res més... T'interesses únicament per tu mateix. Ets molt pitjor que ell. Però quan no se't coneix, fas una certa il·lusió...

—Tot això són paraules, Fama. Tu saps que ho hem passat bé i que no hi ha cap raó perquè no continuï tot com fins ara.

Ella despenja l'abric.

—I continuarà com fins ara. Sí d'això ja n'estic convençuda!

—Doncs, per què dius...

—Amb una altra, Feli... —Li separa el braç que bloqueja la porta.— Deixa'm passar.

—Amb tu, Fama. Estic segur que tornaràs.

La segueix pel corredor, amb els pèls eriçats per l'atmosfera freda. Ella avança fins a la porta, al costat de la qual s'atura i obre el portamonedes.

—Té.

Feli prova de retirar la mà quan ja és massa tard: la clau reposa en el seu palmell.

—No està bé, Fama...

Ella somriu amb un somrís agredolç, bada la porta.

—No ho ha estat mai. La llàstima és que no ens n'havíem adonat.

I s'allunya pel replà, obscur i humit, cap a la soledat del carrer, de la llar.

17

La gasolinera és a dues passes, oberta perquè no té portes, però algú s'ha preocupat d'estendre de pilar a pilar unes cordes gruixudes que, simbòlicament, en veden l'accés. Tot i això, Carlo crida:

—Ei, no hi ha ningú?

La veu es perd sota la volta, i ell allarga el coll cap al fons, on hi ha una menuda cabina amb una finestra ampla i apaïsada, sense finestrons. La porteta, en angle recte, és closa.

—Ei, els de la gasolinera!

Salta les cordes i s'endinsa pel local, més enllà de les bombes pintades de vermell. A frec de finestra, espia cap a dins, on només veu una taula de despatx arrambada a la paret, uns classificadors sobre una lleixa i una cadira atrotinada.

—Molt bé!

Retrocedeix cap a les bombes, llambrega els dipòsits buits i, a mitja veu, mastega:

—D'això sí que se'n diu fer les coses com cal...

Salta de nou les cordes i se cenyeix estretament el cinturó de la gavardina. Mira enllà, cap a la moto caiguda a tocar de la vorera i, amb dos dits, es frega l'ala del barret.

—Fins una altra... —Però rectifica:— Què carall!

Apressat, fa les poques passes que el separen de la moto, la redreça i després l'empeny vigorosament cap a la gasolinera. La corda li fa nosa, però s'ajup i, alçant-la amb l'espatlla, aconsegueix de fer passar el vehicle per sota. El fa rutllar gairebé fins al fons, a tocar de la porteta de la cabina, on el repenja. Aleshores, amb el mocador, es frega les mans.

Un instant després salta encara la corda i avança pel carrer, de cara al ventijol que arrossega uns quants papers. Observa la calçada, on comencen a acumular-se deixalles de tota mena, i les voreres mal rentades per la pluja de la nit passada.

I, quan alça els ulls al cel, sorprèn una formació de núvols cirrosos, alts i empantanegats sobre les capes on bufa el vent.

—Perdó!

—Perdó!

Però aleshores riuen tots dos i ell allarga la mà i tusta l'espatlla amb la qual, distret, ha ensopegat.

—Hola, Boris Sten!

—Carlo! D'on surts, home? No se't veu mai, ara.

—Això a tu. Si em pensava que te n'havies anat sense ni dir adéu.

—Anar-me'n? Amb tot el que passa?

L'agafa amicalment pel braç i Carlo pregunta:

—Vens de telegrafiar, potser?

—Telegrafiar! —Alça la cara cap als edificis dels serveis de comunicació i després la sacseja còmicament.— No pots ni posar una conferència telefònica amb el poble del costat. No hi ha ningú! —Subjecta més estretament el braç de Carlo, i tots dos caminen carrer amunt.— Que potser us heu tornat ximples? Abandonar així tots els serveis...

—Ah! Que no ho aproves? Un antidominista com tu, sempre a punt d'expulsió...

Sten alça l'altra mà.

—A punt, no. Expulsat. —Se'l mira, amb un rictus sardònic.— Ahir a primera hora vaig rebre l'ordre de desaparèixer abans de les dotze.

—Però tu...

—Què et sembla? Per res del món no em deixaria perdre això. De primer, faig cap a la presó. Per sort, la policia es veu que té altra feina i ningú no s'ha preocupat més de mi. —Torna a brandar el cap.— Quin poble més ximple, a fe! —S'atura i, en un altre to de veu, pregunta:— On podríem anar? On anaves, tu?

—Enlloc. No hi ha cap lloc on anar.

—Ni la redacció?

—En venia. Des d'aquest matí ja no hi ha ni diari. No hi ha res.

L'altre aixeca els braços al cel.

—I jo aquí, sense poder comunicar amb l'agència! —Torna a subjectar-lo.— Però esteu ximples, et dic! Què et penses que aconseguireu, amb tot això? Només una cosa: enfortir la posició d'en Domina.

Carlo riu i un gat, recelós, travessa el carrer i s'escapa afuat portes enllà.

—Tu sí que estàs ximple!

—Sí? Escolta... quant de temps et penses que pot resistir un poble sense gas, sense aigua, sense electricitat, sense serveis de cap mena? No arriben trens, el transport de carretera tampoc no circula... No funciona res, com tu has dit! —S'atura, ara del tot.— A tot estirar, et dono una setmana. Després veuràs com tothom reprendrà la seva vida normal, com si res no hagués passat.

Carlo explica senzillament:

—Si en Domina resisteix una setmana, potser sí.

—Ell? El que calgui, home!

—No n'estiguis tan segur. La descomposició interna de l'administració és espantosa... Si et digués que a hores d'ara potser ja corre cap a l'estranger?

L'altre espera un moment, tot d'una apaivagat.

—Tens alguna notícia, doncs?

—Notícia, notícia... Rumors, més que res. A més, també sóc capaç de fer les meves deduccions.

—No fotis!

Riuen amicalment, i ara és Sten qui tusta l'esquena de Carlo.

—Quin xicot! Però, seriosament... una cosa sí que la sé. En Domina tenia redactat i imprès un ban que, sota l'amenaça de càstigs terribles, comminava la població a reprendre les seves ocupacions habituals. Doncs bé, el ban no ha estat clavat enlloc.

—I què vol dir, això?

—Vol dir que algú l'ha convençut que seria una mesura imprudent.

—Per què?

—Que no ho veus? L'obligaria a dur a la pràctica les seves amenaces, si la població no obeïa. I la població no obeiria.

L'altre, pensarós, es passa un dit pels llavis.

—No seria pas la primera vegada que actua amb mà dura. De fet, hi ha actuat sempre.

Carlo somriu, afirma amb el cap.

—Precisament.

—Precisament, què?

—Fes servir el cervell, home! Si en Domina s'ha fet enrere davant la possibilitat de veure's obligat a actuar, és perquè sap que no pot actuar.

L'altre bada molt la boca.

—Vols dir que...

—Sí. L'encadenament és prou lògic: no confia ja en les forces d'ordre públic.

—Bé, bé, bé...! Això voldria dir que aquestes forces, d'una manera o altra, li han indicat que ja no estan incondicionalment a les seves ordres...

—I t'adones del que això significa? La cosa està molt més madura que no sembla.

Sten reflexiona a fons, s'entafora les mans a les butxaques amb un gest brusc, gairebé impacient.

—Però no ho entenc. Aquestes forces juguen, han jugat sempre la partida d'en Domina. Saben que si la perd, la perden amb ell.

—L'alta oficialitat, sí. Cal creure que la pressió, aquest cop, ha vingut de sota. —L'enllaça pel braç.— Mira, desenganya't... Els homes que formen part d'aquestes forces sofreixen la pressió de les seves famílies, les quals es veuen coaccionades per l'actitud dels veïns, dels amics i coneguts, de la ciutat sencera. Aleshores, què passa? Com que no s'atreveixen encara a desobeir obertament, actuen sense interès, es fan culpables de petites negligències... I els oficials ho veuen, però no poden fer res, perquè no es tracta d'un home, ni d'una dotzena, sinó de la totalitat de les forces... Com que tampoc no són ximples, acaben per comprendre que la seva lleialtat a l'administració Domina penja d'un fil molt prim... —S'atura, l'amonesta amb un gest de la mà.— Et diré més: la mateixa oficialitat pot acabar per adonar-se que només li queda un camí de salvació: enfrontar-se amb el Jutge i fer causa comuna amb la ciutat.

—Perillosa decisió...

—Sí, i força. Però si actuaven amb energia, ningú no pot assegurar que la ciutat no els agrairia el gest. Ja saps com som... Si ara s'apoderaven d'en Domina i el passejaven pels carrers, encadenat, tothom s'oblidaria que també ells formen part d'aquesta administració que odiem i que sense ells mai no hauria pogut imposar-se... —Enretira la mà del braç del seu amic.— Això ho pensem ara nosaltres, dos individus corrents, ni massa estúpids ni gaire llestos. Pot haver-se-li acudit a en Domina, de la intel·ligència del qual no tenim dret a dubtar... Per això et dic que a hores d'ara fins i tot ja podria ser fora.

L'altre dóna un cop de coll endavant, com si estirés el pes de tot el cos.

—Anem-hi?

—On?

—A la Mansió. Potser podrem comprovar...

—No podrem comprovar res.

—Mai no se sap. Anem-hi! —Es frega les mans, amb anticipada satisfacció.— Quina primícia seria, noi!

Carlo riu.

—Pel que et servirà! Si no pots ni enviar una crònica...

—Per una cosa així, trobaria la manera. Ni que l'hagués de dur jo mateix a través de la frontera. Sóc capaç de noliejar un avió!

—A hores d'ara no en trobaries cap.

Sten torna a posar-li la mà sobre el muscle, sense deixar de caminar apressadament.

—Em deixaries la teva moto, doncs...

—L'he haguda d'abandonar, perquè ja no tenia suc.

—Mira que... —Però es dóna un cop al front.— Sóc gran! Perquè ben mirat potser podria disposar d'un cotxe. Precisament una família amiga em deu esperar a l'hotel Confort.

—Compatriotes?

—Sí. Havien d'arribar ahir. Viatgen amb el seu cotxe.

Carlo fa petar la llengua, escèptic.

—Dubto força que arribessin.

—Ho comprovarem. De primer, però, això altre... —Repeteix, gairebé extàtic:— Quin cop, noi, quin cop si en Domina se n'hagués anat!

Tomben avall, cap a l'artèria que mena a la plaça on es drecen els edificis de l'administració. El carrer, cap a la banda baixa, és ple de vehicles deixats en desordre, però no saben distingir ni una presència vivent. Sten prosssegueix:

—Ho celebraríem! Una bona tipanera... —Sembla que s'empassi la saliva i, per associació d'idees, pregunta:— Encara sap fer aquelles favades, la teva dona? Són per a llepar-se'n els dits.

—Home, ara no és el temps!

—O aquells arrossets... M'he de tornar a convidar, un dia.

—Quan vulguis. Ja saps que l'Elvi et té simpatia.

—És una cuinera excel·lent!

—Potser és per això que et té simpatia, perquè mai no regateges els elogis.

—Se'ls mereix! Si un dia em caso, vull que ella sigui una dona com la teva.

Riuen tots dos, però després es queden mirant un cotxe que circula amb un sol individu inclinat sobre el volant. És un vehicle una mica atrotinat i sobre el parabrisa pot llegir-se un mot escrit en lletres blanques: METGE.

—És el primer cotxe que veig rodar en tot el matí.

—Deu ser un esquirol.

—Home, un metge no pot negar-se, si hi ha un cas d'urgència. Després, si vols filar tan prim, també som una mica esquirols tu i jo; en aparença som les dues úniques persones que avui no s'han quedat a casa.

—Bé, bé, bé... A mi no m'hi barregis. Jo sóc un estranger i les consignes del país... —Es tomba cap a Carlo, l'esguarda maliciosament.— Per cert... Fa poc em preguntava quin interès podia tenir l'oficialitat de les forces d'ordre públic a girar-se contra el Jutge... La pregunta també se't pot aplicar. Pel que veig, t'agradaria que el foragitessin, i no sé si et convé... No has pensat en quina situació et quedaràs?

—Jo? Mai no he estat un fervent partidari d'en Domina; al contrari, sempre me l'he mirat amb disgust. Prou que ho saps!

—Sí; jo, sí. No hauria pas pogut fer amistat amb algú que defensés en Domina a peu i a cavall.

—Doncs!

—Però això que sabem tu i jo i potser unes quantes persones més, no és del domini públic. La gent et considera un col·laborador, un col·laboracionista, com a tots aquells que durant aquests anys han ocupat un lloc de responsabilitat...

—No exageris!

—És clar que sí! Vull dir que no exagero. Has escrit en un diari pro-Domina, com tots els que es publiquen a la ciutat, i et deus haver fet culpable de més d'un article encomiàstic.

Carlo alça les espatlles i les deixa caure de nou, amb un gest infeliç.

—Quin remei quedava!

—Ah! Quin remei quedava... Et sembla que és un argument de pes? Aquesta raó la podria esgrimir tothom. I ben rucs seran els qui succeeixin en Domina si en fan cas.

—N'hauran de fer cas, si no volen quedar-se sense periodistes. Si ho anem a veure, no hi ha ningú que no hagi col·laborat. Com no siguin quatre vells, anteriors a l'administració Domina...

—Aquests seran els qui us faran mal. I no sense raó, eh? Perquè sempre podran dir que allò que van fer ells, retirar-se de la professió, també ho podíeu haver fet vosaltres.

—Hauria estat pitjor per a tots. Reconec que els diaris han estat un fàstic, durant tots aquests anys. Però és fàcil d'imaginar que encara haurien estat pitjors si només haguessin treballat els periodistes identificats amb en Domina. Gràcies a nosaltres s'han infiltrat coses que d'altra manera tothom hauria silenciat. Fins a cert punt, hem contribuït a formar una actitud desfavorable a l'actual administració.

L'altre torna a riure, benhumorat.

—Ets un jesuïta!

Però aleshores tanca la boca i gairebé es posa a córrer. De l'edifici oficial, ara proper, acaben de sortir quatre persones que travessen l'ampla vorera i s'adrecen a un dels cotxes aturats a tocar de l'entrada.

—Potser hem arribat a temps...

Carlo corre també, i, després, tots dos es queden darrere un altre automòbil, separats per tota l'amplada de la plaça dels personatges que desapareixen dintre el vehicle negre i de matrícula oficial. El xofer, que ha saltat del seient, subjecta la porta amb una mà i espera encarcarat amb la gorra recollida contra el pit. Darrere seu hi ha un oficial de la guàrdia, una mica avançat entre els dos sentinelles, enguantats de blanc, que protegeixen la Mansió.

—Coneixes algú?

Carlo estira el coll.

—No els he pogut veure bé. Em sembla que no.

La portella del cotxe es tanca i Sten ulla amunt i avall, estudiant els encontorns. Dos vehicles més, també a l'altre costat, esperen amb els xofers darrere el volant i, més enllà, gairebé a la cantonada, hi ha un altre xofer que fuma repenjat contra el motor d'un turisme gris. El corresponsal diu per ell mateix:

—És curiós.

Però Carlo, que l'ha sentit, pregunta:

—Què?

—No hi ha més vigilància que la corrent. I això no és lògic.

—Home, si en Domina hagués marxat...

—Tampoc. En aquest cas sembla que ja no hi hauria d'haver ningú. Més aviat es diria que volen donar la impressió que no passa res. No m'agrada. No...

—Què fem, doncs? Aquí no ens hi podem quedar. Fa fred i acabarem per cridar l'atenció.

—Ja l'hem cridada.

Un dels xofers que esperen al volant els observa des de darrere el cristall tancat de la finestreta.

—Anem-hi?

—No sé...

Tornen a mirar cap a la porta, d'on l'oficial s'ha retirat en arrencar el cotxe que s'adreça a l'avinguda, i s'esmunyen per entre els altres vehicles, una mica indecisos malgrat tot, impressionats per llur pròpia audàcia. I després, tot d'una, s'aturen.

—Què ha estat?

La remor, discreta, es repeteix, i aleshores, en abaixar la mirada, s'adonen del xicot agenollat al seient posterior del cotxe, amb la màquina fotogràfica a les mans. Els mira, somrient.

El corresponsal ofega un nom:

—Geus! —Obre ràpidament la portella mentre l'altre es retira cotxe enllà.— Què carall...

—Entreu, entreu! Com més serem, més riurem! —Amb el cap, indica el xicot que s'enfila darrere el seu amic.— És del ram, també?

—No el coneixes? Carlo Alem, de *L'Opinió*.

L'altre riu:

—Quina?

—La del qui paga.

Riuen més, amuntegats sobre el seient. Sten explica:

—És Geus, de l'agència Morvia... Però què carall fas, aquí? Em pensava que t'havien engarjolat al Tibet!

—Calúmnies...! Vaig arribar ahir.

—Ets com els corbs, que oloren les carronyes. Quants cadàvers has fotografiat?

—Tots els que desenterren des que s'ha fet clar.

—I n'han desenterrat molts?

—Desenterrat i enterrat.

—Què vols dir?

—Que n'hi ha que surten i d'altres que entren.

—I en Domina?

—Ni la punta del nas.

Carlo pregunta:

—El coneixes?

—Qui no el coneix? És l'home que... Calla, que en surt un altre.

Reposa els colzes sobre el seient i tots observen l'home alt i prim, amb els ulls protegits per unes gruixudes ulleres fosques, que ara travessa la vorera a grans gambades i s'adreça a un dels cotxes, el xofer del qual, a l'aguait, ha saltat de darrere el volant per tal d'obrir-li la portella. Carlo diu:

—És Nesi, el de finances.

—Hi devia haver reunió... Això vol dir que en Domina no s'ha mogut.

—Qui sap! Potser s'han reunit en absència del Jutge per fer-se càrrec del poder.

El corresponsal es grata el cap.

—Com ho podríem saber? —Assenyala el fotògraf.— Jo no sóc com aquest, que és capaç de passar-se hores i més hores esperant.

L'altre exclama:

—M'ho paguen, noi!

—Doncs jo, ni així. Sóc home d'acció!

Allarga la mà cap al pom de la portella, l'estira.

—Què fas?

—Només hi ha una manera de sortir de dubtes, i és mirar de parlar amb aquests...

—Amb els de la guàrdia?

—És clar. No veig ningú més...

Carlo el subjecta.

—Ets boig o què?

—Què puc perdre?

Acaba d'empènyer la porta i treu una cama fora. Carlo es decideix.

—Espera't! Vinc amb tu. Però tinc una altra idea... —L'altre replega la cama, mig tanca de nou la portella.— De la guàrdia, no en traurem res. En canvi... El que ens interessa és saber si en Domina continua aquí o ha tocat el dos, oi?

—Sí. Digues.

—Mira, farem això: ens atansem a la porta i diem a l'oficial que estem citats amb en Domina. Ho diràs tu, fent valdre la teva condició de corresponsal estranger...

El fotògraf riu, sense deixar de vigilar la porta de la Mansió.

—I, és clar, us invitaran a passar...

—No. Si en Domina no hi és, se'ns trauran de davant de qualsevol manera... cal resignar-s'hi.

—I si hi és?

—Tampoc no és de presumir que ens deixin entrar. Però preguntaran a dalt si és veritat això de l'entrevista. I nosaltres ja en tindrem prou.

El fotògraf branda el cap, assenyala la màquina.

—Confio que més endavant, un dia o altre, us podré donar una magnífica fotografia d'un parell de babaus ben emmanillats.

Però el corresponsal comenta:

—Mira que n'ets, de corb, noi! I quan jo ho dic... —I a Carlo:— D'acord, m'agrada. Som-hi?

Torna a obrir la portella i el fotògraf, ara seriós, crida:

—Sort!

—Tu no et perdis detall.

I salten tots dos al carrer. Per entre el dèdal de cotxes, avancen cap a l'altra banda, on els sentinelles, que ja els han vist, acaben d'immobilitzar-se. Un d'ells es gira cap a l'interior, d'on sembla reclamar la presència d'algú. Aleshores Carlo es mig atura, toca el colze del seu company.

—Però escolta... A tu t'havien expulsat...

—Ara te'n recordes? Apa, anem.

El precedeix cap a la porta, i tots dos veuen com per l'entrada ombrívola, ampla i immaculadament neta, avança l'oficial de la guàrdia.

—Vostès?

Amb els seus ulls blaus i freds especula de l'un a l'altre, sense moure el cap.

—Sóc periodista, de l'agència Agala... Estem citats amb el Jutge, el qual s'ha dignat a concedir-nos uns minuts.

L'altre no altera l'expressió freda i indiferent de les seves faccions.

—El carnet acreditatiu...?

Sten butxaqueja, es treu un plec de quartilles doblegades, un encenedor, però el carnet surt d'una altra butxaca.

L'oficial l'examina amb circumspecció, detalladament. Tot seguit l'hi retorna amb un gest educat, s'adreça a Carlo:

—I vostè?

—Sóc de *L'Opinió.*

Lliura la seva targeta de premsa i l'altre l'examina amb la mateixa meticulositat. Quan la hi torna, diu:

—S'esperaran un moment. Si em permeten...

Tots dos s'inclinen i l'oficial retrocedeix cap a la dreta, on hi ha una porta de vidres glaçats que tanca curosament al seu darrere. Els periodistes es miren i Sten mormola:

—Hi és.

Carlo aprova, capficat.

—Ens hem enredat. El teu amic tenia raó. Podrà fer la foto.

—No sé si encara seríem a temps d'escapar-nos...

Però tots dos escolten, perquè algú baixa per les escales, espaioses i planejant, que es perden cap a l'esquerra; són dos jocs de passos, lents i feixucs els uns, furtius els altres. Quan tomben el replà, Carlo diu baixet:

—Ormes, el de cultura, i el seu secretari.

El corresponsal, sense contestar, avança cap als graons.

—Senyor Ormes... Sóc Sten, de l'agència Agala... Li agradaria de fer alguna declaració?

El secretari allarga el braç, el dreça com una barrera entre el seu superior i el periodista.

—No molesti.

L'aparta cap a un costat, però ell insisteix:

—Ni que fos una paraula per...

El secretari torna a fer, més adust:

—No molesti, li dic.

L'oficial obre la porta de vidres glaçats, commina:

—Senyor Sten!

Després saluda, escorta les dues personalitats cap a la porta. Els guàrdies es quadren. Tots assisteixen al laboriós procés del cotxe que avança una mica, s'atura; del xofer que salta, gorra en mà, i s'encarcara al costat de la portella; d'Ormes, vell i gros, que plega el cos treballosament, assistit pel seu secretari, i esbufega com si escalés una muntanya; novament del xofer, el qual torna a tancar, respectuós, i s'instal·la darrere el volant després d'haver-se posat la gorra altre cop...

Aleshores l'oficial es gira:

—Senyor Sten... El cap civil, el senyor Domina, el rebrà. Potser no immediatament, però tingui una mica de paciència...

El periodista gairebé empal·lideix sota l'emoció, balbuceja:

—Co... co... com?

L'oficial fa un gest.

—Vingui amb mi...

Els dos homes es consulten amb la mirada i Carlo s'arronsa d'espatlles tot fent un pas endavant. Però l'oficial observa:

—Vostè no, senyor Alem. Li agrairé que es retiri.

S'atura en sec.

—Però...

—Són ordres.

Sten, més asserenat, li fa l'ullet.

—Resignació, amic!

I segueix l'oficial cap a les dependències interiors de l'immens casal.

Carlo els mira allunyar-se, fins que un dels sentinelles el toca amb la culata de la seva arma.

—Circuli...

Se cenyeix més estretament el cinturó de la gavardina, que té una molestosa tendència a afluixar-se, i s'allunya cap al cotxe el xofer del qual espera encara dret al costat del motor. Tomba aleshores cap a la calçada, la traspassa i desapareix entre el bosc de vehicles, des d'on observa els guàrdies, el xofer.

Tot d'una s'inclina una mica i, amb les mans a les butxaques, tot el cos projectat endavant, avança llestament cap al cotxe de Geus. El xicot el devia estar esperant, perquè té la porta oberta i a ell només li cal esmunyir-se cap a l'interior càlid.

—Què ha passat?

Es treu una cigarreta, n'ofereix una altra al fotògraf, però el xicot refusa amb el cap.

—No ho entenc. Diu que en Domina el rebrà.

—El rebrà? I jo que em pensava que l'havien detingut!

—Doncs no... Sembla que no.

—Sembla? Vols dir que podria ser una trampa?

—No ho sé. —Mou el cap, s'inclina cap al vidre posterior, a través del qual contempla els dos sentinelles i l'entrada de l'edifici.— És estrany...

L'altre el mira en silenci i amb la mà, sense adonar-se'n, acaricia la màquina. Després diu:

—Pel que pugui ser, no em moc d'aquí.

Ell assenteix:

—Ni jo, ara.

I, pensarós, expel·leix el fum al seu davant.

18

Rex Maluca, impecable dins del seu vestit gris i llis, la camisa ben emmidonada sota el llacet que li tanca el coll, sua visiblement. Deu ser d'angúnia, perquè a la cuina tots els focs són apagats i ara no hi fa gens de calor. Té les mans unides al seu davant, però Pots, el cuiner, continua brandant el cap, amb les cames ben obertes i el cos repenjat contra la taula que hi ha darrere el tamboret.

—No pot ser, li dic. Encara que depengués de mi...

—Però són estrangers, Pots, feu-vos-en càrrec. Ells no tenen la culpa del que passa.

—I jo tampoc. De miracles, no en sé fer. No hi ha gas, no hi ha força, gairebé no tenim llenya, ens ha fallat el carbó... —Alça una mica el cap.— I de menjar, què? Què vol que cuini, si no hi ha res?

—Sempre es troba alguna cosa, sobres...

Pots gairebé escup, despectiu:

—Sobres! Quines sobres? Deixen els plats escurats com si portessin fam endarrerida. Mai no han menjat tant com ara. Més que farts!

La porta de la cuina s'obre i Carbi, el vell cambrer, tan impecable com Rex Maluca, però vestit de negre, entra amb una expressió amoïnada.

—Aquesta gent s'impacienta.

Pots només comenta:

—Se n'haurien d'haver anat.

Rex Maluca es prem una mà amb l'altra, desesperat.

—No sé què farem...

—No res. Que dejunin!

—I llaunes...? No queda cap llauna?

Camina de pressa cap a un dels armaris que hi ha a l'altre costat de la cambra frigorífica, l'obre. Pots fa:

—Què vol donar-los?, dues sardinetes d'oli, una dotzena d'olives i carn d'aquesta congelada que ni els gossos no es menjarien?

Rex Maluca, desolat, contempla el contingut de les lleixes, allarga la mà i examina una de les llaunes: tonyina en oli.

—Potser es podria disfressar una mica. Si féssiu una salseta...

—Una salseta! —Es mira Carbi i repeteix:— Una salseta!

El vell reconeix:

—No sembla el més apropiat. No tenim pa... I si la gent no pot sucar...

El cuiner s'aixeca, es deslliga l'ample davantal blanc.

—No en parlem més. Aquests són els hostes que s'han quedat, els que suquen... Doncs ara s'hauran de sucar el dit amb saliva!

Rex Maluca tanca la porta de l'armari i avança cap a la taula amb la llauna a la mà.

—Si vós us negueu a col·laborar...

L'altre es tomba amb el davantal mig recollit.

—Que jo... Escolti, senyor Maluca, fa quaranta-vuit hores que tot el personal ha abandonat el servei. Carbi i jo ens hem quedat, hem atipat aquests marrans fins que hem pogut, i ara vostè ens surt amb això que no volem col·laborar! —Acaba de recollir el vast davantal, el llança sobre la taula i es queixa:— És massa! —Amb un dit, apunta al director de l'hotel.— Si vostè no hagués estat tan confiat, ara no ens trobaríem així. Vaig avisar-lo, recordi-se'n... Proveïm-nos, acaparem si cal, li deia, i vostè res. Perquè aquest ximple del seu cunyat...

Carbi, inquiet, llambrega cap a la porta.

—No cridis. El senyor Ari és al menjador.

—Ja ho sé. —Torna a tombar-se cap a Rex Maluca:— Ja vaig dir-li que no li'n fes, de cas. Què sabia ell si la cosa duraria o no duraria? Ganes que tot se n'anés en orris, això és el que tenia!

Rex Maluca, circumspectament, deixa la llauna al costat del davantal.

—Molt bé, ens vam equivocar, Pots. Ho sento, però les recriminacions ara no serveixen de res.

—Recriminacions... Vostè m'ha posat els dits a la boca... Que jo no vull col·laborar! —Escolta la remor de fora, del menjador.— Ells, no volen col·laborar! Si en lloc d'esperar que caigui el mannà tinguessin el bon sentit de quedar-se a les seves habitacions... —Fa un gest violent amb el cap.— Bah!

Carbi ulla també cap a la porta.

—S'impacienten, senyor Maluca.

El director es retorça les mans, nerviós.

—Sortiu, digueu-los...

El cambrer insinua:

—Potser valdria més que vostè mateix provés de calmar-los...

Rex Maluca es treu el mocadoret ben plegat que duu a la butxaca superior de l'americana i s'eixuga la suor que li regalima front avall, fins a les celles. Del menjador arriba, ara ben distinta, una remor de peus que freguen el terra, el dring clar de dues o tres forquilles que van colpejant els vasos...

—Si no surt, són capaços de trencar qualsevol cosa...

Rex Maluca sospira, torna a desar-se el mocador.

—Sí, hi vaig. —Fa un pas cap a la porta, però abans d'arribar-hi s'atura, es gira.— Què els dic?

El cuiner arronsa les espatlles.

—Vostè mateix. Jo, des del moment que no hi ha res, me'n rento les mans. No puc pas cuinar bones intencions...

Rex Maluca mira cap a terra, entre els peus separats.

—M'angunieja pensar com s'ho prendran...

—Si tinguessin seny, aprofitarien aquesta ocasió per a fer una mica de magre. Gairebé tots són vells i grossos... De vegades m'estranya que no ens en peti cap entre les mans.

Rex Maluca s'estira una mica l'americana grisa i, sense mirar, diu:

—Carbi, més valdrà que m'acompanyeu. A veure si entre tots dos...

Però en aquell moment la porta s'obre amb violència i un individu fornit entra amb el front arrugat.

—Rex, què significa aquesta falta de consideració?

—Hola, Ari...

—Fa una hora que ens tens esperant, a mi i a la teva germana...

Rex Maluca es mira les mans, blanques, afilades i vagament piloses.

—Una mica de paciència, Ari. Les coses...

El cuiner, sense moure's de lloc, fa:

—No sé per què no li ho pot dir de seguida. També ho veurà.

El nouvingut desplaça l'esguard cap a l'home.

—Què veuré?

—Que avui es queden sense dinar. Ni la cuina no he pogut encendre.

Ell es tomba de nou cap a Maluca.

—És veritat, Rex?

—Sí, Ari.

—Però això no pot ser! Un hotel té obligacions amb els seus hostes.

El cuiner riu:

—Vostè no ho ha estat mai, un hoste!

L'home, després d'una indecisió, l'ignora i pregunta al seu cunyat:

—Què penses fer, Rex?

—Dir-los-ho. No puc fer res més.

—Mira que ets imprevisor! Tens unes dotzenes de boques a l'establiment i l'únic que se t'acudeix és fer comprar pel dia! Oi que has fet això?

Però el cuiner no el deixa contestar. Gairebé vindicatiu, ataca:

—La culpa és de vostè. Quan el senyor Maluca li va telefonar...

—Em va telefonar?

—Sí, li va telefonar. Dos dies enrere, per ser precisos. I vostè li va dir que no hi havia cap necessitat d'enquimerar-se, que no passaria res. Perquè ocupa un lloc al departament d'Aprovisionament Civil ja es pensa que ho sap tot i...

—Ni una paraula més!

Però el cuiner s'atansa a la taula, hi reposa una mà amb força.

—Com diu? No sóc un llogat seu. I si es pensa que tot això no té res a veure amb mi, s'equivoca. Si no hi ha menjar, jo passo per responsable.

Ari es tomba al seu cunyat:

—Tu permets que els teus obrers parlin així?

—No sóc un obrer, senyor Ari. Sóc el cuiner. I no he faltat a ningú. Dic les coses com són i prou.

L'altre torna:

—Tu deixes que...

Rex Maluca, cohibit, explica:

—Té una mica de raó, Ari. Tu em vas aconsellar...

—No vaig aconsellar res! Vaig donar la meva opinió. I no et creguis que he canviat. Potser això s'ha allargat una mica més que no em pensava, però no tardarem gaire a veure la normalitat restablerta...

El cuiner el talla:

—Si tan segur n'està, no sé per què es preocupa tant per un dinar de més o de menys. S'estreny el cinturó i llestos!

L'altre tanca els punys.

—Amb qui us heu cregut que parleu? O calleu d'una vegada o...

—O res!

Carbi, mansament, fa:

—Pots, per Déu...

Pots projecta la mà per damunt la taula, amb un gest irat.

—És que m'empixonen, aquests tipus!

Rex Maluca amonesta:

—Pots!

Ari, vermell com un perdigot, s'encarcara darrere la seva dignitat ferida:

—Teniu una llengua molt llarga, vós. I us pot costar car. Sou un subversiu.

—I què?

—Què? Doncs que em vénen ganes de fer-vos detenir.

Pots riu llargament, sense amenitat.

—Per qui?

—Per la policia. Individus com vós...

—Apa, doncs, sortiu a veure si en trobeu algun. —Es mira els altres dos amb un esguard gairebé incrèdul.— És que és bo! No volen adonar-se que tot ha canviat. Com que fa quinze anys que ho solucionen tot a cop de policia, ara es pensen que també...

Calla i, com els altres, mira cap a la porta que s'ha obert de nou, ara per donar pas a una dona encara jove, vestida amb molta elegància i amb un escot impropi dels seus anys, tan ample que li permet de mostrar generosament el solc profund que separa els dos pits molsuts i blancs.

—Però què feu? Rex...

Al seu darrere la porta oscil·la, i el moviment allunya i atansa alternativament la remor inquieta i creixent dels hostes reunits al menjador.

—Que no sabeu quina hora és? Més de les tres...

—Ho sento, Nara. Ara explicàvem al teu marit que els nostres recursos...

—Vols dir que el cuiner no ha preparat res?

Pots mastega:

—El cuiner no hi entra ni hi surt, en tot això. —S'apodera de la llauna que hi ha sobre la taula i, impulsivament, la hi allarga.— Tingui. Si té gana, això la hi farà passar.

El marit fa un pas endavant.

—Parli com cal!

—És que les senyores com ella no tenen gana? Com en diuen, doncs?

Rex Maluca, que torna a transpirar abundosament, es queixa:

—La veritat, Pots, no sé què us passa, avui. Ordinàriament no sou així...

—Ordinàriament hi ha coses amb què preparar el menjar... I la gent tampoc no té el costum d'entrar a la cuina. No hi han de fer res, aquí.

Ari mira severament el seu cunyat.

—Suposo que et desfaràs d'aquest individu tan desagradable...

Pots intercepta la rèplica:

—Encara és aquí, vostè? No se n'havia anat a veure si trobava un policia?

L'altre, sense fer-li cas, torna a adreçar-se al cunyat:

—Rex, si vols que continuem en bones relacions, ja saps què et cal fer.

—No t'ho has de prendre així... Pots té el seu caràcter, com tots els cuiners...

—No n'he de fer res! No tinc el costum de posar els peus per segona vegada on no se'm tracta amb la deguda correcció.

Pots somriu sardònicament.

—Ja ho tenia en compte, això, quan era darrere la seva taquilla de l'oficina d'Aprovisionament Civil?

—Mai no he estat darrere una taquilla!

—Hi eren els seus subordinats. Els va reptar mai, pel seu tracte brusc?

Rex Maluca, atordit, pregunta:

—Però a què treu cap, això, Pots?

Carbi intenta de calmar els ànims:

—Tots estem una mica nerviosos...

Nara, a la qual aquella mena de discussió no sembla que interessi, torna:

—No hi ha dinar, doncs, Rex?

—Només queden unes llaunes.

Ella mira la que el cuiner ha deixat novament sobre la taula.

—I totes són de tonyina?

—N'hi ha de sardines, també. No sé... Mira-ho tu mateixa.

I li indica la porta del costat del refrigerador. La dona contorneja la taula, s'hi atansa, però el cuiner corre al seu darrere.

—Esperi, ja les hi ensenyaré jo. No m'agrada que ningú toqui res, a la cuina.

La dona somriu.

—Ho comprenc. A mi em passa el mateix, a casa.

—Si vostè té criada!

Ari torna a tancar els punys, no tan vigorosament com de primer, però després agafa Rex Maluca pel braç i se l'enduu cap a un racó.

—Et falta energia, Rex. Deixes que els teus llogats se't caguin a la boca...

El cambrer, de nou atent a les remors esmorteïdes de fora, pregunta:

—Què fem, senyor Maluca?

—No res, espera...

Ari, sense deixar-se destorbar, prossegueix:

—Sempre has estat el mateix, un indecís, un cagadubtes. Aquí tothom fa el que vol.

—No és veritat...

—Tothom fa el que vol, et dic. Fins i tot és qüestió de preguntar-se com és possible que continuïs en un lloc tan responsable.

Rex Maluca s'ha tornat a treure el mocador de la butxaca i es frega les mans.

—Això no és una oficina, Ari. A mi, sempre m'ha agradat de tractar tothom com una persona. Vull dir que sé fer-me càrrec de les debilitats inevitables i...

—Però ara mateix, aquest home s'insubordinava...

—No has entès res, Ari. Pots sap el seu ofici, potser és el millor cuiner de la ciutat, i és per això que el tinc contractat. No per les seves virtuts socials.

Carbi, una mica excitat, crida:

—Vénen, senyor Maluca, vénen!

—Qui?

Però la remor és ben audible i tots tres paren l'orella cap al fregadís de peus que s'atansa, barrejat amb tot de sons guturals cada cop una mica més alts i abundants. Entre el rebombori, gairebé se'ls escapa la veu de Nara, que fa:

—Em quedaré totes aquestes...

La del cuiner, en canvi, se sentiria fins i tot en ple temporal:

—Vostè no es queda res, senyora! Si vol menjar una llauna, se la menja, i en paus. Però les altres es queden aquí.

Només Ari sembla interessat per l'intercanvi de paraules, ja que el seu cunyat i el cambrer llambreguen cap a la porta amb aprensió; Rex Maluca fins i tot fa una passa, com si a la fi prengués un determini. Sinó que ja és massa tard. El batent lliure s'engega cap a la cuina i, darrere, penetren vuit o deu persones. Totes les boques parlen alhora:

—És un abús, senyor Maluca!

—No estem acostumats a aquest tracte...

—Espera que espera...

—Aquestes no són hores...!

—Volem dinar!

Rex Maluca alça els braços, amb les mans rígides i els palmells avançats cap als hostes.

—Senyors, senyors...!

La veu poderosa del cuiner domina la seva des del fons del local:

—Fora d'aquí! No hi vull veure ningú, a la cuina!

Rex Maluca es gira i, sense aixecar el to, però ara serè i segur d'ell mateix, fa:

—Un moment, Pots. —I de nou cap als hostes:— Senyors... Ningú de vostès no ignora que la ciutat passa per uns moments compromesos...

En veu baixa, el seu cunyat protesta:

—No exageris!

—El ciutadans han emprès una lluita per la llibertat, lluita amb l'esperit de la qual estic segur que tots vostès, que vénen de països lliures, simpatitzaran. Però tota lluita, encara que sigui per una causa desitjable...

El cunyat commina:

—Rex, que després et sabrà greu!

—...desorganitza tots aquells serveis que asseguren la vida d'una ciutat i ocasiona molèsties i dificultats. Nosaltres les hem tingudes, com vostès ja saben, amb l'electricitat, la calefacció i, ara, l'aprovisionament. No ignoro que vostès, en la seva qualitat d'estrangers, no tenen cap motiu per a resignar-se, com fem nosaltres, a totes aquestes privacions... Quan es van inscriure a l'establiment, vostès i nosaltres vam signar un conveni tàcit segons el qual ens compromeтíem a allotjar-los i alimentar-los. Aquest conveni, per la força de les circumstàncies, no ha pogut ser honorat per l'hotel. Això, però, no ens excusa. Estem, doncs, disposats a reembossar-los i a respondre a qualsevol demanda per danys i perjudicis...

—No saps què et dius!

—Volem que s'enduguin un bon record de nosaltres i què no oblidin mai que fins i tot en aquesta hora difícil, quan defensem el nostre dret a una vida més digna, en la lluita per la qual molts dels nostres ja han caigut...

—Però què dius, Rex?

—...sabem enfrontar-nos amb els nostres compromisos i respectar els interessos de tothom... Res més, senyors.

Els dotze o quinze hostes que encara queden a l'hotel Confort ara han abandonat llur actitud bel·ligerant i es miren entre ells, una mica confusos. Rex Maluca, que sembla haver-se transformat a mesura que el seu parlament avançava, afegeix a despit dels mots finals:

—L'establiment, ben entès, continua obert a tots aquells de vostès que decideixin quedar-se entre nosaltres. Com ja deuen haver observat, gairebé tot el nostre personal s'ha quedat a casa seguint les consignes del moment, però la direcció es fa responsable del confort dels seus hostes en tot allò que no afecta la part alimentària.

Pots, des del costat de l'armari de les conserves, torna a deixar sentir la seva veu:

—Senyor Maluca, recordi les llaunes...

El director assenteix tot donant una ullada triomfal al seu cunyat.

—Sí, les conserves... —I de nou als hostes:— Com el nostre cuiner acaba de recordar, la situació potser no és tan desesperada com temíem, sempre que ens sapiguem resignar... Ens queden algunes llaunes de conserva, les suficients, em sembla, per a assegurar el dinar i el sopar d'avui i potser fins i tot el dinar de demà. Gairebé tot són sardines i tonyina en oli, menja monòtona però no faltada de poder nutritiu...

Un home alt i barbut se separa un xic de la massa apinyada a la porta de la cuina, i obre la boca:

—Senyor Maluca, crec interpretar el sentir de tots nosaltres si li dic que ens avergonyim de la nostra impaciència. Tots sentim una gran simpatia pel poble de vostès, com n'és testimoni la nostra vinguda des de tots els racons del món, i en la nostra qualitat de ciutadans de països que estimen la llibertat tenim l'obligació de respectar aquest esforç de la ciutat desitjosa de desfer-se de la tirania. Potser aquesta mateixa condició d'estrangers ens priva de barrejar-nos en una lluita que només competeix a vostès. No voldríem pas que se'ns pogués acusar d'intervenir en les qüestions internes d'un país on som uns simples hostes...

Ari no pot evitar un novell comentari en veu baixa:

—Un altre retòric!

Però el barbut, que no l'ha sentit, prossegueix:

—Tot i això, suposo que ens és permès d'expressar la nostra solidaritat moral amb els valents defensors de la dignitat humana. Per la meva banda renuncio a tota compensació de caràcter econòmic per les molèsties que hem hagut de suportar i que probablement encara haurem de suportar durant els dies que s'acosten...

Altres veus s'aixequen:

—I jo!

—I nosaltres!

—Jo també!

—Tots!

El barbut somriu.

—Tots, senyor Maluca, ja ho ha sentit.

Dues noies, molt joves encara, avancen fins a l'altura de l'home i, després d'animar-se l'una a l'altra amb tot de cops de colze i de somriures, la més decidida, una xicota rossa i de pell molt blanca, diu:

—Jo... A la meva amiga i a mi se'ns acaba d'acudir que potser alguns de nosaltres podríem solucionar això del menjar. Tots, o gairebé tots, tenim cotxe... Podríem reunir tota la gasolina que queda als dipòsits perquè un d'aquests automòbils sortís de la ciutat... Fora, al camp, hi ha de tot en abundància...

Ja no la deixen acabar, perquè tots els altres criden alhora:

—Sí, sí, ho podem fer!

Rex Maluca torna a alçar una mica les mans i, amb una cara seràfica, protesta:

—Però senyors... Per molt que agraeixi aquest afany de col·laborar, no em sembla prudent que vostès...

Els altres no li'n fan cas, s'interpel·len entre ells:

—Encara em queden ben bé cinc o sis litres...

—Jo duc uns bidons de reserva. Sempre, quan surto...

—Jo, en canvi...

—Podríem agafar el meu cotxe. És ràpid...

—El que convé és un cotxe gran...

—Quan veníem, vam passar per uns camps on pasturaven dotzenes de vaques...

—Nosaltres també! Hi havia una granja, deuen fer formatge i...

Ari se'ls mira amb uns ulls que li surten de les conques; després es gira al seu cunyat:

—No estan bé del cap.

—Sí, sí, molt bé.

—Però aquest canvi d'actitud...

Rex Maluca somriu gairebé tímidament.

—Ja t'he dit que aquí es necessitaven unes altres qualitats que en un despatx oficial.

L'altre es mossega els llavis.

—Sigui com sigui, no puc permetre...

El cuiner, que s'ha atansat per darrere, seguit de la dona, fa:

—I encara no s'ha adonat que vostè no és ningú per a permetre o deixar de permetre res?

Ari pica amb el peu.

—Rex, aquest home...

Però l'home li tomba l'esquena i, adreçant-se al seu torn al director, pregunta:

—Què faig, amb aquestes llaunes? —I mostra els dos espècimens que duu, un a cada mà.— Amb una mica d'imaginació, potser encara podria preparar alguna cosa. —La cara se li eixampla en un rictus que no pot amagar la cordialitat que hi ha darrere el seu insult quan afegeix:— Ben mirat, aquests fills de puta es mereixen més que no em pensava!

Rex Maluca somriu.

—Ja no cal, Pots. Mireu.

Els hostes, excitats, ara s'han deixat anar a les facilitats de les respectives llengües nadiues, xerren tots alhora i es tusten amicalment les esquenes mentre van retrocedint tumultuosament cap a la porta. Dos d'ells s'han tret ja les claus del cotxe de la butxaca.

—Més val que reservem les llaunes per a una altra ocasió. Avui, ja no dinaran... —Sospira:— En aquest moment, són feliços. I nosaltres també.

Només Ari s'escura la gargamella, capficat.

19

Des de darrere els vidres de la finestra del despatx del metge de guàrdia, Guida Nadia observa el petit annex del nosocomi, contra la porta del qual, invisible des d'aquesta ala de l'edifici, han aculat la furgoneta. Uns metres més enllà, tres o quatre persones esperen en l'aire glaçat de la tarda. Tots s'han apujat les solapes dels abrics i els homes tenen el barret a la mà.

Sense moure's del costat de les cortinetes d'organdí, pregunta:

—Qui és?

El doctor Morns, jove i pàl·lid, deixa de mastegar el cigar que li omple mitja boca i alça els ulls dels papers que té davant.

—Què dius?

—El cadàver.

—Ah! Un del pati tercer. Perforació intestinal.

Ella continua mirant cap a l'annex.

—Com és que ara usen aquestes furgonetes tancades?

El doctor Morns separa la cadira de la taula, s'aixeca i deixa el cigar sobre l'ample cendrer de vidre. Després, mira per darrere la noia.

—És des d'abans-d'ahir. Una exigència del personal dels serveis funeraris.

Ella es tomba, a dos dits de la seva cara.

—Sí?

—Van reunir-se. N'hi havia que volien plegar, però va imposar-se un criteri més raonable. Només van exigir que els enterraments es fessin sense pompa de cap mena, en una furgoneta tancada i sense senyals exteriors. Trobo que és una decisió assenyada.

—Potser sí. De tota manera, no hi sé veure la punta.

L'altre s'arronsa d'espatlles.

—Suposo que va ser una forma tan bona com una altra de solidaritzar-se amb l'actitud de la població. —Avança la mà cap a l'altra cortineta.— Desgraciadament, hi ha serveis que no poden permetre's pas una abstenció total. Nosaltres mateixos.

Ella es consulta el rellotge de polsera.

—Me n'he d'anar. És l'hora de rellevar la Brigil.

El doctor, maquinalment, també es mira el rellotge.

—Acaba a les cinc?

—Sí.

—Encara disposes de cinc minuts. —Deixa caure la cortineta i la seva mà es desplaça cap a l'espatlla de la noia.— Guida...

—Què, doctor?

—Deixa't de doctor... —Fa un gest amoïnat, i els dits es tanquen més sobre la roba blanca de l'uniforme de la infermera.— Has tornat a pensar en el que et vaig dir?

—Sí, hi he pensat.

—I...

—La resposta continua sent que no, Jef.

Els dits s'immobilitzen.

—Hi ha algú altre, Guida?

—No és això. Ja saps que no.

—Doncs què és?

Ella abaixa el cap, l'inclina una mica cap a la finestra, les cortinetes de la qual s'han tancat en separar-ne la mà.

—Suposo que m'he acostumat a viure sola. Amb en Dan, vull dir.

Ell torna a moure els dits i amb l'altra mà agafa el braç de la noia.

—Però això és ridícul, Guida! Ningú no s'acostuma a viure sol.

—Bé, ja m'has entès. Sense cap home.

—No m'ho explico. Fossis una vella...

—En tinc trenta-cinc.

—És l'edat més bona.

Ella mou el cap, sense impaciència, resignada.

—Em sembla que mai no he tingut gaire temperament.

Ell deixa relliscar els braços, una mica hostil.

—Però Dan no et va pas caure del cel!

—No, ben cert que no.

La seva tranquil·la acceptació gairebé el fa somriure, li allisa el front.

—Si no per tu, ho podries fer per ell. Li cal un pare.

—Potser sí. Però no seria honest que em casés amb tu només per això.

—No, ja ho sé. I sabia que ho diries. Això és el que m'agrada tant de tu, que sempre ets franca, clara. —Es fica una mà a la butxaca de la bata i, a pas lent, es mou cap a la taula. D'esquena, diu:— Et molestaria que et fes una pregunta?

—Segons quina mena de pregunta sigui.

Ell es tomba, sense pressa.

—Moltes vegades he tingut la intenció de fer-te-la... Quant de temps fa que no has dormit amb cap home?

Ella, sense immutar-se, contesta amb simplicitat:

—És molt fàcil de calcular. Onze anys.

—I no et sembla que ja és hora de posar-hi remei?

—No, Jef. Per ara no tinc cap intenció de posar-hi remei. Ni dintre ni fora del matrimoni...

—Però...

Guida avança cap a l'home, i ara és ella qui el toca, la mà sobre el muscle.

—Si hagués de ser amb algú, seria amb tu, Jef. Sempre hem simpatitzat, nosaltres... I no et pensis que no estimo la teva oferta. —Té un petit somrís una mica tímid.— I fins i tot et puc dir que m'afalaga força.

—Pel que em serveix!

—Hi ha altres noies, Jef. La mateixa Brigil... et posa uns ulls molt dolços.

—No interessa. La puc tenir quan vulgui, aquesta.

—Jef!

Ell es redreça una mica.

—Perdona. —Es gira cap a la taula.— No t'acabo d'entendre, i això em fa posar nerviós.

—És ben senzill. M'he acostumat a viure així, ja t'ho he dit. —Consulta de nou el rellotge.— Me'n vaig... —S'arranja els punys, sense necessitat, i es toca la còfia.— Se'n sortirà, la petita?

El doctor Morns agafa el cigar, es desplaça cap a darrere la taula.

—Està bé, no en parlem més, si no vols. Però un dia o altre, més endavant... —S'asseu i, amb retard, contesta:— Sí, confio que se'n sortirà. Ha tingut sort i és una noia robusta.

—L'has visitada, avui?

—L'ha visitat en Brunel. Passaré d'aquí a una estona.

Guida camina cap a la porta, a tocar de la qual es tomba, indecisa. Amb la mà al pom, diu:

—Sense rancor, Jef?

—No ho sé... —Després somriu.— Suposo que no és possible de tenir-te'n... Apa, vés.

Ella obre la porta i surt al passadís silenciós de parets blanques i de pis emmosaicat. Per les finestres, nues, que donen al pati, es filtra una claror oliosa, perquè inesperadament un núvol s'ha esfilagarsat davant un raig de sol que fereix els maons de l'edifici.

Ràpida i sense soroll, travessa el corredor de cap a cap, fins a la penúltima porta, on un nom escrit en vermell sobre una cartolina blanca diu: Oti Bargagi.

Empeny, i Brigil, asseguda a tocar del radiador amb un quadern a les mans, alça la cara. Ella mira cap a la pacient.

—Com segueix?

—Dorm. S'ha despertat una vegada i m'ha demanat de beure. —Abandona la cadira i tanca el quadern.— Sembla tranquil·la.

—La temperatura? —Mira el gràfic dels peus del llit.— Trenta-vuit tres, encara.

L'altre recull un llibre de sobre la tauleta de nit.

—Diu que és una noia de servei?

—Una criada? Sí.

—I pot pagar-se una habitació individual i un servei permanent d'infermera?

—Suposo que ho paga el seu promès. No ha vingut, avui?

—No ha vingut ningú.

—Deu estar rendit, pobre noi. S'ha passat pràcticament dos dies sencers aquí.

Brigil camina cap a la porta.

—Jo també estic cansada. I tinc mal de cap i tot. Aquests maleïts textos!

I amb la mà colpeja el llibre i el quadern.

—Quan t'examines?

—Encara falten dos mesos. Bé, si no em necessites...

—No, ja te'n pots anar.

—Fins demà, doncs.

Guida deixa el gràfic i, lentament, avança fins al capçal del llit. La noia, ben acotxada, només amb la cara i el cap visibles, respira compassadament i profunda, amb tot de breus interrupcions durant les quals el bleix es precipita com si bandegés un obstacle. Té les galtes enceses i una pel·lícula de suor li humiteja el borrissol transparent de sobre el llavi. Ella la hi eixuga delicadament, amb un gest gairebé amorós.

Després es tomba cap al radiador, el gradua i, aleshores, quan torna cap al llit, es troba amb els ulls oberts que la miren. Li somriu, però l'esguard de la noia sembla vague, remot. Per sota el llençol, agita una mà.

—No, no...

Però Oti es torna a bellugar, sembla que cerqui alguna cosa amb els dits. Guida s'inclina al seu damunt i, amb un gest expert, li baixa els llençols fins a mitja cuixa. La noia s'ha anat arregussant la camisa i ara exposa el ventre blanc, amb la ferida sota una densa compresa que la protegeix de les seves ungles. Comprova que continua indestorbada, agafa la vora de la camisa i la hi estira fins a la forca de les cuixes. Després l'acotxa de nou.

Veu els llavis que es mouen, secs i clivellats.

—Tens set? —Sense esperar resposta, humiteja una gasa, li frega la boca que ella obre àvidament.— T'agrada?

L'altra només mou el cap, feblement, i acluca de nou els ulls. Després, Guida es queda mirant l'aparell instal·lat al costat del llit, una mica alt. La campana es limita a rondinar, discreta. Amb la mà lliure, despenja l'auricular.

—Habitació seixanta-tres...

—Guida?

—Sí.

—El doctor m'ha dit que et trobaria aquí. Pregunten per tu.

—Està bé.

La comunicació s'interromp un moment, però tot seguit una altra veu, infantil i cridaire, fa:

—Mamà, mamà!

Ella, de sobte alterada, prem la mà amb la gasa contra el pit.

—Dan!

—Sí, mamà.

—Què et passa?

—Ha vingut l'oncle, mamà.

—Jurt!

—No es troba bé, s'ha desmaiat.

—No has cridat la portera?

—No hi és.

Ella aferma la veu:

—Escolta, Dan... —Però és ella qui escolta la remor confusa de l'aparell, d'on la presència del fill sembla haver-se retirat.— Dan! Dan!

A l'altra banda, l'auricular espetega lleument, sembla que fregui alguna cosa, i ella urgeix encara:

—Dan, nen...!

—Guida?

—Jurt! Dan m'acaba de dir...

—No ha estat res. No t'hauria d'haver trucat.

—Et trobes bé?

—Es veu que he perdut el coneixement uns moments i Dan s'ha espantat. Però no és res. Una mica de fatiga...

—Quan has arribat?

—Fa potser mitja hora. El tren ens ha deixat a vint quilòmetres, a Brètia, i hem decidit venir a peu.

—Però Jurt! Amb el teu cor...

—Estic bé. Darrerament he millorat força.

—De tota manera, és una imprudència.

—No em podia pas quedar en una estació abandonada de la mà de Déu!

—Però ja saps...

—Apa, apa! Ja veus que no ha passat res. Dan diu que no tornes fins a les nou?

—Quarts de deu, seran. Acabo el servei a les nou. Però si convé...

—No convé res. No vulguis convertir-me en un invàlid... Passo l'aparell a en Dan. Ja ens veurem a la nit.

Gairebé sense transició, la veu de l'infant diu:

—Mamà...

—T'has espantat, oi, Dan?

—Sí, una mica.

—Ja veus que no hi havia motiu. L'oncle està bé, oi?

—Sí; ara sí.

Ella escolta cap al corredor, on se sent una remor de passos precipitats i la urgència d'unes veus que es consulten, alterades.

—No has anat a jugar amb les nenes del principal, tu?

—Ens hem enfadat. Llegia uns contes quan ha vingut l'oncle.

—Recorda't de berenar.

—Sí, mamà.

—I pregunta a l'oncle si vol menjar, també.

—Sí.

—Bon noi. I ara penja, que la mare té feina.

—Adéu, mamà.

Guida deixa l'auricular sobre el suport negre i, amb la mà encara estesa, mira cap al llit, on la noia dorm de nou, tranquil·la, però feixuga. Després llença la gasa i, decidida, camina cap a la porta.

Làlia corre pel passadís, amb la còfia a punt de caure-li, com de costum, i sense esperar la pregunta que dibuixen ja els llavis de Guida, fa:

—És el del cinquanta-nou.

—L'estudiant?

—Sí.

Es queda a tocar del llindar, des d'on veu desaparèixer l'altra; la porta es torna a obrir gairebé immediatament i el doctor Morns surt al silenci del corredor. Amb una mà es turmenta el bigoti, però en veure-la la deixa caure al llarg del cos i avança amb passa indecisa.

—No hi ha res a fer?

El doctor, amb la seva veu una mica brusca, professional, mig explica:

—Oxigen. No en té ni per mitja hora. —Amb el cap, assenyala en direcció a la porta.— I aquesta?

—Dorm.

Però ell entra. La noia diu:

—Què ho fa, que tots són joves?

Se la queda mirant, amb el rostre incomprensiu, i ella completa:

—De vint-i-set que n'han ingressat, dinou no tenen ni vint-i-dos anys. Els altres ben just si passen dels trenta...

Ell torna a caminar cap al llit, on desabriga una mica la pacient i li toca el braç enguixat.

—I això t'estranya?

—Sembla que ho hagi fet a posta, la policia...

Però el doctor Morns ja no contesta; acaba de localitzar el pols i, redreçat, amb els ulls fits en el rostre de la noia, espera. Al cap d'un moment, diu:

—Hi ha una lleugera arítmia; però estic segur que és constitucional. —Dolçament, rebutja el braç cap al llit.— No és que ho hagin fet a posta. Té una explicació. Vol dir que només els joves s'han atrevit a plantar cara als esbirros, a desobeir una comminació, una ordre...

Torna a inclinar-se sobre el llit, fa córrer la roba, desplaça la camisa ventre amunt i, amb els seus dits llargs i sensibles, prem una mica la carn de la noia, palpa el veïnatge de la ferida. Mou el cap.

—Vint anys... —Contempla el ventre, el tapa amb recança.— Això et descansa d'aquestes carns feixugues i miserables, repugnants... De vegades em pregunto per què vaig fer-me metge.

Guida no replica, acotxa de nou la noia, i ell va cap al lavabo, obre l'aixeta. Aleshores ella indica:

—Compte, doctor. Quan els dipòsits s'hagin buidat, tampoc no tindrem aigua.

—Sí... Un altre problema. —Torna a fer girar l'aixeta fins que el raig queda reduït a un filet prim, sense força, i s'ensabona les mans.— Com deia, doncs, només els joves, alguns joves, han estat capaços d'oposar-se a ordres directes i d'enfrontar-se amb la policia. Per això n'hem omplert l'hospital. I si vols que et digui la veritat, la cosa em plau, sí, em plau força...

—Jef!

—No, no m'has entès... Lamento que se'ns quedin entre els dits, ja ho saps. Però no és això. Vull dir que durant anys i anys hem estat pensant, dient i repetint que la nostra joventut no servia per a res, que era una joventut cansada, avorrida, sense estímuls ni iniciatives... —Acaba de fregar-se enèrgicament les mans i tanca l'aixeta.— I ara, aquests vint-i-tants ferits, i els tres morts, aviat quatre, que hi ha hagut, ens vénen a demostrar que érem pessimistes sense raó. La joventut continua sent allò que ha estat sempre, inconformista, inquieta, desinteressada. —Es tomba, amb la tovallola a les mans.— Tu i jo no hem estat ferits. És veritat que no se'ns ha presentat l'ocasió que ens ferissin. Però, enfrontats amb una situació compromesa, hauríem afluixat.

Guida, pensarosa, reposa una mà sobre el capçal de ferro del llit.

—Potser perquè tenim coses per perdre...

—Tothom té coses per perdre. Ells també. —Mou el cap d'una banda a l'altra.— No, no és veritat, com he dit abans, que la nostra edat sigui la millor. Ens hem arrapat a la vida i per miserable, per trista, per estèril que sigui, ens sap greu de perdre-la. Hem arribat, de fet, a l'edat de consentir-ho, de tolerar-ho tot mentre no se'ns prengui la mica d'aire que necessitem per a continuar vivint... No sé, trobo que ens hauríem de fer una mica de fàstic.

—Això d'aquest noi del cinquanta-nou t'ha amargat... No crec que tot sigui qüestió d'edat. És que les actituds heroiques no escauen a tothom.

Ell deixa la tovallola mal penjada i torna a girar-se.

—Si això ho haguessis dit quan tenies vint anys, m'ho hauria pogut creure. Ara, no. Quan s'arriba als nostres anys, sempre es troben excuses perquè la feina la facin els altres. És quan diem aquesta mena de coses tan ximples: ells no tenen res per perdre. —Amb la mà, assenyala cap al llit, on la noia no ha modificat la seva posició.— Se'n sortirà, si no hi ha complicacions. Però si el projectil l'hagués foradada un centímetre més amunt, i a l'esquerra, ara seria sota terra. És una noia bonica... —Avança cap al llit, s'inclina lleugerament.— Una noia molt bonica. I festeja amb un xicot que l'estima de veritat. Per cert, avui no l'he vist... Tots dos estan segurs que seran feliços. No ho seran, és clar, perquè ningú no ho és. Passaran uns mesos, uns anys, agradables... i prou. Però ells no ho saben. Ells es pensen...

—Calla, Jef!

—Per què? És veritat. Viuen d'il·lusions i durant un moment, un moment molt curt, la il·lusió es farà realitat.

—Hi ha gent que sempre és feliç.

—No n'he conegut mai cap. Alguns ho diuen, sí, però costa de creure. Un ésser pensant i sensible, per poc que pensi i que senti, ha de ser desgraciat. —Es redreça, sense deixar de mirar la noia ferida.— Però ella, i tots els qui són com ella, es pensen que la il·lusió durarà una vida sencera. I és admirable que això no els privi de donar el que tenen, de donar-ho tot, generosament. —Distret, pensarós, toca els llençols.— És clar que només pot donar, precisament, aquell qui posseeix alguna cosa. I nosaltres, a la nostra edat, ja no tenim res. —L'esguarda amb els ulls cansats i nostàlgics.— Nosaltres ja no tenim per sacrificar res més que el nostres desenganys.

—Ets injust.

—Amb ells o amb nosaltres?

—Amb nosaltres. Perquè tenim altres coses per sacrificar. Jo, Dan; tu, la teva carrera.

—Dan? No et necessita pas. Ara, si tu ho creus, sí que tens alguna cosa per sacrificar: aquesta il·lusió que li ets indispensable. Però és el que et deia, la diferència entre ells, que són joves, i nosaltres, que ja no ho som tant, és que tu no renunciaries per res del món a aquella il·lusió.

Ella calla, es mira els dits, arrapats a la barra de ferro del llit. El doctor prossegueix:

—De fet, em sembla que només és digne de tenir aquell que està disposat a perdre-ho tot, a renunciar a tot. Al capdavall, això és el que ens ensenyen totes les religions. I ja que hem tocat el tema personal...

Però la porta s'obre amb una revolada.

—Hi ha... —Aleshores la infermera el veu.— Doctor! Hauria de venir...

Ell ja camina a grans gambades cap a la porta, on la noia li cedeix el pas. Guida deixa relliscar la mà al llarg de la capçalera i després se separa una mica del llit, s'atansa lentament a la finestra i, més enllà d'ella, per damunt les copes pelades dels arbres, esguarda cap al carrer. Un gran camió ple de grava reposa parcialment sobre la vorera, davant un edifici en construcció on només es veuen els grans forats buits de l'esquelet abandonat, gairebé tètric, com tot allò que ha estat interromput en plena gestació.

Es tomba de nou cap a la cambra, contorneja el llit i s'acosta al lavabo. Capmassada, frega un instant la porcellana blanca, l'interior perlejat per unes quantes gotes d'aigua i, aleshores, retrocedeix encara cap a la cadira del costat de la tauleta de nit, on s'asseu.

S'inclina endavant, amb els avantbraços repenjats sobre les cuixes llargues, ara una mica aplanades per la positura, i uneix els dits, els desenllaça, els torna a reunir...

Oti s'ha tombat cap a aquella banda i, amb un interès desapassionat i fins i tot una mica distant, Guida li contempla el rostre, una cara ovalada, ara una mica envermellida, amb els llavis encesos, el nas lleugerament arromangat i la pell de les parpelles llisa i vagament violàcia. Després desplaça els ulls cap a les pròpies mans, on han caigut dues llàgrimes.

Les contempla llargament, aigua salabrosa a la qual s'afegiran dues altres gotes, tres, quatre... Aleshores es redreça, es treu el mocador i s'eixuga els ulls amb un gest una mica irat.

En aquesta actitud la sorprèn el doctor Morns quan empeny la porta de nou i diu gairebé del llindar:

—Òbit.

Guida matxuca el mocador entre els seus dits, alça l'esguard encara entelat i, a la fi, es redreça del tot.

—Jef...

Ell s'atura.

—Ploraves?

Ella denega en fals, però només amb un moviment del cap, i tot seguit, ja dreta, se li atansa a poc a poc. Repeteix:

—Jef... Potser sí que, com has dit, només ens queden els desenganys. —Respira a fons, amb els llavis molt oberts, i més baix afegeix:— Però si vols... si vols els meus...

Ell allarga les mans amb un impuls brusc, la subjecta pels colzes i l'atreu contra seu.

—Sempre els he volgut, Guida. Això és el que fa tant de temps que et demano. —I avança els llavis cap als de la noia.— Serà bonic començar una vida nova en una ciutat nova.

I ella somriu:

—Sí, Jef... Ho provarem.

20

—...perquè sempre demano per la senyora. Ells t'envien les cambreres, els criats o majordoms, de vegades els xofers, com si t'engeguessin un gos. Per això dic: vull veure la senyora.

Goliat atia una mica el foc amb el llistó de fusta que té a les mans.

—I, és clar, et fan passar a la sala de rebre...

—Tu, fot-te'n!

—Si només em contes coses que ja sé!

—Tu? Mai no has tingut prou pebrots per a demanar per la senyora.

L'altre s'inclina, irònic.

—No vinc de casa bona, jo.

—Està bé, tira-m'ho en cara. Com si hom fos responsable de la seva naixença.

—No has vist el teu nebot, aquesta vegada?

—La neboda. —Riu, tot cenyint-se més estretament l'esparracada americana sobre el pit protegit per dos gruixuts jerseis plens de forats i llànties.— Tenen criada nova, una minyoneta que em sembla que es porta l'oli. L'altra ja sabia qui era i sempre em deia que havien sortit. Però aquest cop ha estat diferent. El senyor Flixa?, que demano jo...

—Et devia prendre per un client, segur!

Virtus es limita a moure el cap amb bonhomia.

—Ets un ignorant! Els clients els rep al despatx.

L'altre riu amb sorna.

—No sé per què no hi vas, un dia...

—Potser ho faré, no et pensis. És a dir, ara ja no podrà ser, perquè suposo que hauran de plegar.

—Els van malament els negocis? No deus pas haver donat un cop d'ull al llibre de caixa!

Virtus butxaqueja a la recerca d'unes engrunes de tabac i, darrere seu, l'ombra es contorça contra el fons d'herbes i, més lluny, sobre la paret mig enrunada.

—No cal. Però fins i tot una persona com tu es deu haver adonat del que passa...

—No. Què passa?

Ell suspèn el gest.

—No has vist la ciutat?

—Això sí; tot és tancat, no trobes ànima vivent.

—Això és el que vull dir.

Inclinat endavant per tal d'il·luminar-se amb el foc que crema a dos pams dels seus genolls, reuneix el tabac sobre el palmell, l'examina i tot seguit tanca el puny perquè no li caigui mentre amb l'altra mà busca un paper.

—En Domina haurà de fotre el camp i, quan ell toqui el pirandó, s'hauran acabat les proteccions... Si fabriquessin màquines com cal, de qualitat, no passaria res, però usen un material que es fa malbé de seguida. No poden pas competir amb les de fora.

—Tu ho saps tot, oi?

Virtus cargola la cigarreta, meticulós i lent.

—No cal ser un expert... —Inclina el cap.— Però ves què et conto, a tu! Ni deus saber què vull dir. No tens ni un borrall d'instrucció...

L'altre torna a riure, però tot d'una la rialla se li converteix en una tos seca i profunda que es perllonga amb tot de ressonàncies de caixa buida. Després d'algunes provatures, aconsegueix d'escopir una flema, s'escura la gargamella i diu:

—Quina falta em fa, amb amics com tu?

—Cap, evident. De tota manera, és com parlar davant d'una paret que té un ressò burleta. En fi, amb algú o altre he de xerrar. —Allarga les mans cap al foc, d'on recull un menut tros de fusta, amb la punta del qual encén la cigarreta.— Doncs, com et deia, ara totes aquestes concessions a base de protecció oficial se n'aniran en orris, i si no tingués...

—Però no veig per què en Domina hagi de guillar.

—Si no se'n va, li faran la pell; encara que tot hagi començat pacíficament, la gent no tindrà tanta paciència. Quan comencin a sentir-se la panxa buida, ja ho veuràs... Només els quedaran dues solucions: afluixar o carregar-se el Jutge. I faran això darrer, valgui'm Déu! —Escup una salivera groga i nicotinosa i, amb la mànega, s'eixuga els filaments que se li han quedat a la barbeta.— I en Domina, que ho sap, no em penso pas que s'esperi. Com a llest, no n'hi ha un altre, ja t'ho ben asseguro!

—El coneixes bé, prou que es veu!

Virtus clava pipada a la cigarreta boteruda i, gairebé amb displicència, deixa caure:

—No del tot malament. Vam fer el servei junts.

L'altre torna a esclafir, i la tos se li repeteix, potser no tan cavernosa.

—Per què em contes sempre tantes bolles?

—Jo?

—És clar. No en tens prou amb voler-me fer creure que ets l'oncle d'un peix gros, que ara em surts amb això d'en Domina!

—Et vaig ensenyar els papers, oi?

—I què? Ni Flixa no et dius.

—El meu pare i la seva mare eren germans. Es deien Pilmia. És el segon nom de Tara.

—Ho dius tu.

—Molt bé, quan torni a casa d'ells, si és que després d'això encara els queda casa, vindràs amb mi.

—No m'agrada el tracte social.

—Naturalment, una excusa o altra has de donar. No vols quedar mai malament, tu. Ara se t'ha ficat al cap que sóc un mentider i t'estimaries més fer el pet que reconèixer que t'has equivocat. No en parlem més. —Allarga el peu i amb la punta de la sabata, badada, burxa una mica el foc per un costat.— Cony, fa fred!

Goliat, com si fins ara no se n'adonés, es recargola més entre els seus parracs, recull les cames sota seu i entafora una mà entre el gec sense solapes i l'armilla que ha perdut els botons; amb l'altra, per terra, dibuixa unes lletres desiguals i inhàbils:

—Bé, t'ho conto o no t'ho conto?

—Conta; ajuda a passar el temps.

—Com et deia, doncs, aquest i jo vam fer el servei plegats. O més ben dit, era el meu sergent. Havia pujat de cullera, saps?

—No.

—Ho saps ara... Mai no cridava ni pegava cap home; mai no perdia la serenitat. Potser per això li teníem més por que als seus companys. Perquè era cruel, i refinat. Recordo un dels càstigs que solia posar quan algú faltava a la disciplina. A la caserna teníem un abeurador per als muls i, al costat, hi havia un pou... Doncs bé, de vegades, quan volia castigar algú, feia buidar l'abeurador i cap allà a les onze o les dotze, quan ja feia un parell d'hores que dormíem, despertava l'infeliç que fos i l'obligava a omplir-lo de nou. Havia calculat quantes galledes hi cabien i amb quant de temps podia omplir-se'l fins dalt de tot. I pobre del qui hi passés més estona! Quan ja el tenia ple, el soldat se'n podia tornar a dormir, però al cap d'una estona, mitja hora, una hora, dues i tot, el despertava encara perquè l'omplís per segona vegada... Alguns cops, la broma durava fins que tocaven diana.

Goliat deixa sentir de nou el seu riure esquerdat, més prudent ara, per tal de no provocar l'accés de tos.

—I ell, què? No dormia?

—No, no dormia mai.

L'altre desplega una cama, se la frega.

—Per què les inventes, aquestes coses?

Virtus es queda un moment immòbil; després apaga la cigarreta i es fica la punta a la butxaca.

—Perquè m'agrada.

S'aixeca sense pressa i fa dues passes cap a l'herba que creix darrere seu. Separa una mica les cames i orina contra una pedra, on el doll espetega amb una remor fumejant. La veu de Goliat diu a la seva esquena:

—Ja es veu que abans eres periodista... —Però rectifica tot seguit:— O potser tampoc no ho eres i ho dius... Ara que, això, ja m'ho crec més, perquè ets enredaire com ells.

Virtus observa la força de projecció del doll, ara disminuït.

—No ho vaig ser mai. Només una vegada...

Es talla i peta estrepitosament.

—Alça, noi!

—És sa, això. —Es corda la bragueta i es tomba de nou cap al foc.— Només una vegada vaig escriure un article, i no me'l van acceptar. Sempre t'ho he de repetir. Criticava la política d'en Domina.

—És clar... Però, a tu, què cony et fa? No tens negocis, no pagues impostos...

Una veu avança des de la fosca:

—Ei, vosaltres, intel·lectuals...

Tots dos miren cap al forat de la tanca, per on s'atansa el nouvingut. Goliat protesta:

—No insultem!

L'home trepitja herbes i pedres al seu pas, sembla triturar-ho tot amb les seves sòlides botes que li pugen fins a mitja cama. És gairebé tan alt com Goliat, i més gros.

—Es pot saber què carall foteu, aquí? —Fita Virtus, dret a tocar del foc, el resplendor del qual se li passeja per la cara barbuda i aspra.— Em sembla que no és la primera vegada que et veig, a tu...

—Potser no.

El guàrdia s'inclina cap al foc.

—I a tu tampoc. No n'hi ha dos que tinguin la cara tan picada.

Goliat ni es mou.

—I què?

—I què? Doncs que ja us vaig dir que no us volia tornar a veure pel meu sector. O potser és al revés, potser us vaig invitar a tornar. Què et sembla?

Virtus es corda l'americana encreuada.

—És difícil de dir-ho. Sou tan capritxós...

Goliat deixa escapar una rialleta, gairebé amb les dents tancades, però així i tot no pot evitar un altre glop de tos, breu i enrogallat. El guàrdia diu amb aparent bonhomia:

—Esteu d'humor, oi? —Però tot seguit explota:— Apa, a escampar la boira! I de pressa, que vull veure com els talons us toquen el cul!

Virtus, sense moure's, passeja la mirada de l'un a l'altre i després, abans de parlar, escup.

—Us equivoqueu. No és com les altres vegades, avui.

Goliat l'adverteix:

—Compte, Virtus, que té una pistola.

Però ell continua adreçant-se a l'home:

—En aquest moment ja no representeu res. I us hauríeu de donar vergonya de voltar pel món amb aquest aire d'espanta-sogres. Tots els vostres companys dormen al costat de la muller...

Goliat, amb la veu planera, explica:

—Potser és solter, ell, home!

—Es veu que no te l'has mirat bé.

L'altre avança la mà i tanca els dits entorn del braç de Virtus.

—Poques bromes! —S'adreça a Goliat:— I tu, deixa refredar aquesta pedra d'una vegada. No vull veure ni un minut més pintes com vosaltres per aquest veïnat.

Virtus, sense fer cap esforç per alliberar-se de la grapa de l'altre, protesta:

—No és pas vostre, el solar!

—Precisament; és de la ciutat.

—Però tampoc no és vostra, la ciutat.

El guàrdia s'impacienta:

—Prou! Què cony us heu cregut? —I l'empenta violentament amb la mateixa mà que el subjectava.— Tinc unes ordres i les compliré. No en volem, aquí, de vagabunds!

Goliat desentortolliga els membres i s'incorpora sense pressa.

—I nosaltres no volem guàrdies. —Amb el cap, indica la paret perduda en la fosca.— Apa, que ja us hem vist prou!

Virtus somriu al seu company.

—Ara ets tu qui s'oblida que va armat.

—Se me'n fot!

I avança cap a l'home, amenaçador. Però l'altre, llestament, es treu el revòlver i apunta.

—Fora, dic! —Amb la mà esquerra s'atansa als llavis el xiulet que li penja del pit, al capdavall d'un cordó blau.— De pressa!

Virtus, plàcid, diu:

—Esteu a punt de fer una cosa que lamentareu. Podreu matar-ne un, però l'altre, probablement, us matarà a vós.

El guàrdia, sense replicar, acaba d'alçar la mà, s'omple les galtes d'aire i del xiulet s'escapa una crida urgent que es perd cap als racons invisibles de la nit. Virtus es limita a moure el cap.

—Xiuleu, xiuleu! Deveu ser l'únic carallot que queda en tota la ciutat.

—Ja ho veurem!

I continua plantat, immòbil, sense perdre'ls de vista. Ells dos també s'han quedat quiets, i les flames, arran de terra, se'ls passegen pels baixos esfilagarsats dels pantalons.

—Què us sembla? No contesten...

L'altre mou el revòlver, inclina viciosament el cap.

—Hi ha una llei...

Virtus el talla:

—No hi ha cap llei! —Decidit, avança més enllà del foc, cap a un extrem del mur mig enderrocat.— Veniu...

El guàrdia, a tall de resposta, torna a xiular, però Virtus continua desplaçant-se fins que s'atura arran de pedres. Aleshores, amb un gest que es dissimula en l'ombra, fa:

—Escolteu... —I s'inclina endavant, com per distingir els edificis i els carrers foscos que viuen secretament més enllà del solar.— Ni una remor... Ni tramvies, ni cotxes, ni veus humanes... Res. —Escolta encara, i el silenci sembla espesseir-se darrere les seves paraules.— No hi ha llei, us dic. La ciutat en vol una de nova... Tothom s'ha tancat a casa seva, fins i tot la policia. I vós, un guàrdia dels suburbis, patrulleu encara a la captura de desgraciats! —Retrocedeix ràpidament, de nou cap al guàrdia, a dos passos del qual s'atura; li fita la gorra.— Dos-cents tretze... Serà curiós de recordar aquest número... —Però aleshores es tomba cap a Goliat:— Tu, a veure si alimentes el foc. —Mig riu.— La nit s'ha escalfat una mica, però quan aquest se'n vagi tornarà a enfredorir-se.

El guàrdia se li abalança.

—Maleït obstinat!

Virtus fa un pas enrere.

—No, no; vós... —I mentre Goliat, inclinat sobre el foc, hi llança branquillons, fulles seques i estelles, prossegueix:— Ho deveu tenir tan ficat a la sang, això de molestar, que ja no us en sabeu estar. On voleu que dormim, digueu? Quin mal fem, quin mal hem fet mai en aquest solar i en tots els altres solars d'on vós i els vostres semblants ens heu expulsat hivern rere hivern?

El guàrdia torna a avançar, hostil.

—Odio tots aquests brètols...

—Si m'haguéssiu d'entendre, us diria que odieu un símbol. No podeu suportar que encara quedi algú al marge d'una organització que ho ha previst tot, que ho ha ordenat tot, que lliga tothom de peus i mans, els de dalt i els de baix...

—Calla!

Canvia llestament el revòlver de mà, subjectant-lo ara pel canó, i aixeca el braç. Goliat, des del costat del foc, mou el cap.

—Això, no...

I tot seguit l'home deixa escapar l'arma, perquè l'estella de fusta, com un dardell, se li ha clavat a la cara. Goliat es precipita entre els seus peus, s'apodera del revòlver. Quan es redreça, riu i tus triomfalment.

—Ara!

Amb una estrebada, arrenca el cordó que subjecta el xiulet al pit de l'home i el llença al lluny, cap a les herbes on Virtus havia orinat.

—Traieu-vos l'uniforme!

Virtus el mira de reüll.

—Què vols fer, Goliat?

—El vull veure despullat com un cuc, i tremolant...

Ell allarga la mà.

—Dóna'm el revòlver.

Però Goliat retrocedeix una mica, tot protegint la mà que aguanta l'arma.

—No t'ho pensis.

—Dóna-me'l, et dic!

—Vols que et faci despullar a tu, també?

—No faràs despullar ningú. No vull brutalitats.

El seu company li planta cara:

—No vols, no vols... Que potser ja no et recordes com les gasten, aquests fills de puta? —I tombant-se cap a l'home:— Quines ganes tenia de cridar-ho: bord, més que bord!

Virtus deixa caure les mans al llarg del cos.

—No m'imaginava pas que fossis així, Goliat.

—Que potser no ho és, un bord?

—Sí. Però em pensava que tenies més sentit de l'humor... Es veu que només el tenies amb mi.

El guàrdia, que s'ha refet de la sorpresa, es mira els dits, lleugerament tacats de sang, que s'ha passat per la cara.

—No deixeu que mogui el revòlver d'aquesta manera. Es pot disparar.

Goliat l'apunta al pit i amb la boca fa:

—Pum! Pum! —Es tomba cap a Virtus.— És això, el sentit de l'humor?

—No.

Per darrere el seu company, sense una paraula més, passa a l'altra banda de foc i, més enllà, s'inclina a tocar d'una pedra, d'on recull una bossa feixuga, esblanqueïda pel sol i plena de crostes de fang sec. L'altre pregunta:

—Què fas?

—Ja ho veus. Ets prou gran per a manejar la situació.

El guàrdia mou els braços, desplaça un peu, però torna a immobilitzar-se sota l'amenaça del revòlver.

—No us n'aneu. Que no ho veieu, que és capaç de qualsevol cosa?

Virtus arronsa les espatlles.

—Vós us ho heu buscat. No és nit per a perseguir la gent. —Es carrega la bossa a l'esquena.— Com he dit, és nit per a quedar-se al costat de la dona.

Fa una passa cap a l'ombra, una mica inclinat endavant.

—Virtus!

Però ell continua caminant.

—No ho pots fer! No em pots deixar sol...

Virtus travessa la zona d'herbes, sempre sense girar-se.

—Té, doncs!

L'arma cau gairebé al seu costat, entre les tiges fines que es vinclen. Aleshores Virtus s'atura i, passat un moment, retrocedeix.

—Està bé.

L'altre diu:

—No l'agafes?

—No. No l'agafa ningú. No en volem, nosaltres, d'armes. No les necessitem.

—Sempre tan segur de tu mateix... Acabaré per creure que sí que ets fill de casa bona.

Virtus es descarrega la bossa, riu.

—Això ja m'agrada més. —Alça els ulls cap al guàrdia.— I vós, ja ho heu sentit, també. L'arma es queda on és. —Se li atansa.— A veure, inclineu-vos cap al foc. —I, quan l'altre obeeix sense un mot, li examina la cara, on sota l'ull hi ha una gran plaga sagnant.— Amb un xic més us el buida.

—No hi hauria perdut res. Els guàrdies bornis fan més respecte.

I quan intenta riure la seva broma, el sacseja encara un glop de tos que fins i tot l'obliga a doblegar-se amb la mà premuda al ventre. Virtus comenta:

—Rius massa sovint.

Goliat recobra la respiració i, amb el dors de l'altra mà, s'eixuga el front entresuat per l'esforç.

—I què vols que hi faci? És l'única cosa que em queda.

Virtus s'arronsa d'espatlles abans d'adreçar-se al guàrdia.

—I vós, aneu-vos-en a casa, que us desinfectin això.

—M'hauré d'endur el revòlver.

—Per què?

—Tinc superiors. No m'hi puc presentar desarmat.

Virtus fa petar els llavis admirativament.

—Tanmateix, sou de bona fe!

Goliat alça el cap, sorprès.

—De bona fe? Tu has vist mai un guàrdia de bona fe?

—Sí, ell. Parla de superiors quan ja no en té. —Fa un gest.— Apa, aneu, aneu! Si voleu, també us podem acompanyar...

—No, no cal. —Es mira les mans per segona vegada, totes brutes de sang.— No ho entenc... Fa quinze anys que sóc guàrdia d'aquest suburbi, he expulsat centenars de vagabunds com vosaltres, i a vosaltres mateixos, n'estic segur...

Virtus li somriu gairebé amicalment.

—Sí, un cop cada hivern pel cap baix.

—I mai no m'heu oposat resistència. Per què, doncs, ara...

—És molt senzill. Ja sabeu quina és la consigna.

—Però això no és casa vostra.

—Sí. Aquest solar o un solar semblant...

Goliat passeja la mirada de la cara serena del seu amic a la frase que ell mateix ha escrit una estona abans, ara mig esborrada.

—Per això, ho hem fet?

Però el guàrdia ja reflexiona:

—De manera que també vosaltres esteu contra en Domina? Si obeïu consignes...

—Sí.

—Per què? Què us ha fet?

—És veritat, a nosaltres, no ens pot fer res, perquè aquesta mania d'expulsar-nos de tot arreu la tenen totes les administracions. Però per molt vagabunds que siguem, no podem deixar de solidaritzar-nos amb les causes nobles.

—I ho és, aquesta?

—Ho és. Perquè ningú no té dret de sentir-se omnipotent i és bo que, de tant en tant, hom recordi als poderosos que només són pobres criatures com les altres...

Goliat reposa una mà en la pedra del costat del foc, s'hi asseu.

—Ho sap tot, ell. Sempre ho ha sabut tot.

El guàrdia el mira distretament, i després torna a girar l'esguard cap a Virtus.

—Em sembla una raó ben minsa...

—Perquè no hi heu reflexionat. Ara tindreu ocasió de fer-ho.

L'altre es grata el cap.

—És que... Això sona com si la gent es volgués desfer del Jutge per motius... com se'n diu...? Altruistes.

—No tothom. M'imagino que cadascú té les seves, de raons. Jo només us puc exposar les meves.

El guàrdia branda el cap, deixa caure la mà sobre l'altre braç.

—És collonut! Que gent com vosaltres tingui també les seves raons...

—Us fa estrany, oi? Us heu d'anar acostumant a la idea que fins ara heu viscut en un món poc real.

Goliat, des del costat del foc, fa l'ullet.

—Té un bec d'or, oi?

—No ho sé, no ho acabo d'entendre... —Mira el seu entorn, cap a les mates.— I el xiulet?

—El xiulet? Ah, qualsevol el troba, ara! Però no hi fa res, d'aquí en endavant tampoc no el necessitareu.

L'altre se'l mira amb una expressió incrèdula.

—No ho sé, qui viu en un món poc real...

I aleshores es tomba i camina cap a les herbes. S'hi atura un moment, però tot seguit fa un gest displicent i resignat i torna a caminar, ara cap a l'obertura de la paret. Goliat, amb la veu enrogallada, li crida:

—Bon vent!

Virtus, per la seva banda, el mira fins que les ombres se'l mengen, i després espera encara, immòbil, mentre fora del solar se sent la remor de les botes que masteguen enderrocs i pedruscall. Aleshores es mou cap a la pedra on seia de primer, doblega treballosament les articulacions i s'asseu. De cara al seu company, diu:

—No deixis morir el foc...

21

—S'ha acabat, senyors!

I Llor Domina, amb un gran cop de mà, esbarria els papers que hi ha damunt la taula, a cada extrem de la qual crema una espelma en un canelobre d'argent.

—Així s'acaben quinze anys d'abnegat servei a la ciutat: amb una traïció!

El comandant Ezra, de les forces d'ordre públic, i el cap dels serveis militars, es redrecen com fiblats per un escorpí, fan petar els talons i, gairebé a l'uníson, exclamen:

—Domina!

Però el Jutge colpeja la taula amb el puny, i les flames, altes i netes, oscil·len breument.

—Sí, traïció!

—La nostra presència aquí en aquests moments...

—M'heu dut enganyat! Traïció i incompetència! Perquè, a veure, què heu fet durant tots aquests anys? En lloc de formar uns quadres de confiança, d'imbuir-los amb l'esperit que informava la nostra administració, heu deixat que la disciplina es relaxés, heu permès que tota mena de gent estranya, hostil i tot, tingués l'oportunitat d'infiltrar- se entre l'oficialitat... —Violent, rebutja la cadira i es dreça, mesquí i camatort.— Heu volgut acceptar els avantatges d'una posició de comandament sense obligar-vos a les responsabilitats. A aquestes responsabilitats que consisteixen en una estreta vigilància, en la formació d'un cos fidel per damunt de tota vel·leïtat. I no em direu que us he regatejat honors i prebendes... Us he tractat com les ninetes dels meus ulls i, com tots els benefactors, ara m'adono que criava una niuada de corbs...

—Domina!

El comandant Ezra, més enèrgic potser, no en té prou amb una exclamació:

—No és just, Domina! Si l'administració s'ha desacreditat no solament davant la ciutat, sinó fins i tot als ulls dels seus més fervents servidors, la culpa no és nostra, subalterns que som a despit de tot. Sempre hem acceptat les teves directrius...

—Acceptat? —Encreua els braços sobre el pit i redreça el cos amb la vana intenció de fer-se físicament més gran, més amenaçador.— Us atreviu a dir que heu acceptat les meves directrius quan ara els fets demostren que fa anys que visc presoner de les vostres decisions, de la vostra ineptitud?

El cap dels serveis militars, més tímidament, fa:

—No hem sabut sostenir el nostre impuls dels primers temps, ens han faltat objectius pels quals...

Domina desplega els braços amb un gest explosiu que, en l'ombra, rebenta contra les parets.

—Objectius? Quin objectiu més alt que el benestar del poble...?

—El poble no ho ha entès mai així.. El poble té la vista curta i viu en l'actualitat. Només se'l pot conquistar amb realitzacions immediates, concretes.

—No és immediat i concret l'establiment d'un seguit de serveis de caràcter social que ens col·loquen entre els països capdavanters?

Ezra mou les espatlles amb un moviment escèptic.

—Serveis socials administrats per una burocràcia corrompuda.

Domina alça el braç.

—Com t'atreveixes...!

Però l'altre li planta cara:

—Aquest és el mal, Domina, que mai no ens hem atrevit a parlar clar. Hem estat amb tu, al teu costat, i continuem sostenint-te, en part per egoisme, en part per motius més desinteressats, perquè som amics teus des dels primers moments, quan encara esperaves la teva hora... Però a poc a poc ens has corromput amb la teva generositat material i amb la teva mesquinesa moral.

—Ezra!

—No callaré, ara, Domina. Tingues present, però, que encara estic amb tu.

—Amb els meus enemics, deus voler dir!

—Mai no has tolerat que se't digués la veritat, mai no has admès objeccions als teus projectes, per folls, per desencertats, per ridículs que fossin, perquè de vegades ho han estat. D'una manera o altra, has aconseguit d'inspirar-nos, no respecte, sinó por, i callàvem...

Domina es precipita cap a la taula, s'apodera d'una campaneta i la sacseja desesperadament mentre crida:

—Sali! Sali!

Ezra, impertorbable, prossegueix:

—Callàvem perquè érem massa ximples per a adonar-nos del cul-de-sac on ens menava una administració que mai no ha sabut compaginar les seves ambicions amb les necessitats de la població... Fins ara no ho hem vist, ara que un poble sencer, amb molt poques excepcions, i totes ben interessades, ens fa el buit.

—Sali! Sali! —Es tomba al cap dels serveis militars.— I tu, Gesta...?

L'altre estossega, cohibit, però acaba per dir:

—Potser té raó. Hem perdut el contacte... Has volgut governar com si la ciutat no existís i només l'administració...

Però Domina, sense escoltar-lo, avança cap a la porta, ara oberta, i s'adreça a l'home vestit de paisà que entra al despatx.

—Sali... Disposa-ho tot per a la meva marxa immediata.

L'altre esbatana els ulls, balbuceja:

—Excel·lència... Que potser...

—Sí, ens n'anem. —Rectifica:— Me'n vaig. Disposes de cinc minuts per a preparar-ho tot.

Ezra diu:

—Tot està preparat, ja. El cotxe t'espera des d'aquest matí.

Domina plega les celles, que dibuixen dos grans circumflexos sobre la protuberància que protegeix els ulls sortits, líquids i rodons. Amb sarcasme, constata:

—Sempre has estat molt previsor, Ezra.

—Simplement, m'agrada tenir presents totes les eventualitats.

—Sí? —Braceja, i els ulls sembla que se li vulguin escapar de les òrbites.— Però no havies previst aquesta oposició de la ciutat! Què han fet els teus espies, els teus confidents? O és que potser no els pagàvem prou? Un moviment d'aquesta mena exigeix una preparació, reunions, conciliàbuls... I tot t'ha passat per alt. Això si no t'has venut també a la reacció!

—Domina!

—No hi ha Domina que valgui! Entre tots m'heu tancat en una torre de vori, m'heu aïllat del meu poble, vosaltres deveu saber amb quina finalitat!

—No ens has deixat parlar mai... I quan hem insinuat que les coses no rutllaven, ens has tallat la paraula. Tu sempre estaves més ben informat que ningú. Si sembla que fins i tot et feia gelosia el nostre petit poder, i això que només era una delegació del teu!

Domina es tomba cap al secretari:

—Anem!

Però el cap dels serveis militars allarga la mà.

—Domina... Ezra i jo comprenem el teu desencís, però no voldríem haver de separar-nos amb aquestes paraules. La nostra col·laboració es mereix alguna cosa més.

—El piquet d'execució, si encara em quedés una ombra de poder...

—Domina!

Ara és Ezra qui mou la mà.

—Deixa... Mai no hem estat res per a ell. Mers instruments que no tenien dret a fallar. —Es gira de nou al Jutge.— Però encara et podem fer un darrer servei... —S'atansa a un extrem de taula, on hi ha el telèfon, i el despenja mentre prossegueix:— No vull que et passi res. He pogut reunir un grup de cinc motoristes que t'escortaran...

Domina, amb un salt, es planta al seu costat i deixa caure la mà, curta i carnosa, sobre els dits de l'altre.

—Penja això! No els necessito per a res, els teus assassins!

—Són cinc homes fidels, Domina!

—Fidels a qui? Què pretens?

—Només vull protegir-te, Domina. No sabem si pots tenir un mal encontre.

Domina se'l queda mirant fitament, analitzant-lo, es diria, fins al fons més ocult de les seves intencions. Després desvia l'esguard.

—Està bé. Però no vull ningú. Una escorta podria, precisament, cridar l'atenció de la gent. Em convé passar desapercebut. Quin cotxe heu preparat?

—El sedan negre dels teus viatges d'incògnit.

—Xofer?

—Des del matí que es relleven cada cinc hores. En aquests moments, ja deu haver rellevat en Batxera.

Domina dóna un cop d'ull circular a la sala i la seva mirada acaricia la llarga taula entorn de la qual es reuneixen sis cadires, l'escalfapanxes que crema silenciosament en un racó, l'ample sofà amb les seves dues butaques on tantes vegades ha discutit en petit comitè, els arxivadors farcits de papers que comencen a esgrogueir-se... Després es tomba amb una mitja volta sobtada.

—Anem!

El secretari, mut i esmunyedís, li cedeix el pas de la porta i els altres dos, Ezra i Gesta, el segueixen cap a la sala exterior on tot de cadires s'arrengleren al llarg de les parets, d'on pengen dotze tapissos que expliquen gràficament la història d'Alexandre, el gran conqueridor.

La travessen ràpidament, amb els peus silenciosos sobre les gruixudes estores que il·lustren episodis de la Bíblia, i desemboquen al vestíbul, on encara queden dos ordenances que s'enravenen al pas de la petita comitiva.

Després davallen les amples escales de marbre, al capdavall de les quals, a tocar de la torxa que il·lumina l'entrada, els espera l'oficial de guàrdia, rígid, d'una sola peça, indiferent a l'estrèpit que s'escapa d'una banda de pati, on algú colpeja violentament una porta amb peus i mans. Domina s'atura.

—Què és?

L'oficial només mou els llavis.

—Un periodista estranger, Excel·lència. Pretenia veure-us i ens ha semblat més oportú retenir-lo.

—Allibereu-lo d'aquí a cinc minuts.

—A les vostres ordres, Excel·lència.

Ell es tomba una mica cap als altres dos.

—El meu darrer acte de govern. Un acte de clemència, perquè havia manat que tots els corresponsals fossin expulsats...

I, sense esperar resposta, camina cap a la gran portalada, passa per entre els dos sentinelles que presenten armes amb el gest desencarnat d'un autòmat i s'adreça al cotxe que l'espera en la fosca del carrer.

—Excel·lència...

—Hola, Batxera...

S'inclina una mica i penetra en el vehicle. Després es gira amb la mà alçada en un gest de refús.

—No, Sali, aquest cop viatjo sol.

L'altre, que ja havia avançat el peu, protesta:

—Però, Excel·lència!

—Sol, dic!

Ezra deixa veure la seva cara per damunt l'espatlla del secretari.

—Vols dir que és aconsellable...? T'estimes més que t'acompanyi un de nosaltres, en Gesta o jo?

—Malament podrien acompanyar-me aquells que ja fa tant de temps que m'han abandonat.

—Domina! —Endureix l'expressió de les faccions.— És lamentable que... Podríem impedir que te n'anessis.

Ell avança el rostre.

—Prova-ho, Ezra. Potser fins i tot m'agradaria...

El cap de les forces d'ordre públic es fa enrere, es redreça.

—Tanca, Sali.

Però el mateix Domina ha allargat ja la mà i, amb un gest enèrgic, atreu la porta contra seu.

—Batxera... Engega.

El xofer s'esmuny darrere el volant, tanca la portella i s'inclina cap als botons de comandament. El motor ronca, seguit i planer.

—Un moment!

Acciona, amb impaciència, el mecanisme del cristall, treu el cap per l'obertura.

—Oficial! —L'altre avança, com si desfilés, i s'atura arran de vehicle.— Afuselleu-lo!

—Excel·lència...?

—El presoner... El periodista.

L'oficial no altera ni un múscul de la cara, però Ezra es torna a inclinar.

—Domina... És insensat. Tu mateix...

Ell crida, amb la veu tota esquerdada per una sobtada passió:

—Un home com jo no es pot permetre febleses!

—Però ara...

—Ni ara ni mai! No vull que la història em jutgi per un acte propi de vençuts. —I de nou de cara a l'oficial:— Afuselleu-lo. —Aleshores, sense esperar, toca el xofer per l'espatlla.— Som-hi.

El vehicle, amb els fars encesos, engega blanament, abandona el refugi de la vorada i cerca el seu camí entre els altres cotxes aparcats una mica pertot arreu. Domina, amb un somrís mefistofèlic, va tombant el cap i observa les quatre ombres dretes davant la Mansió, els dos sentinelles que encara presenten armes, estàtics per tota una eternitat. El xofer, sense moure el cap, pregunta:

—On anem?

—A la Caseta Verda.

Els fars escombren els darrers vehicles, les façanes blanques del passeig i una figura furtiva que coixeja cap a un carrer transversal.

Domina s'arrepapa en el seient, ample i tou, i fita la nuca del xofer, immòbil si no fos per la lleugera oscil·lació de les espatlles que segueixen el moviment de les mans, inquietes i atentes sobre el volant. Després, el Jutge trenca el silenci.

—Tu creus que ho faran?

—No.

—M'has entès, oi?

—Sí.

Encreua les mans sobre el ventre.

—No, no ho faran. Ni volia que ho fessin, tampoc.

—Això no ho he entès.

—Jo en tenia prou amb donar l'ordre.

—Sí...

Domina s'inclina una mica endavant.

—Què passa, Batxera?

—Com diu?

—No tens per costum menjar-te l'«Excel·lència»...

—Ni vostè sol confiar-se als seus subordinats.

Domina, tot d'una fred, lladra:

—Això és una insolència, Batxera!

L'altre no replica, continua amb la vista fita al seu davant, sobre el pis de l'avinguda, una mica humit perquè comença a gotejar. Els edificis, ara amb llargues solucions de continuïtat per culpa dels solars, desfilen ràpidament a dreta i esquerra, foscos i tancats com mausoleus luxosos erigits en memòria d'un passat que ara es liquida.

—No m'has sentit?

—Sí.

—I no en tolero!

Batxera es limita a fer:

—És pueril... Vostè, ara, necessita algú en qui descansar-se... confessar-se. I això només es pot fer parlant d'home a home.

Domina s'inclina més abruptament.

—Prou...! Què t'has cregut? —Amb el puny clos, colpeja el respatller.— Que fins i tot un xofer... No estic vençut, què carall! —Repenja tot el cos contra l'aresta del seient.— Digues, també tu et penses que m'escapo? —I, sense esperar la resposta:— Doncs no! Tornaré... —Amb l'esguard vagament somniós, mira cap al parabrisa cobert de gotes minses que van esmunyint-se amb lentitud.— Tornaré... Això només és una retirada estratègica.

La veu del xofer, segura, replica:

—No es faci il·lusions.

—Que no... Està bé, Batxera, ho pagaràs car. Pagaràs cara aquesta necessitat que tinc de parlar. Perquè és veritat...

—Ningú no el vol, ningú no el necessita. Ja no li queden partidaris.

—Un home com jo sempre té partidaris. Et penses que sóc tan ximple per a no haver previst que un dia sortiria un ambiciós o altre que em voldria fer la traveta...?

Batxera posa l'eixugaparabrises en moviment i, amb el cotxe poblat per la remor lleu del mecanisme, diu:

—No ha entès res. Domina. Em penso que fa molts anys que no entén res. Potser per això mateix ha pogut manar durant tant de temps... Aquests ambiciosos de qui parla només existeixen en la seva imaginació. És el poble, tot el poble...

—Els pobles són incapaços de prendre iniciatives si ningú no els dirigeix. La història ens ho mostra ben palpablement.

El xofer mou el cap, dubitatiu.

—Sóc massa ignorant per a saber què demostra la història. En tot cas, ara la desmentim.

—La desmentiu? Tu també...? —I amarg:— Per això us he tractat com si fóssiu fills meus?

El xofer canvia els llums de ciutat pels de ruta. Les darreres torres ja es perden en la distància.

—Als fills se'ls dirigeix mentre són menors, se'ls orienta i protegeix... Però si se'ls estima no se'ls imposa una llei estranya a la seva naturalesa.

Domina crida:

—Mai no han deixat de ser menors!

—Qui és vostè per a decidir-ho? Durant molts anys li hem fet confiança, però vostè ha estat com un padrastre que ha administrat a benefici seu. I ara, ara que arriba el moment de passar comptes, s'escapa!

Domina torna a colpejar el seient del seu davant.

—No m'escapo! Ho tinc tot previst, tornaré a començar com quinze anys enrere; si cal, des de les muntanyes...

—Sol?

Ell riu ferotgement.

—Amb els meus, amb els qui no m'han fet traïció! Amb els millors...

—I on són?

—Ja els veuràs... —Es relaxa una mica i inclina el cos enrere.— Encara no ha nascut el fill de meuca que em pugui agafar desprevingut. Que et penses que me'n fiava, de l'Ezra, d'en Gesta...? Sempre he estat el cap d'un exèrcit que ells ni han sospitat, gent escollida que tenia ordres de reunir-se si es presentava un moment com aquest.

—A la Caseta Verda?

I Domina confirma:

—A la Caseta Verda, sí. Des d'allí iniciarem la nostra segona marxa sobre la ciutat.

Batxera prem un botó i l'eixugaparabrises s'immobilitza. Molt atent a les pròpies paraules, diu:

—I quina necessitat hi havia de reunir-los allí? No hauria valgut més que s'apoderessin de la ciutat sense sortir-ne?

Domina torna a riure, ara gairebé alegre.

—Per a saltar, de primer cal retrocedir. I el factor sorpresa? Mentre jo era a la ciutat, ningú no es fiava de la meva ombra, tots aquests intrigants vivien a l'aguait...

—Ningú no ha intrigat.

—Infeliç! Que et penses que havien d'acudir a persones com tu?

—No veig per què no. Vostè bé es confia.

—Ara. Quan ja ningú no pot destorbar els meus moviments. Demà, demà passat, caurem de nou sobre la ciutat desprevinguda i tots aquests traïdors pagaran la seva estupidesa amb el cap!

El xofer torna a engegar l'eixugaparabrises.

—S'ha fet vell, Domina.

—Què?

I l'altre repeteix:

—S'ha fet vell. Quinze anys enrere, estic segur que no hauria comès tants errors.

—Quins errors?

Però Batxera va seguint el fil de les seves idees:

—És d'home vell, i cansat, això de confiar-se als altres. No vull dir que no pugui fer mal, encara. Un home que ha ocupat la seva posició sempre en pot fer, si vol. I vostè vol.

—Mal? —Però aleshores, quan s'inclina de nou endavant, s'adona de la línia blanca i trencada que voreja la carretera.— Batxera! —L'altre espera.— No és el mar, això?

—Sí.

—Atura't de seguida! On em duus?

El xofer, sense obeir, replica:

—A la Caseta Verda.

—Aquest no és el camí.

—Farem una mica de marrada. L'altra carretera està interceptada.

—Ah! Com ho saps?

—M'ho han dit.

Domina l'engrapa per l'espatlla.

—Atura't de seguida!

—Tregui la mà! Vol que ens estimbem?

—Venut, més que venut...

Frenètic, es tomba i, amb totes dues mans, palpa les bosses del cotxe. Batxera, sense moure el cap, pregunta:

—Busca l'automàtica, Domina?

Ell torna a engrapar-lo, i aleshores el cotxe s'alenteix cap a un costat de carretera.

—Què n'has fet?

El xofer es tomba per primer cop, el mira a la cara i, després, allarga la mà cap a la portella. Amb un gest es desfà dels dits de l'home, gairebé convulsos, i salta.

—Baixi.

—Batxera!

—Baixi, li dic.

I obre la porta.

—Què vols fer?

El xicot espera sota la pluja fina i glaçada; es treu lentament l'automàtica de la butxaca.

—Vol que el mati aquí dins?

Domina s'arrossega pel seient, amb la cara lívida i els ulls més botits i més rodons que mai.

—Batxera... Jo...

—Baixi, fotut covard!

Ell se li arrapa al braç, alça el cap.

—Sempre t'he tractat bé... Jo puc...

El xofer el repel·leix.

—Ara només pot fer una cosa: morir amb una mica de dignitat.

—Però Blasi... Això és una ximpleria.

—Seria una ximpleria que el deixés escapar viu... Surti d'una vegada!

L'estira, irat, i Domina salta encongidament sota la pluja que cau, mansa, apagada per la remor de les aigües.

—Però, per què? Per què?

—I ho pregunta? —L'empeny cap a la banda del mar, sobre les ones que llepen amb força continguda la sorra estesa més enllà de les roques.— Que es pensa que m'agrada, haver de convertir-me en un assassí? —El sacseja i Domina fita l'automàtica a l'abast de la seva mà, però aleshores, de sobte, el xicot es fa enrere.— Estava disposat a dur-lo a la Caseta Verda, a la frontera, on hagués volgut. Mai no havia tingut la intenció de matar-lo.

Domina intenta de recobrar la serenitat, però la veu li surt esquerdada quan diu:

—T'has deixat comprar...

El xofer l'apunta.

—No puc permetre que visqui després del que m'ha dit. Ha parlat massa...

Domina s'empassa la saliva, aspra, espessa, i la nou del coll li puja i li baixa espasmòdicament.

—Quant et paguen? Perquè jo...

L'altre li esclafa l'arma contra el pit.

—Calla, imbècil! És la meva consciència que... —La veu se li trenca i abaixa una mica l'automàtica.— Per què no se'n podia anar de debò? Per què? Per què aquesta ambició que ho destrueix tot? La ciutat no vol sang, vol viure...

Domina es replega, amb el cos esquifit retallat contra el fons més clar del mar que remoreja premonitòriament; l'aigua se li enganxa a la suor del front i de les galtes i li fabrica una mena de màscara esbalaïda i pugnaç.

—Batxera... Escolta...

Però ja no té temps de saltar, perquè l'altre, que sembla haver previst el moviment agressiu, dispara. La veu, fosa, repeteix:

—Vol viure, Domina...

I ell s'inclina endavant, endut pel seu impuls, i l'asfalt de la carretera puja veloçment al seu encontre per esclafar-li la cara mentre una segona flama explota, precisa i total, en l'obscuritat de la seva carn llunyana que ja mai més no sentirà la pluja...

Barcelona, maig-juny de 1961

Aquesta és una nova llavor de Sembra Llibres.
Estarem agraïts de rebre els teus comentaris,
opinions o suggeriments. Amb entusiasme i cura,
seguirem sembrant llibres amb tu.

#ActeDeViolència